KB252797

아달린의 방

새미비평신서 34

아달린의 방

이송희

새미

아포리아 숲에서 길을 잃다

시의 시대는 이미 종언을 고했다고 보는 사람들이 많다. 언제 어디서나 사람들은 네트워크를 횡단하면서 자신이 좋아하는 시인들의 이름을 쳐서 클릭하기만 하면 시인들이 쓴 시들을 거의 읽어볼 수 있는 시대다. 서점에서 구입하여 책장을 넘기는 노고 대신에 마우스를 움직이기만 하면 언제든 시를 읽어볼 수 있는 상황, 서점에서 시집의 가판대가 날로 줄어드는 현실에서 베스트셀러 시집이 나온다는 것 자체가 기적에 가까운 일일 것이다. 우리의 아날로그적인 시 읽기의 방식은 어디로 갔는가. 시집 판매가 위축되어 많은 사람들은 문화적 공황을 겪고 있다. 이런 공황기에 "작품이 상품이라면 비평은 화폐"라는 말처럼 문학 시장에서 작품이 인정받고 잘 팔리도록 하는 것이 비평의 몫인가? 가난과 소외 속에서 눈물로 단련된 시인의 작품을 온전하게 이해하고 분석해 보려는 것이 비평의 몫인가? 정상적인 시인이나 작가라면 심한 우울증에 걸리지 않을 수 없는 현실에 우리는 직면해 있다.

막다른 길에서 우리는 어디로 가야 하는가. 그러나 역설적이게도 내 고민의 끄트머리에는, 벼랑에서 뛰어내리기를 망설이는 사람처럼 문학이 서 있다. 마치 모든 것을 걸고 사랑했으나 떠났던 사람이 다시 돌아온 그날처럼 문학이 현대사회의 아픈 곳을 진단하고 막다른 길에서 우리를 구원해 줄 것처럼. 문학은 더욱 끊임없이 우리의 세상을 비틀고 비판해야 한다. 문학이 한갓 오락이나 상품보다 더 소외된 물신주의 현실, 폭력과 광기가 멀쩡한 대낮에 난무하는 우리 현실에 경고의 메시지를 끝없이 보내야 한다. 그리고 비평가는 그들이 불면의 밤, 눈물과 땀으로 기록한 작품의 행간에 지문을 묻혀 가며 읽어야 하지 않을까.

총 4부로 구성된 이 책은 사람과 사람 사이의 관계에 대해 서툴게 고민해 본 흔적이다. 1부는 현대사회, 그 욕망의 변증법에 관한 글을 묶은 것이다. 나날이 팽배해가는 현대인의 욕망, 그 생성과 소멸의 과정들이 얼마나 참혹한지, 우리 삶의 아름다움은 결국 모든 욕망을 버리고 비움으로써 얻는 것임을 깨달아가는 잔혹한 과정들과, '몸'의 코드화를 통한 몇 가지 소통 방식을 살펴보려 했다. 2부에서는 허공을 지향하는 고독한 시 세계를 탐색하였다. '물의 사원', '피안', '허공'은 우리가 쓸쓸하게 찾아가야 하는 고통의 출구가 아닐까, 생각하며 고독한 내면의 정서에 교감한 글이다.

3부는 현대사회의 그림자에 대한 다양한 대응 방식을 보여주고자 했다. 각박한 삶의 풍속을 서로 다른 방식으로 이야기하고 있는 시인들의 독백에 귀를 기울이려고 애썼다. 4부에서는 전통과 진화의 여러 양상을 현대시조의 양식에서 찾고자 했다. 전통과 현대를 아우르는 우리 고유의 시가 양식인 시조도 현대사회와의 불화의 현장을 인식하고 있으며, 인간의 욕망을 표현하는 방식들 또한 다양하다. 정형시의 양식을

통해 우리 시의 뿌리인 현대시조의 출구가 과연 어디에 있는지를 찾아
가는 과정을 살펴보려 했다.

　문학작품을 읽는 것은 타인의 방을 들여다보는 위험한 행위인 것 같
다. 몰래 들여다보면서 각주나 댓글을 통해 꼬투리를 다는 것이야말로
얼마나 위험한 일임을 매번 알게 되었다. 쓰는 행위처럼 읽는 행위도
얼마나 힘든 일인가도 새삼 깨닫는다. 이런 갈등의 과정 속에서도 지금
까지 시의 행간을 떠도는 것은 필자가 아직 출구를 찾지 못했기 때문이
다. 그 출구를 찾지 못하는 것 때문에, 눈물 얼룩진 웃음을 짓는 날이 내
게 많았음을 고백한다. 여전히 아포리아의 숲에서 헤매고 있는 나에게
서른일곱 번째의 생일상을 차려 주신 엄마에게 감사드린다.

　문학의 길목에서 만나 같이 길을 헤매고 있는 동료들은 나를 더욱 슬
프게, 기쁘게, 외롭게, 화합하게 한다. 그들이나 나나 가난을 직업으로
삼고 있으면서도 문학의 종언은 없다고 믿는, 아무리 물질문명의 화려
함이 회유해도 도대체 전향할 기색을 보이지 않는, 비전향 장기수와 같
은 사람들이기 때문이다.

－ 2013, 1월
무등산 자락에서
이송희

| 차례

1부 현대인의 욕망, 지향과 지양의 변증법

현실세계에서 지속하는 욕망의 심리지도　　　　11

현대인의 욕망, 그 생성과 소멸의 풍경들　　　　26

버림과 비움, 생의 아름다운 종착역　　　　41

몸의 코드화를 통한 몇 가지 소통 방식　　　　53

2부 허공을 지향하는 고독한 시세계

물의 사원(寺院)을 찾아가는 고독한 여정　　　　77

피안으로 열린 비상구, 몽해를 항해하는 시(詩)　　　　88

원형을 지향하며, 허공에서 빛나는 정신적 자유　　　　98

고통의 삶, 진통제의 시　　　　116

나목(裸木)같은 시, 어머니의 '그늘'에 대한 비망록　　　　133

3부 현대사회의 그림자와 인간 회복의 꿈

유쾌한 말놀이의 방식   143

두꺼운 절망의 노트 혹은 혼잣말   162

치욕으로 더 푸른 나무의 반어법   170

두 가지 표정의 고독과 침묵에 대한 보고서   181

텅 빈 세상에 가득 찬 황금, 그 비극적 일대기   199

4부 현대시조, 그 전통과 진화의 한 지평

형식의 변주와 풍경의 현상학   210

우리 시의 뿌리, 현대시조의 위상   223

풍경의 언어, 언어의 풍경   251

'기억'의 재현과 고통의 출구   263

정형의 그릇 속에 피어나는, 뜨거운 갈망과 절제의 미학   278

제1부
현대인의 욕망, 지향과 지양의 변증법

현실세계에서 지속하는 욕망의 심리지도

1. 타인이 되다

현대사회는 자본의 논리와 가치 체계에 둘러싸여 있다. 이 거대한 자본주의의 울타리 안에 익숙해진 우리는 자본의 논리에 예속된 채 살아간다. 단순하게 지속적으로 되풀이되는 삶은 자본주의의 토대인 주체의 욕망에서 비롯된 것이다. 그 결과로 우리가 얻는 것은 잠재된 물적 욕망의 실현에 불과하다. 자본주의 사회에서는 일한 만큼 번 돈을 어떤 바람직한 방법으로 소비할 것인가를 고민하는 것이 아니라, 끊임없이 개인 및 집단의 욕망을 유지하기 위해 지속적으로 투자하라고 요구한다. 인간의 끝없는 욕망 속에서 사회는 점차 파편화 되어 가고, 우리는 파편화된 실존으로부터 삶의 가치를 묻는 본질적인 물음을 던지게 된다. 자본의 욕망이 팽배한 '욕망의 시대'를 살아가는 현대인들에게 '욕망'은 무의식적이다. 이 무의식적 욕망은 삶의 가치나 실존의 의미를 묻는 본질적인 물음에 솔직하지 못하다. 사람과 사람 사이, 사람과 사물 사이의 자연스러운 감정을 깨고 미세하게 균열을 내기 시작한다. 점점 관계는 사물화 되고, 기계화 되어 가면서 그 본래 윤곽마저 희미하게 만들어 버린다.

사람은 이해관계에 민감하게 반응한다는 특성을 이용해 상과 벌을 적절히 사용해야 한다는 한비자의 생각은 오늘의 시장 경제 논리와 통한다. 또한 '욕망'이 문제가 되는 것은 자발적 · 주체적이 아니라는 것 때문이다. 욕망이 소비 사회를 강화하는 기제라고 지적한 들뢰즈의 말에서 알 수 있듯이 현대인의 욕망은 마치 남의 욕망을 내 것으로 착각했거나 무의식적으로 모방하는 것에 불과할 뿐이다. 지나친 욕망은 구성원간의 갈등을 일으킨다. 게오로그 짐멜Georg Simmel에 의하면, 사회는 항상 현재 상태를 파괴하려는 힘을 가지고 있으며, 바로 이러한 힘으로 혁명을 포함한 여러 가지 사회 변동이 일어난다고 한다. 이러한 입장은 지배적인 집단에 대해 사회적으로 불리한 집단들이 투쟁하고 지향하는 것을 정당화한다. 그러므로 갈등은 진보적인 이념을 배경으로 한다.

다음에 인용한 시들은 자본의 논리 체계에 예속되어 있으면서 동시에 우리가 겪고 있는 현대사회의 갈등을 제법 구체적으로 보고하고 있다. 서로에게 타인으로 인식되는 우리의 관계가 회복되는 지점은 갈등의 해소가 아니라, 갈등의 원인을 찾는 일일 것이다. 타인들과의 불투명한 관계들은 내면으로 침잠하는 하나의 문을 열어주기도 한다.

2. 타인과의 관계에 주목하다

우리의 관계는 점점 삭막해지고, 차가워지고, 계산적이 되어간다. 같은 공간에 있으면서도 타인으로만 존재한다. 산업사회의 발달은 표면적으로는 비교적 풍요롭고 편리한 생활을 안겨 주었지만, 내면적으로는 개인의 이익 때문에 스스로 마음을 열지 못한, 삭막한 도심과 외로움을 안겨 주었다. '냉담'하는 이유나, 낚고 낚이는 먹이 연쇄 사슬이 존재하는 것도 그 때문이다.

> 죽은 자는 죽은 자답게 말한다 나 좀 치워 달라고
> 했던 말을 또 하는 주정뱅이는 주정뱅이답게
> 술값을 계산한다 누구보다 정확하게
> 어제는 만 원 오늘은 백만 원 매일 달라지는
> 월급봉투를 갖다 주는 남편은 매일 달라지는
> 가장답게 오늘은 덥다고 말하고 내일도
> 덥다고 말한다 한겨울에도 얼음이 얼지 않는
> 남방한계선과 북방한계선이 만나는 곳에서
> 죽은 뒤에 떠오르는 시체는 죽은 뒤에
> 떠오르는 시체답게 도로 가라앉는다
> 나 좀 데려가 달라고 형체도 알아볼 수 없는
> 얼굴을 하고 그가 돌아왔을 때도 그를
> 알아보는 사람은 그를 알아보는 사람답게
> 냉담하게 말한다 내 남편이 아니라고
> 고개를 절레절레 흔드는 전사자의 아내는
> 팔만 한쪽 남은 영안실의 주검 조각을 들고
> 쥐어짠다 이게 얼마만의 눈물이냐고
> — 김언, 「냉담」(『시인세계』, 2010 여름호) 전문

이 시는 현대인의 두 가지 삶의 방식을 보여주고 있다. 하나는 동정

심 없는 태도나 마음씨이며, 다른 하나는 어떤 대상에 흥미나 관심을 보이지 않는 태도이다. 우리는 같이 있어도 고독한 세상에 살고 있다. 의도적으로 타인이 되고, 의도적으로 등 돌리며 냉담한, 싸늘한 세상에 살고 있다. 인간 사이의 관계가 상실되어 개인이 전적으로 고독해진 상황에서는 개인들 사이에 무관심만이 존재한다. 이러한 상태를 지속하면서 삶은 무의미하게 되고, 권태감을 불러오고, 결국 자신을 소외시켜 버리기에 이른다. 게오로그 짐멜의 말처럼, 매일 만나는 사람들이 서로 '일반화된 타자'로 여겨지는 것은 일종의 자기 방어적 삶의 모습인지도 모른다. 각박한 현실에서 살아남기 위해 스스로 삶을 지켜야 할 의무를 우리는 타인에게 점점 계산적이 되고 까칠해져 가는 태도 속에서 찾으려고 한다. 이 시는 '냉담'이라는 제목 아래 언어 구조의 반복적 서술 속에 의도적으로 타인이 되는 이기적인 삶의 태도를 반영하고 있다.

　"죽은 자", "주정뱅이", 매월 달라지는 월급봉투를 가져다주는 무기력한 가장인 '남편'은 모두 이 세상에 존재하지 않거나 힘을 상실한 나약한 존재를 표상하며, 동류항으로 묶인다. "한겨울에도 얼음이 얼지 않는/ 남방한계선과 북방한계선이 만나는 곳"은 냉담을 이미지로 형상화한 의도적 표현으로 그곳이 우리가 살아가는 현실임을 지각하게 한다. "한겨울에도 얼음이 얼지 않는"다는 반어적 표현은 그만큼 서로에게 냉담하며 살아가는, 현실에 대한 비판적 인식을 전달한다. "형체도 알아볼 수 없는/ 얼굴을 하고 그가 돌아왔을 때" 그의 아내는 그가 남편이 아니라고 말한다. 실은 남편을 알아볼 수 없는 게 아니라 알아보려고 하지도 않는 것이다. 남편의 주검 앞에서도 무감각한 아내의 감정은 "얼마만의 눈물이냐고"의 표현 속에서 잘 드러난다. 무감각, 무감동의 시대를 살아가는 현대인들의 타인에 대한 냉담함을 남편에게조차도 타인으로 대하는 아내에게서 발견하게 한다. 사람과 사람 사이의 관계는 가까운 곳에서부터 멀어진다. 사망 보험금을 노리고 가족을 살해했다는 보도는 우리를 섬뜩하게 한다. 돈의 가치 속에서 가차 없이 배가는 인간성은 점점 인간의 감정을 무뎌지게 한다. 이러한 무뎌진 감각을 시인은 '냉담'이라는 차가운 언어로 함축하고 있는 것이다.

이렇게 무감각의 시대를 살아가는 사람들은 사랑과 관심으로 서로의 관계를 맺어가는 것이 아니라 낚고 낚이는 먹이 연쇄의 관계 속에서 서로를 인식한다. 낚이고 낚는 관계 때문에 우리는 가장 가까운 존재에게서조차도 무감각해질 수밖에 없다. 사랑과 유대로 긴밀하게 형성된 관계가 아닌 낚싯줄로 묶인 가련한 존재들이 오늘의 현실을 살아가는 현대인의 모습이다.

밑밥이 없어도 먹이는 있다

신새벽에 낚인 아버지가 월급에 낚인 어머니가 교육에 낚인 아들이
낚는 것은 오늘이라는 규칙이다 시대에 낚인! 미래는 어머니가 아니지
나는 늘 나를 낚으며 목을 건다 입술이 찢어져도 웃으며 안도한다

아버지의 머리를 물고 언제쯤 놓아줄까 생각하는 낚시꾼은 없다
어머니의 자궁을 후벼파며 언제든 돌아가리라 손가락을 걸진 않는다
먹이활동에 아버지와 어머니는 없다

물빛을 보고 수온을 재고 눈빛을 확인한다
잘린 나의 성(性)에 달은 뜨지 않는다
홀로 도도한 척 세상을 갈아 끼워 맛보는 것이다
팽배한 자국들이 어둠을 기다린다
새벽엔 물의 노래를 싣고 떠나야 한다
　　　　　　　　　　－ 김명신, 「낚시」(『시로여는세상』, 2010 여름호) 전문

　　현대인들은 서로가 서로에게 낚고 낚이는 존재들이다. 그들은 서로의 관계를 사랑과 우정 같은 감정으로 맺지 않고, 먹이사슬의 관계로 인식한다. 먹이 활동에는 아버지와 어머니는 없다. 자본주의 사회의 비루함과 인간의 이기심은 자꾸만 사람 사이의 관계를 먹이사슬의 연쇄 관계로 만들어 간다. 이것은 법가사상을 완성한 한비자의 인간관과 맞닿아 있다. 순자의 성악설性惡說에 바탕을 둔 그의 인간관은 인간의 이기적인 심리를 오히려 이용하여 부국강병을 이룰 수 있다고 본 것이다. 이를테면, 이해관계를 잘 조정하고 상벌의 수단을 활용하여 사람들의 행동을 유도한다는 것이다. 덕이 아니라 법, 세, 술을 통하여 통치해야 한다는 통치원리는 자본주의 사회가 여지없이 반복·답습하고 있다.

　　아버지의 가치를 월급으로 매기는 현실에서 아버지는 그 월급을 위해 첫 새벽부터 자신을 팔아야 한다. 모성애라는 이름으로 미화되는 어머니의 사랑은 자식의 점수를 높이기 위한 교육열로 낚을 뿐이다. 먹이연쇄는 이렇게 가족 관계에서부터 시작된다. "팽배한 자국들이 어둠을 기다린다"는 것은 이러한 낚싯줄의 연쇄가 우리 삶에 질긴 그물을 만들어 결국 우리를 가두고 마는 현실을 지적한다. 개인의 이익을 담보로 누군가에 낚이고 또 누군가를 낚는 오늘의 이 사회를 시인은 자기 위주로 살아가는 현대인의 삶과 자기만족적인 욕망을 풍자하는 방식으로 비판한다. 인간은 자신의 이익을 먼저 생각하는 존재이며, 희소성은 경쟁을 유발한다는 한비자의 관점은 낚싯줄에 걸린 우리 현대사회의 경쟁 논리와 유사한 점이 많다. 인간의 이기심과 이해관계의 논리에 의해 결국 가족 관계마저도 먹이사슬의 연쇄관계로 전락하고 마는 오늘의 현실에 대한 풍자는 세상살이에 무지한 인간에게 세상에서 살아남는 법을 알려주는 다음 시에서 구체화한다.

내가 당신을 반듯하게 정리해줄게요. 너무 크지도 작지도 않게 적당히 잘라 줄맞춰 세우고 상처를 다독거려줄게요. 한낱 한순간 거침없이 베어줄게요. 당신의 조상은 대대로 운명을 받아들였어요. 당신의 몰락한 가문을 나는 잘 알아요.

내가 당신에게 새로운 문을 열어줄게요. 아무것도 거절하지 않는 비법을. 자존심을 숨기는 기술을. 기억을 잊는 마법을. 현실을 받아들이는 요령을. 어물쩍 착각하는 자유를. 당신이 태양의 힘으로 살던 시절을 아무도 떠올릴 리 없어요. 과거는 완벽하게 지나갔어요.

내가 당신의 모서리들을 만들어줄게요. 누구나 모서리로 세상을 만나지요. 그래요, 이것이 나의 마지막 인정이에요. 쉽게 짓이겨질 듯 보이는 것은 그 나이에 어울리지 않아요. 속은 무를지언정 어쨌거나 **빳빳**하게 각을 세워 봐요, 당신을 알고 있는 모든 사람들에게 내가 당신의 허세를 북돋워줄게요.

아침이면 희망의 종을 딸랑거리며 찾아오던 당신. 이제 펄펄 끓는 세상 속으로 미련 없이 들어갈 준비가 되었겠지요. 앞으로 당신이 어떤 이름으로 불리게 되든지 나는 상관하지 않겠어요. 당신 덕분에 허기를 달래는 사람이 있어요. 다만 그것이 중요할 뿐이에요.

그래요,
나도 당신을 사랑해요.
그러니 너무 아파하지 말아요.
　　　－ 조항록, 「칼날이 두부에게」(『시인시각』, 2010 여름호) 전문

칼날과 두부의 관계에 주목해 보자. 두부는 칼날에 온몸을 맡긴다. 그의 손길이 스치는 대로 두부의 모양은 달라진다. 칼날이 두부에게 말을 건네는 방식으로 서술하고 있는 이 시는 혼잡한 이 사회에서 살아가는 법을 풍자하며, 진정한 삶의 본질이 어디에 있는가를 생각하게 한

다. 정형화된 리듬에 맞춰 살아가는 삶을 표상하는 두부와 시대 변화에 발맞춰 살아온 삶을 표상하는 칼은 대립적인 관계가 아니다. 칼의 희생 앞에 두부의 정체성이 분명해진다는 점에서 볼 때, 두부에게 칼날은 절대적인 관계에 놓여 있다. 권위와 힘을 표상하는 날카롭고 예리한 칼날은 희생을 전제로 할 때, 육체적 단절과 심리적 결단을 상징한다. 바일 레이가 영어에서 칼(sword)과 말(word) 사이의 관련성을 언급했던 것에서 그 의미를 헤아릴 수 있다. 칼날에 의해 잘리는 두부를 현실에 대한 풍자로 그려내는 흥미로운 감각이 돋보인다.

　"내가 당신을 반듯하게 정리해줄게요"에서 알 수 있듯이 칼날과 두부는 자본주의 사회에서 살아가는 이들로 의인화되어 있다. 칼날에 잘리는 두부는 사회의 규범이나 가치, 교육에 의해서 정형화된 존재로서, 몰개성화된 인간들의 모습을 표상한다. 두부의 크기가 모두 일정하다는 것은 그만큼 개성을 잃고 획일화되어 가는 현대인의 모습을 상징적으로 보여준다. 대대로 운명을 받아들이며 살아온 조상의 삶은 "몰락한 가문"으로 치부된다. "당신의 몰락한 가문"은 일정한 규칙에 갇혀 독자적인 개인의 가치나 개성 같은 것을 상실해온 가문을 말한다. 칼날의 행동 지침은 두 번째 연에서 구체적으로 드러난다. "몰락한 가문"과 상반되는 "새로운 문"으로 들어가기 위해서는 "아무것도 거절하지 않는 비법", "자존심을 숨기는 기술", "기억을 잊는 마법", "현실을 받아들이는 요령", "어물쩍 착각하는 자유"를 낚는 기술을 익혀야 한다. 그 기술을 익히는 것은 칼날에 얌전히 몸을 맡기는 것이다. 현대사회에서 살아남는 비결인 셈이다.

　칼날이 만들어주는 두부의 모서리는 인간의 허세를 표상한다. "속이 무를지언정 어쨌거나 빳빳하게 각을 세"우고, 허세를 북돋아 줄 누군가의 힘을 받는 것이야말로 세상에서 강하게 버티는 비결이리라. 시인에게 각박한 현실은 "펄펄 끓는 세상"으로 대치된다. "당신 덕분에 허기를 달래는 사람"이 있을 거라는 생각으로 스스로 위무하며 서서히 새로운 세상에 적응해야 하는 현대인의 모습을 풍자한다. 칼날은 두부에게 현대인을 정형화, 몰개성화 하는 교육이나 가치, 규범들을 인간들이 인식하지 못하는 상태로 각인시킨다.

> 하나의 우산을 가진 사람도 세 개의 우산을 가진 사람도
> 펼 때는 마찬가지
> 굶은 적 없는 사람도 며칠을 굶은 사람도
> 먹는 건 마찬가지
>
> 우리는 하나의 우산을 펴고 거리로 달려간다
> 메뉴로 꽉 찬 식당에 모여
> 이를 악물고 한 끼를 씹는다
>
> 하나의 혀를 가진 사람도 세 개의 혀를 가진 사람도
> 식사가 끝나면 그만
> 그릇이 비면 조용히 입을 닥치고
>
> 솜털처럼 우는 안개비도 천둥을 토하는 소나기도
> 쿠키처럼 마르면 한 조각 소문
>
> 하나의 우산을 접고
> 한 켤레의 신발을 벗고
>
> 하나의 방을 가진 사람도 세 개의 방을 가진 사람도
> 잠들 땐 마찬가지
> 냅킨처럼 놓인 침대 한 장
>   — 이민하, 「거리의 식사」(『현대시』, 2010.7) 전문

'거리'와 '식사' 어딘지 어울리지 않아 보인다. '거리의 식사'라는 단어

의 결합은 가장 보편적이면서도 식욕이라는 인간의 근원적인 욕망을 상징한다. 우산, 혀, 방이 세 개인 사람이나 하나인 사람이나 모두 식욕 앞에서는 동등하다. 계급이나 지위, 명예와 상관없이 식사 앞에서는 누구나 평등하다는 것이다. 인간 생존의 근원적인 욕망을 표상하는 '식사'와 누구에게나 열려 있는 공간을 표상하는 '거리'의 결합은 인간의 본질에 가닿게 한다. 유사한 문장 구조 속에서 단연, 눈에 띄는 것은 '우산', '혀', '입', '방'의 상징이다.

'우산'은 빗물로부터 자신을 보호해주는 기능을 한다. '빗물'이 눈물을 표상할 경우, '우산'은 슬프고 궂은일들로부터 몸을 보호하는 기능을 한다. 굶은 적 없는 사람이나 며칠을 굶은 사람도 모두 식사 앞에서는 같은 류로 전락하는 존재이다. 슬픔에 잠겨 있거나 자의식이 높은 사람도 다 식사 앞에선 같은 사람으로 전락하는 존재라는 의미가 된다. '혀'는 '삼키다', '소비하다', '뱉다'와 같은 동사들과 어울리면서 현대인의 탐욕을 상징한다. 그러나 그들도 그릇이 비면 조용히 입을 다문다. '방'은 개인적인 사상이나 개별성, 혹은 자본주의 사회의 부를 상징한다. 그들 역시 잠들 때나 거리의 식사를 할 때는 마찬가지로 같은 류로 전락한다. 개인의 생활수준과 계급 구조와는 상관없이 인간의 근원적인 욕망인 '식사' 앞에서는 모두 동등한 위치에 놓이기 된다는 것을 말하고 있는 것 같다. 한 개만을 가진 사람과 세 개를 가진 사람의 병치를 통해 현대인의 무의미하고 습관적인 소비 습성과 근성을 비판한 작품으로 읽힌다.

> 싸가지 없는 나의 혀가
> 싸구려 콘돔을 뒤집어쓰고 신문을 읽는다
> 구카들끼리도 간통을 한다
> 간통은 증명할 수 없으므로

구시대적인 법이므로 통치자는 국화만을 던진다¿
밤꽃내 나는 전근대적인 나의 손이
다국적 기업의 누드브라자를 클릭할 수 있게 된 오늘
화약을 전송해도 피를 흘리지 않는 모니터 속에서
요원들이 하루 종일 나를 감시한다¿
근육질의 하늘은 여전히 평면이고
우리가 수없이 폭파한 경찰서에선
수갑을 채운 아이가 자살테러를 꿈꾼다¿
절뚝거리는 문장들이 타이핑 되는 검찰청
아이의 본적은 북극이고
봄을 향한 소송은 만년 째 진행 중이니
강철무지개*를 향한 겨울의 항소는 그만 두련다¿
싸가지 없는 나의 혀가
싸구려 콘돔을 뒤집어쓰고 신문을 읽는다¿
정치인이 기업인이 공무원이 너와 내가 간통을 한다¿
간통은 구시대적인 법이므로
증명할 수 없으므로 우리는 우리에게 국화만을 던져야 한다¿

* 이육사의 「절정」.

– 하린, 「싸가지 없는 혀의 소극적인 변명」
(『현대시』, 2010.7) 전문

　이 시는 통치자와 비통치자, '국화'라고 발음하는 것과 '구카'라고 발음하는 것 사이의 갈등을 그리고 있다. '국화'를 혀는 '국화'라고 발음하지 않고 음운의 축약현상(ㄱ + ㅎ = ㅋ)과 단모음화(ㅘ =＞ㅏ)에 의해서 편하게 '구카'라고 발음해 버린다. 기능이 좋지 않은 '싸구려 콘돔'은 구카를 발음하듯이 뭔가가 샌다. 그러나 '구카'라고 발음해도 사람들은 문맥을 알아듣는다. 이는 너의 '구카'와 나의 '구카'가 간통하는 것이다. 이런 간통은 "구시대적 법이므로 통치자는 국화만을 던진다"는 표현에서 우리는 사회의 질서나 법체계 등으로 민중들을 기만하는 위정자들의 의도 같은 것을 읽을 수 있다. "다국적 기업의 누드브라자를 클릭할 수 있게 된 오늘"과 "화약을 전송해도 피를 흘리지 않는 모니터 속", 그리고 "요원들이 하루 종일 나를 감시한다"는 대목은 편리해지고 기계화된 현대사회의 속도감을 재현하는 표현들이다. "화약을 전송해도 피를 흘리지 않는", 감각을 잃어버린 오늘의 현실에서 우리는 수시로 감시당한다. 여전히 평면인 "근육질의 하늘"은 통치자의 법과 제도 속에 규격화되고 도식화되어 있는 현대사회를 이야기한다.

마음속으로나마 '경찰서'같은 도식적인 공간을 파괴하였으나 우리의 욕망을 금기시 하는 경찰서같은 곳에서는 우리(아이)의 손목에 늘 수갑을 채우고, "절뚝거리는 문장들"만이 타이핑된다. 날마다 감시당하고, 수갑을 차는 우리(아이)의 본적은 늘 북극일 수밖에 없다. "봄을 향한 소송은 만년 째 진행 중"이라는 것에서 알 수 있듯, 우리의 욕망을 실현하는 봄날은 결국 도래하기 어려워 보인다. "강철무지개를 향한 겨울의 항소"는 "봄을 향한 소송"과 대립되면서 '구카'라고 발음하고픈 욕망이 소멸되지 않음을 보여준다. 이 시는 현대인의 잠재된 욕망에 대한 것을 '구카'와 '국화', '비통치자'와 '통치자'의 대립을 통해 풍자하고 있다. 재밌는 사실은 시인이 평서형 종결어미 뒤에 거꾸로 된 물음표를 취하고 있다는 점이다. 스페인어에서 의문형이나 감탄문을 쓸 땐 "¿~?" 또는 "¡~!" 이런 식으로 쓴다. "¿~?"(Signo de interrogacións)는 문장부호 역시 '구카'라고 발음하고픈 식지 않는 우리들의 욕망에서 비롯된 것으로 생각할 수 있겠다.

난쟁이들은 기차를 타고 전쟁터로 간다 하늘엔 관들이 날아다니고
기차를 따라 관들이 북쪽으로 날아간다

눈송이를 혓바닥으로 받아먹으며 아이들은 뛰어다닌다 난쟁이의 신
부는 꽃을 들고 웃는다 희고 부드러운 얼굴에 꽃송이가 뿌려진다 사내
들은 취해 노래를 부르고 신부의 치마를 들추며 낄낄거린다 커다란 접
시처럼 혓바닥이 늘어진 돼지

신부는 기차를 보며 손을 흔든다 머리에 얹힌 꽃가지가 시들면 군악
대는 심벌즈를 떨어뜨리고 난쟁이들은 진흙창에 코를 박을 것이다

진눈개비, 사과나무 가지 사이로 쏟아진다 관을 내려놓듯 나무 아래
신부를, 낙엽 위에 눕히는 사내들, 알콜에 절여진 과일처럼 난쟁이의 얼
굴이 머릿속을 떠다니는 겨울

수확해야 할 목숨처럼 익어가는 과일들, 찢어진 살덩이를 땅에 뿌리
며 바람이 과수원으로 몰려온다

진흙창에 쓰러진 난쟁이. 목에 달라붙은 흙이 꿈틀거린다 흘러내리
는 피를 빨아먹으며 뚱뚱해지는 흙

모가지처럼 흔들리는 사과, 죽은 난쟁이의 영혼을 싣고 고향의 하늘
로 관들이 날아온다 신부는 혓바닥을 내밀고 눈송이를 받아먹는다

하늘은 거대하게 글썽이는 눈동자, 누가 눈꺼풀을 내려 쏟아지는 폭
설을 멈출 수 있을까

늙은 신부는 이웃 마을로 걸어간다 결혼식이 열리는 마을마다, 진흙
에 돼지의 혓바닥 같은 발자국을 찍으며

머리 위에 떠있는 수많은 관들, 천천히, 신부를 따라, 사과꽃 어지럽
게 날리는 고개를 넘어간다
　　　 ― 김성규, 「난쟁이들은 기차를 타고」(『서시』, 2010 여름호) 전문

난쟁이는 조세희의 『난쟁이가 쏘아올린 작은 공』에서처럼, 경제적 약자, 열등한 존재, 소외당하는 사람을 의미한다. 이 시의 난쟁이는 동남아 이주노동자를 의미한다. "전쟁터"로 표상되는 이곳은 피 흘리며 싸워야 하는, 자본의 경제 논리에 따르는 살벌한 노동 현장이다. 난쟁이에 비유되는 어린 이주노동자들은 한국에서의 욕망을 꿈꾸며 배를 타고, 북쪽인 우리나라로 온다. 북극성이 존재하는 북쪽은 부푼 욕망을 상징한다. 그들의 운명을 암시하듯 하늘엔 "관"들이 날아다니고, 기차를 따라 "관들"도 이동을 한다. 눈송이를 받아먹으며 뛰어다니는 아이들과 "신부"는 그들의 꿈과 욕망을 상징한다. 그러나 "꽃가지가 시들"어 나이가 들고 이용 가치가 떨어지면, 난쟁이에게 활력을 불어넣었던 "군악대는 심벌즈"를 떨어뜨리고, 난쟁이들은 힘겨운 노동현장인 "진흙창"에 코를 박으리라고 시인은 예언한다.

힘든 노동 현장에서 배겨나지 못하고 차가운 주검이 되어 고향으로 돌아가는 현장을 재현한다. 힘겨운 노동 현실을 표상하는 진흙창과 난쟁이들을 힘겹게 했던 무리한 노동조건을 표상하는 "목에 달라붙은 흙"이 꿈틀거린다. 과로, 화학약품 중독, 감전, 사고 등 각종 재해가 "목에 달라붙은 흙"으로 이미지화된 것이다. "흘러내리는 피를 빨아먹으며 뚱뚱해지는 흙"은 동남아 노동자의 땀과 희생을 바탕으로 돌아가는 공장들, 또는 경제적 이득을 본 자들을 의미한다. "고향의 하늘로 관들이 날아"오자, 하늘에선 쉴 새 없이 폭설이 쏟아진다. "폭설"은 슬픔과 분노의 복합체이다. 난쟁이들의 좌절된 꿈인 "늙은 신부"가 결혼식이 열리는 이웃 마을로 건너간다는 반어적 상황을 제시함으로써 이주 노동자들의 비참한 삶의 실상을 보고한다. 이 시는 '코리안 드림Korean Dream'을 꿈꾸며 한국에 들어왔다가 산업재해 등으로 숨진 동남아 미등록(불법체류) 이주노동자들의 욕망 양태와 그 좌절을 담고 있다. 낮선 이국땅에서 숨진 이주노동자들의 죽음의 역사를 기록한 자료집『꿈 그리고 악몽』이 발간되기도 했다. 온갖 위험에 무방비하게 노출되면서도 불법이란 멍에 때문에 늘 쫓겨 다녀야만 하는 현실과 열악하고 무리한 노동조건에 피해 입은 이주노동자들의 현실을 '현대판 노예'로 그려내며, "난쟁이"의 비유를 통해 보여주고 있는 시다.

3. 또 다시, 타인의 방에 들어가다

타인의 방에서는 타인의 냄새가 난다. 가장 먼저, '나'에게, 부모에게, 남편에게, 아내에게, 형제에게, 이웃에게 냉담한 채 살아가는 오늘이 붙박이로 놓여 있다. 그들은 "형체도 알아볼 수 없는/ 얼굴을 하고" 있다. '나'는 일부러 그들을 모른 체 한다. 아니 알려고도 하지 않는다. 서로가 서로에게 낚고 낚이는 존재이기 때문이다. 아버지는 첫 새벽부터 월급을 위해 자신을 팔고, 어머니는 공부 잘하는 아들을 낚기 위해 '사랑'이라는 가면을 쓰고 존재한다. 세상이 어떤 것이라고, 세상은 이렇게 살아야 한다고 가르쳐주는 칼날 앞에서 가만히 몸을 누이며 그의 손질을 기다리는 '두부'처럼 우리는 물렁물렁한 속을 숨기고 날 선 모서리를 만들어야 할까? "누구나 모서리로 세상을 만"난다고 했다. 하나를 가지고 있든, 세 개를 가지고 있든 인간의 근원적 욕망인 '식사' 앞에서는 모두가 똑같거늘……. 싸가지 없는 혀로 소극적인 변명을 늘어놓으며 통치자의 권력에 저항하는 것은 무모한 것일까? 열악한 노동조건을 견디지 못해 고향에 주검으로 돌아가야만 하는 이주노동자들의 삶을 곱씹으며 우리는 내면에 오래 머물러야 할 것이다. 출구는 항상 우리 자신에게 있다.

현대인의 욕망, 그 생성과 소멸의 풍경들

1.

현대 자본주의 사회에서 인간은 무언가를 욕망하고 그것을 충족시키려고 노력하며 살아가는 존재다. 인간은 근본적으로 자신에게 부족한 것을 채우려는 욕망이 있으며, 이것이 인간 삶을 형성한다. 이처럼 욕망은 인간의 의식과 삶의 밑바탕에 깔린 존재의 근원적 요소이다. 무언가 결핍되었다는 것을 지각하는 순간, 욕망은 발생한다. 현대인은 이러한 욕망을 충족시키려는 과정에서 타인과의 갈등을 유발하고, 타인과 대립각을 세우며 투쟁 관계에 들어선다. 설사 그 욕망이 실현되었다 하더라도 인간은 그 욕망이 과연 바람직한 것인가에 대한 끊임없는 의문을 제기하며 또 다른 욕망을 채우려 한다. 그러다가 어느 순간, 우리가 진정 욕망하는 것의 실체가 무엇인지조차 모르고 지나치기도 한다.

이는 끊임없이 욕망을 생산하고 선전하는 자본주의 사회의 문명, 대중문화의 시대에 어쩌면 당연한 일인지도 모른다.

현대 자본주의 산업문명 사회에서 우리의 욕망은 그 형태가 왜곡되어 있다. 욕망이 사회 속에서 형성되고 구성되는 산물이라면, 욕망의 구조가 자본주의 경쟁 논리에 따라 형성되는 것은 지극히 당연한 일이다. 그러나 이렇게 왜곡된 욕망은 익명성, 인간소외를 비롯한 여러 가지 불안 요소를 낳는다. 다음의 시편들은 현대인의 욕망이 생성, 혹은 소멸하는 과정을 보여준다. 라깡의 말처럼 자본주의에 의해 억압된 욕망을 해방시키고, 욕망을 해방의 원동력으로 전화轉化시키는 것이 아니라, 그 구조 자체를 주어진 것, 초월적 소여로서 어쩔 수 없는 인간 본성의 경우로 인식하는 것이다.

라깡의 욕망은 결코 도달할 수 없는 결핍으로서의 욕망이며, 결코 도달할 수도 없는 좌절된 욕망이다. 그는 억압된 욕망의 형식만 보여줄 뿐, 자본주의에서 해방되려는 욕망의 문제를 제기하지 않는다. 이상적-나(Ideal-I)로 구성되는 '상상계의 영역'은 아이들의 허구적 성향에서 확인할 수 있다. 따라서 주체는 절대로 '진정한 자기 자신'이 될 수 없다. 아이는 거울 속에서 자신을 보지만, 그 영상은 좌우가 바뀐 것이다. 거울 단계는 '바라보는 것'만으로도 충분한 언어 이전의 시기에서 일어난다. 그런 점에서 본다면 얼마든지 우리의 현존재는 누군가가 만들어내고 있는 이야기 속에 있을 수 있다. 그 세계 속에서 우리도 허구적 존재일 수 있지 않은가. 그래서 결여로서의 욕망과 그에 대한 지각만 있을 뿐이다. 시인들이 만들어 놓은 다음 시 속의 이야기들을 읽어보면 독자들은 이 시 속에 자신의 욕망이 있음을 깨달을 수 있다. 그러면 현대 자본주의 사회가 쳐 놓은 욕망의 그물 속으로 들어가 보자.

2.

　현대 자본주의를 살아가는 인간들의 관계를 지배하는 원리는 이기심이다. 물질적인 부만을 배타적으로 욕망하면서 삶 전체를 그 욕망의 충족에 맡긴다면, 진정한 삶의 토대를 상실하고 내면의 황폐함만 남기는 불행을 가져올 것이다. 남보다 더 많이 소유하고 남보다 앞서고 남을 지배하려는 경쟁 속에서 살아가는 현대인들의 욕망을 구체적으로 그린 시는 성형 욕망에 관한 것이다. 이러한 성형 욕망은 개인의 욕망이기에 앞서 자본주의 사회에서 요구하는 삶의 방식이라는 점에서 생존의 욕망과도 맞닿는 부분이다.

　　나는 점에서 태어났지

　　까맣고 작은 점이었던 나를, 자라고 자라 이제 흩어지기 시작한 얼굴
　의 나를, 당신은 분할하기 시작했네

　　빛의 각도에 따라 나의 코가 사라진다
　　입술은 색을 잃고 따뜻하지 않아
　　부서지는 눈동자를 바라보며 당신은 폭소를 연발하고

　　다른 코를 상상하겠지
　　어슬렁거리면서 나를 지우겠지
　　내가 앉은 자리의 온기가 사라질 때까지
　　재로 남을 때까지
　　태양은 고요하고 찬란해

　　당신은 마른세수를 하며 나를 문지른다
　　다시는 돌아갈 수 없는 얼굴로
　　점, 또 하나의 점으로

아무것도 없으므로
아무것도 아니므로

두 귀만 남은 내가 흩어지고 있다
　　　　― 김지녀, 「얼굴의 폐허」(『시인시각』, 2010 가을호) 전문

　이 시는 현대인들의 성형수술 과정을 풍자하고 있다. 언제부턴가 우리 사회에 바람처럼 일기 시작한 성형 열풍은 개인의 욕망에 대한 충족이기 이전에, 외모만으로 사람을 평가하거나 정체성을 드러내는 사회적 분위기를 돌아보게 한다. 우리 사회는 외모를 통해 그 사람의 전체를 평가하는 다소 위험한 상황을 지속적으로 보여주고 있다. 원래 성형수술은 외부의 요인에 의해 신체 일부가 손상되었거나 선천적으로 기형적 외모를 갖고 있을 때 그것을 바로 잡는 의미로 출발하였으나, 현재는 마음에 들지 않는 부분을 수정한다는 의미로 왜곡되어 있다. 다소 비약적인 말 같지만, 그들은 우선 사회에서 요구하는, 미적 정형의 틀이라 할 수 있는 유행에 재빠르게 편승한 것으로 볼 수 있다. 성형수술로 말미암아 획일화된 외모는 자신의 개성이나 내면의 진정성을 제대로 보여주지 못한다. 오히려 도식적이며 비개성적인 과학 도구로 전락시킬 뿐 아니라 인간 자체를 물화시키는 경향이 있다.

　"점에서 태어"난 "까맣고 작은 점이었던 나"(태아의 상태)를, "자라고 자라 이제 흩어지기 시작한 얼굴의 나"를, 성형외과 의사인 "당신"이 분할하기 시작한다, 고유한 생명의 근원을 성형외과 의사가 "빛(레이저)의 각도"에 의해 수술함으로써 "나의 코가 사라진다." "입술은 색을 잃고 따뜻하지 않"다는 진술은 성형에 의해 따스함이나 인간다움은 상실되는 것을 풍자한 부분이다. "부서지는 눈동자를 바라보며" "폭소를 연발하"는 "당신"에서 "당신"은 성형외과 의사가 아닌, 애초 인간에

게 생명을 부여한 신일 수 있다. "다른 코를 상상하"던 욕망에 사로잡혀 "어슬렁거리면서 나를 지우"는 성형수술은 "내가 앉은 자리의 온기가 사라지"는 결과를 낳는다고 시인은 경고한다. 앉았던 자리의 온기가 사라진다는 것은 성형 욕망으로 말미암아 우리 사회에서 훈훈한 인간미가 사라짐을 의미하기 때문이다.

　"태양은 고요하고 찬란해"에서 "태양"은 보들레르의 시 "빈혈증의 적, 태양은 벌레와 장미에게 공평하게 생명을 부여하네."(「태양」)에서처럼 생명의 근원을 상징한다. 생명의 근원이 허물어지는 상황을 반어적으로 표현한 부분이다. 성형은 "다시는 돌아갈 수 없는 얼굴"을 만들지만, 오늘도 많은 여성은 성형을 시도하면서 눈, 코, 입술, 턱, 광대뼈 등을 수술한다. 그러나 이상하게도 귀를 수술하는 사람은 없다. 마지막 구절, "두 귀만 남은 내가 흩어지고 있"는 것이다. 성형은 바로 제목 그대로 얼굴의 폐허다. 지나친 성형 욕망으로 생의 근원으로부터 야기되는 온기마저 사라진 세상에 대한 유감을 역설적으로 표현하면서 외모 중심 사회인 오늘의 현실을 돌아보게 한다. "흩어지다", "사라지다", "부서지다", "지우다"에서처럼 이 시는 원형을 소멸시키는 것으로부터 생성되는 인간의 욕망을 보여준다. 이렇게 생존을 위한 근본적인 욕망은 자본주의 경쟁 논리 속에서 타인에게 비치는 나의 존재를 지각하면서 생성된다.

　　늘 이런 식이었다 寒이 문틈으로 얼굴 들이밀면 溫이 대놓고 얼굴 붉혔다 寒과 溫이 서로를 밀어낸다는 게 서로의 품속으로 스며드는 형국이 되곤 했다 (누구나 원하는 방식으로 살지는 못한다) 어떤 의도나 전략과 무관해 보였다. 단지 둘이 서로를 강하게 밀어낼수록 서로의 존재가 입증되거나 그도 아니면 자신도 모르게 자리바꿈 돼 있곤 하였다 (누구나 이렇다 할 내 자리를 갖고 싶어한다) 언제나 溫은 온전히 溫이고자 고집하였다 寒 역시 완벽히 寒이고자 꼿꼿하였다 막무가내 서로간의 방식이 매우 독자적이고 투쟁적이었다 허나 자세히 보면 저들은 서로

를 떠나 홀로 있어 본 적 한 번도 없었다 저들은 언제나 본인들만 부정
하는, 相生하는 일에 이미 깊숙이 관여하고 있었다 (누구나 자신이 뭘
하고 있는지 모른다)

　　　　　　　　　　　－ 이수진, 「계층간의」(『애지』, 2010 가을호) 전문

현대사회에서 나와 타인의 관계는 경쟁적이다. 자본주의 사회는 상품 사회로서, 상품과 상품의 교환으로 구성된 사회이다. 당연히 인간관계가 상품 교환이라는 법칙에 의해 지배되는, 다시 말하자면 사람이 교환 가치로 표현되고, 인간관계는 상품 교환의 형식으로 존재하게 된다. 이렇듯 이기적인 인간관계가 형성될수록 자본주의 사회는 노예제 사회에 비견될 정도로 냉혹해져 버린다. 외견상으로는 자유롭고 평등한 관계처럼 보이지만 그 이면으로 들어가 보면, 그것은 인간적인 관계가 아니다. 그러나 이들의 관계는 상대가 없으면 내가 존재 의미를 상실하게 되는 관계, 즉 이율배반적 관계다. 이 시는 이해관계에 얽힌 이들의 대립적 이데올로기들도 서로 상대방이 존재하지 않으면 그 존재 의미를 상실하게 된다는 것을 통찰하고 있다.

"한(寒)이 문틈으로 얼굴 들이밀면 온(溫)이 대놓고 얼굴 붉혔다 寒과 溫이 서로를 밀어낸다는 게 서로의 품속으로 스며드는 형국이 되곤 했다(누구나 원하는 방식으로 살지는 못한다)"에서처럼 서로 대립하는 것들도 알고 보면 서로를 포용하는 관계일 수 있다. 사회주의의 장점을 수용한 자본주의의 사회보장제도와 자본주의의 장점을 수용한 사회주의의 사유재산제도 보장과 같은 측면을 생각해 볼 수 있다. 그래서 시인은 "둘이 서로를 강하게 밀어낼수록 서로의 존재가 입증되거나 그도 아니면 자신도 모르게 자리바꿈 돼 있곤 하였다"라는 말을 통해 밀어내면서도 서로 수용하면서 살아갈 수밖에 없는, 상극이 상생하는 자본주의 사회의 속성을 이야기하고 있다.

"언제나 溫은 온전히 溫이고자 고집하"고, "寒 역시 완벽히 寒이고자 꼿꼿하였다". "막무가내 서로간의 방식이 매우 독자적이고 투쟁적이 었"지만, "자세히 보면 저들은 서로를 떠나 홀로 있어 본 적 한 번도 없 었"던 관계이다. 악惡이 없는 곳에서 선善은 존재 의미를 잃는다. 범죄 자들을 잡으러 다니는 경찰들이 범죄 없는 나라를 건설하겠다고 말하 지만, 범죄자가 모두 사라지면 경찰이란 존재는 필요하지 않다. 야당 없는 여당도 마찬가지다. 대립하는 존재들 같지만, 실은 상생相生하는 관계인 것이다. 그래서 시인은 "저들은 언제나 본인들만 부정하는, 상 생(相生)하는 일에 이미 깊숙이 관여하고 있었다(누구나 자신이 뭘 하 고 있는지 모른다)"고 말한다. 역설적이지만, 시 제목처럼 "계층간의" 관계가 대립적이라고 생각할 때 이미 상생의 관계가 형성되고 있는 것 이다. 이러한 상생의 과정은 결국 힘겨운 여정을 밟아갈 수밖에 없는 고단한 일상과 만나면서, 각박한 일상을 현저하게 인식하는 태도로 전 환된다.

　　양산을 쓴 여자가 그늘을 끌고 간다 발로 배를 걷어 차버린 강아지처 럼 따라 간다
　　그늘은 말이 없고 성실하다

　　양산을 썼기 때문에 태양에 가장 가깝게 걸어간 그늘 같다 뜨겁고 무 겁고 무겁고 다리가 있어 오래된 뼈와 살로 만들어진 그늘 같다

　　천변에는 지나가는 사람에게 침을 뱉듯 꽃이 피었다 꽃은 참을성이 없고 당신은 태연하다 나무 계단의 삐거덕거리는 소리를 들으며 혼자 변 두리 짜장면을 먹으러 오르는 사람은 무겁다

　　저녁이 오는 쪽으로 사람들은 죽고
　　여우가 여러 번 울어서 밤이 오면, 아무도 그것이 어둠을 열고 사라진

검고 이상한 사람인 줄 모른다 그늘이 조금씩 먹어치우고 있다는 것을
　　　　― 최호일, 「이상한 그늘」(『시안』, 2010 가을호) 전문

　현대인의 힘겨운 인생과 고달픈 삶을 그린 시다. "양산을 쓴 여자가
그늘을 끌고 간다"에서 알 수 있듯 '그늘'은 움직이는 그림자다. '그늘'
은 잠깐의 휴식을 제공하는 공간인데, 이 시에서의 '그늘'은 움직이는
그늘이다. 게다가 여자가 움직일 때마다 불평·불만 없이 계속 따라다
니므로 "그늘은 말이 없고 성실"한 존재가 된다. 이렇게 움직이는 '그
늘'은 현대인들의 힘겨운 삶, 땡볕 아래에서 양산을 써야 하는 삶을 표
상한다. 따가운 햇볕을 피하려고 우리는 '그늘'을 찾지만, '그늘'은 그런
우리에게 오랜 시간 있어주지 못하고 수시로 움직인다. 그러기에 쉽게
그늘 속에서 편안히 쉬지 못하는 것이다.
　"천변에는 지나가는 사람에게 침을 뱉듯" 참을성 없는 꽃이 피었다.
"나무 계단의 삐거덕거리는 소리를 들으며" 혼자 잠시의 휴식을 위해
자장면을 먹으러 오르는 사람들마저도 마음이 무겁다. 현대인에게 영
원한 휴식은 어디에 있을까. 영원한 휴식을 표상하는 움직이지 않는 그
늘은 어둠과 죽음을 상징하는 '밤'이다. 이 시에서 '저녁'은 밤의 입구
다. 그래서 "저녁이 오는 쪽으로 사람들은 죽"는 것이다. 그러나 사람들
은 모른다. 그들이, 또는 우리가 저녁의 입구로 들어가고 있다는 것을.
더구나 그늘이 우리의 삶을 "조금씩 먹어치우고 있다는 것을". 이 시는
쉴 곳 없이 바쁘게 살아가는 현대인의 일상을 수시로 이동하는 '그늘'
을 통해 환기시킨다. 우리를 끌고 가는 각박한 일상이 "이상한 그늘"이
라는 사실을 인식하게 한다. "이상한 그늘"에 대한 지각은 "먼지 그림"
이라는 자각으로 나아가면서 우리의 욕망이 덧없고 무의미한 것임을
드러내는 것으로 이어진다.

황사는 허구다 덧칠한 유화처럼 그 안에 전혀 다른 생살을 숨기고 있
다 아득히 먼 사막의 먼지 구름이 당신의 호흡기를 지나 피톨 속에서 물
감처럼 끈적하게 뒤섞인다 소용돌이의 검고 붉은 색감은 당신의 안색
이다 여러 겹으로 숨어버린 밑그림을 찾을 수 없다 연필선이 사각거리
던 아득한 당신의 생살, 웃을 때마다 일그러지는 표정은 그래서 허구다
아무것도 보여주지 않는 사막을 뒤집어 쓴 얼굴 그 위로 어지럽게 지나
간 굵고 얇은 붓 자국들, 깜빡이는 눈동자는 당신이 어쩌지 못한 속살이
다 가끔 눈물 속에 지워진 연필선들이 속눈썹처럼 젖어 있다

너무 먼 간격을 떠도는 희뿌연 표정이 액자도 없이 걸려 있다 당신과
나 사이에

무표정하게 다가오는 당신은
먼 먼 사막을 거쳐 온 가늠할 수 없는 황사의 표정이다
　　　　　　　 – 정푸른, 「먼지 그림」(『시인시각』, 2010 가을호) 전문

　자신의 얼굴을 숨기고 사는 현대인들의 철저한 익명성과 자기 폐쇄
성, 그리고 그것으로 말미암아 인간관계의 단절과 피상적인 인간관계,
소통 부재를 풍자한 시다. "황사"로 표상되는 현대인들의 피상적인 인
간관계는 각자의 실체적 모습인 "전혀 다른 생살을 숨"긴다. 그래서 황
사 속에서는 "여러 겹으로 숨겨버린 밑그림을 찾을 수 없다." 자신을 드
러내지 않고 사는 사람들조차도 가끔은 "눈물 속에 지워진 연필선들이
속눈썹처럼 젖어 있"듯이 그것을 인식하고 슬퍼하지만, 타자와 나는
"너무 먼 간격"이기에 "희뿌연 표정이 액자도 없이 걸려 있"는 것이다.
"당신과 나 사이에" 말이다. 그리고 또 다음날에도 역시 "무표정하게
다가오는 당신"만이 있을 뿐이다.

　빠르게 성장하는 현대를 살아가는 우리에게 도시는 개인을 더욱 고
립시키고 외롭게 만든다. 오늘날 거대도시의 공동화空洞化에서 불거지

는 관계 단절과 그로부터 비롯되는 고독의 문제는 전 지구적인 문제다. 우리 사회는 소통의 부재라는 문제점을 안고 있다. 철저히 개인화되고, 획일화된 익명의 숲에 우리의 존재는 먼지 그림이 되어 걸려 있을 것이다. 인간 사이의 관계가 상실되어 개인이 전적으로 고독해진 상황에서는 개인들 사이에 무관심만이 남아있다. 이런 상태의 지속은 삶을 무의미하게 만들어 권태감에 빠지게 하고, 종국에는 자신을 소외시켜 버리기도 한다. 소외된 인간은 외부와의 접촉이 끊어지고 자신과의 접촉도 단절되어 자신을 사물화 한다. 인간관계와 사회적 소통의 단절로부터 한 개인이 겪게 되는 정신적 부조화를 "먼지 그림"으로 형상화한 작품이다.

겉으로 드러난 얼굴이 아니라 그 안에 전혀 다른 생살을 숨기고 있는 얼굴은 허구다. "여러 겹으로 숨어버린 밑그림" 속에 화자의 본질은 꼭꼭 숨어 있다. "아무것도 보여주지 않는 사막을 뒤집어 쓴 얼굴"과 "그 위로 어지럽게 지나간 굵고 얇은 붓 자국들", "깜빡이는 눈동자"는 당신이 어쩌지 못한 속살이다. 미술 기법의 한 방식으로 "소용돌이의 검고 붉은 색감"을, 속마음을 알 수 없는 "당신의 안색"을 보여주고 있다. 겉과 속이 다르게 살아가는 이중적인 삶은 결국 우리 삶을 피곤하게 만들지 않는가. 사는 일조차 무의미하다는 인식이 "느린 이별"을 요구한다.

또 한없이 느리게 햇살이 복도에 머문다
시간은 사라진 지 오래고
복도의 어디에도 복도의 그림자는 없다

기다랗고 물기 없는 바게트 빵을 손에 쥐고
느리게 빵을 뜯으며
게처럼 복도를 걷는다

햇살이 펼쳐놓은 복도 속으로
빵과 함께 들어가서
복도를 품으면
사라진 시간이 돌아올까?

해 질 무렵부터
집은 저 복도의 끝 어딘가에서 혼자 부풀겠지
병원은 저 복도 끝 어딘가에서 혼자 부풀겠지
복도도 그렇게 또 햇살을 건너가겠지

햇살이 주무르던 모든 것들 멈추고
세상은 밤새 발효가 시작되고

사랑해서
하루라도 못 보면 안 될 것 같이
마치 그렇게 하다 보면 정말 만날 수 있는 것처럼
느리게 정말 느리게
사랑이란 말 정말 느리게
안녕히 가라는 말 정말 느리게

시간이 사라진 복도에서
게걸음으로 느리게
더 느리게 헤어지는 우리들
— 이사라, 「느린 이별」(『유심』, 2010.9 · 10) 전문

현대인들의 무의미하게 흐르는 시간 속에서 무의미한 만남과 이별을
형상화한 시다. "시간은 사라진 지 오래"라는 말은 시간의 영원성을 이
야기하는 것이 아니라 시간의 무의미함을 이야기하는 것이다. "복도의
어디에도 복도의 그림자는 없다"는 설정은 무엇일까. 복도는 폐쇄된
공간이며 인위적인 불을 켜지 않는다면 어둠이 상주하는 공간이다. 폐

쇄된 만남 속에서의 폐쇄적인 사랑이 시작된다. 원시인들이 물이나 거울에 비치는 그림자를 자신의 영혼, 혹은 살아 숨 쉬는 일부로 간주했듯이 복도에는 또 하나의 자아나 영혼 같은 것은 이미 없다. 그저 복도는 개인적인 공간(방)들이 늘어선 곳에 있는 하나의 통로일 뿐이다. 즉, 복도는 이곳에서 저곳으로 이동하는 공간일 뿐이다.

"느리게 빵을 뜯으며" 걷는 화자는 "복도 속으로" "빵과 함께 들어가서/ 복도를 품으면/ 사라진 시간이 돌아올까?"라고 자문하지만, 현실은 그렇지 않다. 저무는 삶을 표상하는 "해 질 무렵"이라는 시간 설정과 "저 복도의 끝 어딘가"라는 막연한 공간 설정은 "혼자 부풀겠지"라는 고독하고 무기력한 일상과 만난다. "집"과 "병원"은 화자에게 일상적 공간이다. '혼자 부푸는 것' 역시 폐쇄된 자기 행동에 지나지 않는다. 두 번 반복되는 "저 복도의 끝 어딘가에서 혼자 부풀겠지"에서처럼 유사한 통사 구조의 반복은 덧없는 일상에서 느끼는 고독과 무기력한 삶에 대한 인식을 드러내는 장치로 보인다. "복도도 그렇게 또 햇살을 건너가겠지"에서 "복도도"와 "그렇게"는 무의미하게 살아가는 화자의 내부와 다르지 않음을 의미한다. 즉, 공간과 공간을 이동하면서 드나드는 통로인 "복도"는 화자의 내부로 은유된 셈이다.

너무도 "사랑해서/ 하루라도 못 보면 안 될 것 같"은 만남과 "안녕히 가라는 말 정말 느리게" 하는 이별의 장면을 통해 무의미한 만남, 아픔 없는 헤어짐을 드러내면서 "기다랗고 물기 없는 바게트 빵"과 같이 무미건조한 현대인들의 삶과 정열 없는 사랑을 풍자한다. 열정 없고 무기력하게 흘러가는 삶, 욕망의 실현 불가능성에 대한 인식은 결국 자신을 스스로 소멸시키는 것으로 이어진다.

사람들 사이에 인간이 있다

출근시간 지하철에 오르면 타인의 피부에 내 피부가 닿는다
황급히 몸을 움츠린다
치약 냄새 화장품 냄새 옅은 체취 강한 체취
내 몸에서 아직 다 빠져나가지 않은 술 냄새
아아 어젯밤 늦게까지
소주에 삼겹살에 마늘에 양파에……
껌 씹으며 귀가했지만 도저히 지워지지 않는……

남자 한 명, 여자 네 명이 화성시 도로변 승용차 안에서 발견되었다
남자 세 명이 춘천시 모 민박집에서 숨진 채 발견되었다
밀폐된 실내에서 번개탄과 연탄을 피워놓고……

인터넷 자살사이트가 저승길 친구를 만들어준다
함께 자살할 친구를 찾고 방법을 찾고 장소를 찾고
충분한 논의를 거쳐 콘티를 짜고
가장 멋진 시나리오를 채택!
이 방법이면 실패하지 않겠어
사람人들 사이間에 인간이 있다
인간들이, 지나치게 인간적인 방법으로
사라진다 사람들 사이에서

— 이승하, 「사람들 사이에서 사라진다」
(『시로 여는 세상』, 2010 가을호) 전문

우리나라는 자살률이 높은 나라이며 인터넷 자살 사이트까지 성행하고 있는 나라다. 자살을 경시하는 사회는 인간의 목숨도 경시한다. 또한 자살을 미화하는 사회는 자살률이 높다. 자살에 사회가 미치는 영향은 몇 가지로 나누어진다. 개인이 한 사회에 밀접한 관계를 맺지 못하여 일어나는 이기적인 자살과 개인이 사회와 너무 밀접하여 일어나는 이타적 자살이 있다. 전자의 예로 우울증과 정신분열증이 있다면, 후자의 예로는 일본의 가미가제 특공대의 집단 자살이 있다. 다음으로

는 사회에 너무 갑자기 차단되어 일어나는 무통제적 자살이 있다. 경제적 파탄이나 가치의 붕괴가 그 원인이다. 심리적 원인으로는, 다른 사람을 향하는 분노의 화살이 갑자기 자신으로 향할 때 발생한다. 또한 자신의 생각, 내가 죽으면 어떻게 될까 하는 공상에서 출발한다고 하나 여러 가지 복잡하게 혼합된 감정이 있다. 즉, 복수, 징벌, 희생 등이 포함될 수 있다.

이 시에서의 자살은 이기적 자살로, 개인이 사회와 밀접한 관계를 맺지 못함으로써 발생하는 자살이다. 1연에서는 자살을 하는 사람들의 심리적 원인이 잘 드러난다. "타인의 피부에 내 피부가 닿"으면 "황급히 몸을 움츠"리는, 타인에 대한 혐오와 공포심, "껌 씹으며 귀가했지만 도저히 지워지지 않는……"과 같은 자기혐오, 지하철이라는 공간에 퍼지는 "치약 냄새 화장품 냄새 옅은 체취 강한 체취"에 대한 혐오 같은 사회부적응이 자살의 원인이 된다.

2연은 집단 자살의 모습을 형상화한 것이다. "승용차 안", "민박집"과 같은 "밀폐된 실내"는 자살 충동을 불러일으킨다. 3연은 인터넷 자살 사이트에서 자살을 논의하는 장면이다. 가장 존엄한 생명의 가치를 부여받은 인간들이, 지나치게 지능적 동물, 도구적인 동물인 인간답게 "인간적인 방법으로/ 사라"져가는 현대인들의 자살을 풍자, 비판하고 있다. "사람들 사이에서"라고 말하는 부분에서 우리는 "군중 속의 고독"의 의미를 발견하게 된다.

3.

어떤 삶이 바람직한 것이고, 진정한 삶에 이르는 길일까. 위의 시들은 상생과 조화의 관계를 근원적으로 받아들이지 못하고, 개인의 욕망을 제대로 다스릴 줄 모르는 현대인의 모습을 형상화했다. 배타적인 이익이나 권력에 대한 욕망을 버린다고 진정한 삶의 가치를 발견할 수 있는 것도 아니며, 피안彼岸의 세계에 도달할 수 있는 것도 아니다. 성형 욕망과 서로 다른 계층 간의 의식구조, 나와 타인과의 관계들, 익명성, 무기력증, 무의미한 만남, 자살 등에 이르는 자본의 논리가 인간의 욕망을 더욱 견고하게 함으로써 오늘의 현실을 각박하게 만드는 것은 아닐까. 자본의 논리에 예속된 다양한 시각들, 욕망의 양상들, 그에 대한 대처 방안들을 풍자한 위의 시들에서 오늘을 돌아보는 성찰의 기회를 얻게 된다.

버림과 비움, 생의 아름다운 종착역

– 이지엽, 『어느 종착역에 대한 생각』, 고요아침, 2010.

> "잔은 비어야 채워질 수 있다.
> 지성과 감성도 완전히 비어야만 진정으로 살아갈 수 있다. …
> 지각 자체를 왜곡시키는 말과 기억을 붙잡지 않을 정도로
> 완벽하게 비어있다는 것이야말로
> 사랑의 최고 형태이다."
> – 크리슈나무르티, 『혼자서 가야만 하리라』 중에서

1. 종착역을 향하는 우리들의 자화상

우리의 삶은 모두 종착역을 향해 간다. 부와 명예를 가진 자들, 가난하고 병든 자들을 불문하고 우리는 모두 태어나는 순간, 삶의 종착역으로 가는 기차를 타게 된다. 무수한 역들을 지나 숙명처럼 도착하게 되는 종착역에서 결국 우리는 내려야 한다. 삶의 종착역은 죽음이다. 우리는 이 죽음이라는 종착역을 피할 수 없다. "이 세상에 죽음만큼 확실한 것은 없다. 그런데 사람들은 겨우살이를 준비하면서도 죽음은 준비하지 않는다."고 톨스토이가 말하지 않았던가. 더구나 우리는 종착역으로 가는 동안 얼마나 많은 것들을 욕망해 왔던가. 어떻게 살아왔는지, 어떻게 살아갈 것인가에 대한 고민은 결국 얼마만큼 가질 것인지, 얼마나 높이 올라갈 것인지에 대한 욕망으로 가득 차 있다. 이지엽 시

인은 우리가 종착으로 가는 동안 보고 느끼고 만지고 욕망하는 모든 삶의 과정들을 눈여겨보면서, 고뇌와 번잡한 세상사의 출구가 결국 자신이 살아온 과정 속에 있음을 자각하게 한다.

이지엽 시인의 시집 『어느 종착역에 대한 생각』은 버리고 비운 후에야 얻어지는 삶의 진정성과 가치에 대한 사유로 출렁인다. 또한 종착역은 우리 삶의 끝이 아니라 우리 삶의 시작이라는 역설적 인식을 가능하게 하는 생각들로 가득하다. 이지엽 시인은 해남 우항리 바닷가 공룡 화석지에서 바다가 하늘이 되고, 비늘이 깃털이 되는 것이 순간이라는 생각을 했다고 한다. 우리의 삶은 순간이다. "내가 너보다 더 낫다고 자랑할 일도 아니고/ 더욱이 싸울 일도 아니"라는 인식을 하며, "낮아지고 낮아지자"고 다짐하고 또 다짐하는 시인의 말은 욕망에 휩싸여 이기적으로 살아가는 오늘의 현실에 대한 날카로운 지적이면서, 결국 종착역으로 가는 우리가 인생에 대해 겸허해져야 함을 넌지시 일깨워주는 의미심장한 말이다.

이지엽 시인은 현대 자본주의라는 치열한 시대를 살아가는 이들의 모습 속에서 시대에 대한 분노와 고뇌의 흔적을 표출하면서 그 안에 자신의 삶과 시에 대한 열망을 담아낸다. 자연과 생명의 아름다운 속살을 어루만지는 이지엽 시인의 빛나는 통찰력을 만나는 일은 삶과 죽음, 우리 시대의 이야기들을 되새기는 일이 된다.

2. 하늘과 사람을 섬기는, 상생의 시(詩)

기차를 타는 순간
우리는 종착역을 생각한다

들판을 지나 강을 건너고
산과 집들을 지나
우리는 반드시 종착역에 도착할 것이다
그리고 사람을 만나고 밥을 먹고 얘기를 나누리라
웃고 떠드는 순간 신기하게 역은 지워지고
우리는 알아채지 못한 채 역에서 멀리 떨어져 나간다
지워지는 무늬, 물속으로 가라앉는 발길들
사랑은 늘 그런 것이다
그러니 역은 잠시 있다 사라지는 것
물길이거나 떨어지는 꽃잎 같은 것
우리는 이미 수건으로 손을 씻었거나 밟고 지나왔다
종착역은 아마 처음 역이었을지도 모를 일
십 수 년 동안 상환해오던 전세금 융자를 다 갚거나
원수처럼 지내던 사람과 어려운 화해를 하고 눈물을 흘렸을 때
방금까지 역은 분명히 있었는데 감쪽같이 사라진다
(이 감쪽같음을 평화라 명명할 수 있을까?)
하나를 이룩해본 사람은 안다
그 역이 이미 없어지고
짐을 꾸리고 다시 무언가를 위해 허둥대며 떠나야 한다는 것을
우리는 늘 시간에 빚을 지고 달려갈 수밖에 없다
문 닫아버린 약국을 찾아, 설렁탕집을 찾아
시간은 멀리에 가 있고 역도 또한 너무 멀리에 있다
남은 생애의 첫 번째 날*이 시작되면
지금까지의 것을 다 잊어버리고
표를 끊고 개찰구를 들어선다
또 다른 종착역, 실은 오래 전에 사라져버린 그것이
거기 턱 하니 버티고 있다고 착각하면서

* 앱비 호프만.

—「어느 종착역에 대한 생각」 전문

우리는 중간 중간 간이역에 들르지 않고 삶의 종착역인 죽음으로 그
냥 내달리지는 않는다. 인간은 살아가는 동안 숱한 간이역에서 많은 삶
을 경험하며, 무엇을 어떻게 할 것인가에 대한 끝없는 고민 속에서 하
루하루 살아간다. 우리는 태어나는 순간 종착역으로부터 자유로울 수
없다. 종착역에 도달하면 우리는 운명적으로 내려야 한다. 그러나 종착
역으로 가는 동안 우리는 이기주의적 욕망에 사로잡혀 타인을 돌보지
않고 살아가면서 물질적 풍요로움을 꿈꾼다. 그리고 "사람을 만나고
밥을 먹고 얘기를 나누"고, "웃고 떠드는 순간" 신기하게 역의 존재를
잊는다. 가까이 있을 때 존재감을 의식하지 않는 사랑처럼 우리의 머릿
속에서 종착역에 대한 생각은 희미해지면서 사라진다. 개인의 욕망에
사로잡혀 앞만 보고 달려 온 시간들은 종착역의 존재를 잠시 잊어버리
게 한다.

"십 수 년 동안 상환해오던 전세금 융자를 다 갚거나", "원수처럼 지
내던 사람과 어려운 화해를 하고 눈물을 흘렸을 때" 있었던 역은 감쪽
같이 사라진다. 그러나 실제로 역은 감쪽같이 사라지는 것이 아니라,
우리의 기억 속에서 의식되지 않는 것이다. 종착역이란 우리가 반드시
도달해야만 하는 목적지이며 약속이기 때문이다. "종착역은 아마 처음
역이었을지도 모를 일"이라는 진술은, 운명적으로 정해져 있는 우리의
삶의 행로가 결국 시작과 끝이 하나라는 것을 의미한다.

우리는 늘 새로 태어나 새로운 결심을 하고 "짐을 꾸리고 다시 무언
가를 위해 허둥대며 떠나야 하고", "시간에 빚을 지고 달려"간다. 돌아
가기엔 너무 멀리 와버린 오늘을 지각하는 순간 "남은 생애의 첫 번째"
날을 시작하면서 지금까지의 삶을 다 잊어버린다. 우리는 잘못과 반성,
용서와 화해를 반복하면서 살아간다. 새로 표를 끊고 개찰구를 들어서
는 순간 새로운 다짐으로 또 다른 종착역을 향해 가는 것이다. 무모한

욕망과 착각으로 자신을 위장하고 치장하며 살아가는 현대인의 일상
을 통렬하게 지적한 시다.

  1.

　　나는 한 사내를 알고 있다.
　　무두질치는 가슴에는 할 말 소금처럼 하얀데
　　주먹질 한번 못하고 이제 반백의 까칠한 머리칼 속에
　　눈동자만 형형하게 빛나는 한 사내를 알고 있다.
　　적당히 막걸리잔 돌리며 다들 취해 넘는 세상에
　　아직까지 네편 아니면 내편
　　분노의 파도와 싸우는 한 사내를 알고 있다.
　　썩으면 썩을수록 더 독한 오기 하나로
　　버팅기면서 아내가 도망간 이 겨울
　　한 끼는 굶고 한 끼는 술로 넘는 한 사내를 알고 있다.
　　도청 앞 지하도 한 켠에서 그를 보자
　　나는 말이 그만 얼어붙었다.

　　(중략)

  3.

　　한 때 그에게 잘나가던 시절이 있었다.
　　가슴지느러미를 우아하게 펼쳐
　　파상운동을 하면 물결은 우우우 고개를 숙이고
　　길을 열어 주었다.
　　세련된 식사를 하고 날카로운 코로
　　깊은 구멍의 암호를 척척 해독해 냈다.
　　희고 부드러운 곡선의 세상
　　그러나 주남마을에서 아이가 죽어 돌아오고

계엄군처럼 사각사각 완전한 어둠이 오고
사내는 발광하기 시작하였다.
줄무늬와 나선으로 이루어진 홀로그래피를
허공에 마구 쏘아대면서 안돼, 안돼
절규하였다 작살에 찍혀나간 아가미
지상의 꽃사태는 어떤 강물로도 받아낼 수 없었다.

(중략)

5.

나는 어쩌자고 버리지 못하는 걸까
단 한 줄도 구원이 되지 못하는 쓸쓸한
시집들과 담배와 코를 후비는 버릇과
달아보지 못한 넥타이핀과 돌과 돌 같은 종교 사이에서
메아리로만 반항하는 건가
나는 어쩌자고 다 잃어버렸는가
라면발로 소주잔을 들이키며 붉게 띄우던 희망과
보리밭의 저 푸릇푸릇한 生光과,
강남길로 해남길로 떠나가는 배 한 척,
나무가 되고 집이 되고 유리가 되는
안과 밖이 하나인 세상, 영 버렸는가
—「홍어」부분

"기꺼이 살을 헌납하는/ 톡 쏘는, 알싸한, 붉은, 썩은" 홍어의 속성을
분노와 슬픔에 타오르던 사내의 삶으로 은유한 시다. 이 세상은 할 말
이 소금처럼 하얀데도 주먹질 한 번 제대로 못하고 살아가야 할 일이 얼
마나 많은가. 눈동자만 형형하게 빛나던 사내는 "적당히 막걸리잔 돌
리며 다들 취해 넘는 세상"에 대해 아직까지도 네 편과 내 편을 운운하
며 분노의 파도와 싸운다. "썩으면 썩을수록 더 독한 오기 하나로" 버팅

기다 아내가 도망간 추운 겨울, 사내는 술로 끼니를 때우며, 1980년 5월의 기억 속에서 여전히 출렁이고 있다. "도청 앞 지하도 한 켠"은 그의 초라한 생활공간이다.

한때 그에게 잘나가던 시절은 불의에 항거하는 민주 투사로서의 모습을 보일 때였다. "세련된 식사를 하고 날카로운 코로/ 깊은 구멍의 암호를 척척 해독해 내"던 예리함이 있었다. 그것은 평화롭고 고요한, 네 편과 내 편의 구분이 없는, "희고 부드러운 곡선의 세상"이었다. 그러나 1980년 5월 광주민주화운동이 한창일 때 주남마을에서 계엄군에 의해 죽임을 당하는 아이들을 보고, 삽시간에 몰려오는 어둠의 세력에 분노하면서 사내는 발광하고 절규한다. "작살에 찍혀나간 아가미"와 "지상의 꽃사태"에 대한 기억으로 인해 사내는 지금도 마음 속 깊이 분노의 파도와 싸우고 있는 것이다.

그런 열정 앞에서 지금의 '나'는 무엇을 하고 있는가. 단 한 줄도 구원이 되어 주지 못한 "시집들", "담배", "코를 후비는 버릇", "달아보지 못한 넥타이핀", "종교"들 사이에서 메아리로만 반항하는 자신의 초라하고 누추한 의식 세계를 본다. 그저 메아리로만 반항하는 것이 콧등이 시큰하는 슬픔을 감당할 수 있을까. 민주화의 열의에 타올라 두 주먹 불끈 쥐었던 의지와 소주잔에 "붉게 띄우던 희망"들은 다 어디로 갔는가. 이 시는 홍어의 속성과 사내의 삶을 통해 "안과 밖이 하나"가 되고, 너와 내가 한 편인 화엄의 정신과 융합의 의지를 넌지시 일깨워 주기도 한다.

> 걷다가 달리다가 혹은 서고 혹은 앉아서 일을 보는 대부분의 시간 동안 우리는 신을 신고 있다 신문을 보거나 책을 읽거나 사람을 만날 때도 신을 신은 채 생각하거나 대화를 나눈다 식사를 할 때 가끔 방에 들기 위해 신을 벗기는 하지만 곧 다시 신어야 한다 맨발이 되지는 못하므로

벗은 것이 아니다 신을 신는다는 것은 그러므로 내가 먹기 위해 일을 하
고 있다는 것, 각자의 자리에서 그 몫만큼 양식과 그늘을 확보하는 것
흐트러지지 않기 위한 일종의 부표, 팬티나 브래지어 같은 것이다. 그러
므로 집에 들어와 신을 벗는 것은 그런 것들로부터 벗어나는 것이다 비
워지는 것, 나로 돌아가는 것이다 아니다, 나 아닌 나로 돌아가는 것이
다 길들여진 품성과 뜻으로부터 벗어나는 것 얼마나 무서운 일인가 신
발을 신는 대부분의 삶이 나, 아닌 나로 채워져 있다는 것이…… 그러
니 맨발일 때가 거룩하다 흙냄새의 아내를 품고 첫 닭이 울기 전 속가를
빠져나온 청담, 그의 발은 맨발이었다 10년의 맨발 만행(卍行) 맨발이
라고 울지마라 맨발은 보리수와 십자가 부처도 예수도 맨발의 삶을 살
았다 오늘 하루도 열심히 살았구나 신을 벗는 순간 그림자가 사라지고
우리는 잠시 잠깐 거룩해진다

─「신을 벗는다는 것」 전문

　신발은 품격과 인격 등을 의미한다. 문학작품이나 각종 대중매체에
서도 신발은 다양한 의미로 등장한다. 전래동화의 주인공인 신데렐라
와 콩쥐는 신발로 인해 인생이 달라진다. 자신들의 발에 맞는 신발은
신분 상승과 그에 따른 행복을 약속한다. 신발은 본인을 증명하는 데
사용하고 이후에는 인생을 변화시키는 상징물로 사용된다. 우리는 문
학작품 속에서 신발을 가지런히 벗어놓고 자살하는 장면을 많이 만난
다. 신발은 신는 것이 아니라 내가 신발 안으로 들어가는 것이기도 하
다는 점에서 나를 담는 그릇이다. 그리고 신발은 자기 자신을 나타내기
도 한다. 자신을 담는 신발을 벗는다는 것은 곧 자신을 버린다는 것과
같다.

　역사 속에서 왕과 신하의 신발 모양은 다르다. 이집트의 경우 노예들
은 신발을 신지 못하게 했다. 영화『천국의 아이들』에서 여동생 자라
의 '잃어버린 신발'은 여성들의 삶, 즉 자유롭게 움직이거나 변화를 추

구할 수 없는, 구속의 상태를 상징한다. 그리고 꿈속에서 신발은 인연, 만남 등을 상징하기도 한다. 신발을 만들어 신는 동물은 오직 인간뿐이다. 이처럼 신발은 여러 매체 속에서 다양한 의미로 등장한다.

이 시에서 신발은 넓은 의미에서 자신의 신분과 위치와 관련된 모든 욕망을 상징한다. 우리는 대부분의 시간을 신발을 신고 살아간다. 신발을 신고 있다는 것은 내 존재를 신발에 담고 있는 것으로, 속세의 모든 인연들과 연결되어 있음을 뜻한다. 가끔 방에 들어가기 위해 신발을 벗는 것은 곧 다시 신어야 한다는 측면에서, 벗는 것이 아니다. 신을 신는다는 것은 "내가 먹기 위해 일을 하고 있다는 것", "각자의 자리에서 그 몫만큼 양식과 그늘을 확보하는 것"으로, 자신을 둘러싼 모든 삶의 요건들과 직업, 사회적 지위나 명예 따위를 의미한다. 현대인들은 발에 꼭 맞는 신발을 신어야 안심이 된다. 이렇게 자본주의 사회에서 살아가기 위한 생존의 요건들은 "흐트러지지 않기 위한 일종의 부표, 팬티나 브래지어"처럼 규격화된 삶으로 나타난다. 집에 돌아와 신발을 벗는다는 것은 자신을 꽉 조이고 있는 사회적 규율로부터 벗어난다는 것을 의미한다. 그것들로부터 "비워지는 것, 나로 돌아가는 것"이다.

우리가 현대사회에서 "길들여진 품성과 뜻으로부터 벗어나는 것"은 두려운 일이다. "신발을 신는 대부분의 삶"에 길들여져서 "나 아닌 나로 채워져 있다는 것"을 자각하는 것은 두려운 일이다. 우리는 신발을 신고 열심히 일을 하고 웃고 즐기면서, 가식적으로 사람을 대하기도 한다. 신발을 벗는다는 것은 이런 길들여진 삶에서 벗어나는 것을 의미한다. 그러므로 시인은 맨발의 삶에서 거룩함을 발견한다. "보리수와 십자가 부처도 예수도 맨발의 삶을 살았다"지 않는가. 부처의 가르침은 삶=욕망=고통이라는 등식으로 설명될 수 있다. 신발을 벗고 속세에 길들여진 모든 규율과 지위, 욕망 등을 내려놓을 때, 우리의 정신은 거룩해 지는 것이다. 이런 거룩함이야말로 버리고 비운 뒤에야 비로소 얻어지는 것 아니겠는가.

　　작아서 아름다운 것이 마음을 움직입니다.

　　만리장성이나 이화원보다 제주의 낮은 돌담과 섬진강 작은 구비가 더 오래도록 우리의 시선을 머물게 합니다. 거대하고 웅장한 것은 단숨에 우리를 제압하지만 그것을 보는 동안 우리 존재는 마침내 작아져 먼지가 되어 날아가 버립니다. 그러나 작은 것은 우리의 자리가 그곳 어딘가에 있을 것 같고, 또 있어야만 될 것 같아 바라보고 또 바라봅니다. 그렇게 바라본다는 것은 섬기는 것, 그러나 섬긴다는 것은 작아지는 것입니다. 작아지고 작아지는 것,

　　이윽고 내가 없어지고 그의 자리를 만들어주는 것입니다.
— 「섬긴다라는 말」 전문

에른스트 프리드리히 슈마허E. F. Schumacher의 『작은 것이 아름답다』가 떠오르는 시다. 인간과 자연과의 공존을 모색하면서 "인간은 작은 것이다. 그러므로 작은 것은 훌륭한 것이다. 거대함을 추구하는 일은 자기 파괴로 통한다."고 역설한 그의 외침을 시 속에서도 듣는 듯하다. 이 시에도 작아지는 것과 비우는 것, 버리는 것에 대한 사유가 담겨 있다. 세상에는 작아서 아름다운 것들이 많다. 어린이, 강아지, 작은 동식물들. 가장 낮은 자세로 흙과 가까이 있기 때문이다. 너무 작아 아무도 알아주지 않는다 해도 손을 치켜들어 흔들지도 않고 그저 묵묵히 자신의 자리에서 욕심 없이 자신의 소임을 다한다. 현대 자본주의 사회에서 인간을 평가하는 기준은 큰 것, 새 것, 비싼 것을 얼마만큼 소유하고 있느냐다. 눈에 띄게 보이는 것이 자신의 존재 가치를 높이는 것이라는

착각 속에서 우리는 살아가고 있는 것이다.

인간다운 삶을 위한 조건을 작은 것에서 찾아가는 것이야말로 가장 인간적으로 삶을 대하는 것이리라. 거대한 상품 자본주의의 풍습에 휩싸여 우리는 나 자신의 얼굴은 물론, 서로의 얼굴을 보고 살지 못한다. 대형 마트, 대형 아파트, 대형자동차에 종속되어 작은 존재들을 보지 못하는 이런 삶이야말로 우리 자신을 버리는 일이 아닐까. 작은 것의 아름다움을 느끼고 실천해야 내 모습을 발견할 수 있는 것이다. 작은 것들을 "바라본다는 것은 섬기는 것, 그러나 섬긴다라는 것은 작아지는 것입니다."라고 했다. "작아지고 작아지는 것"이야말로 낮은 자세로 땅과 가까워지는 겸손의 자세, "내가 없어지고 그의 자리를 만들어주는" 공존과 배려의 정신이 아니겠는가.

3. 상처 받은 영혼을 감싸 안는 '깨끗한 시'를 위하여

사람이 태어나면서 주먹을 꼭 쥐고 울음을 터뜨리는 것은 그만큼 악착같이 한 세상 쥐어 보겠다는 욕망을 의미한다. 그러나 죽을 때 손을 펴고 죽는 것은 모든 세상의 짐들을 다 내려놓고 빈 몸으로 간다는 것이다. 빈손으로 왔다가 빈손으로 가는 무소유의 미학을 생각하게 한다. 부처가 제자들에게 사람의 목숨은 얼마 사이에 있느냐고 물었을 때, 어떤 제자가 숨을 쉬는 사이에 있다고 했다 한다. 살아 있다는 것은 들이쉬는 숨과 내쉬는 숨의 끊임없는 반복이라는 것이다. 태어나서 종착역으로 가는 그 찰나의 순간, 우리는 얼마나 많은 욕심에 부풀어 있는가. 마음을 비우고 버리지 않고서는 새로운 삶을 얻을 수가 없다. 거지는 끊임없이 채우려고 해도 가난한 반면, 마음이 풍요로운 사람은 끊임없이 비우고 나눠도 넉넉하다고 한다. 만족과 행복은 욕심을 버리는 데에 있음을 생각하게 하는 말이다.

이지엽 시인은 버리고 비우고 섬기면서 한없이 낮아지고, 지상에서 가까워지는 삶을 지향한다. "적나라하게 드러나는 저 수만의 상처"(「깨끗한 시(詩)」)가 밀물에 의해 다 덮어지기를 희망한다. 늘 "다시 시작해야 한다는 뜻/ 처음이라는 뜻"(「찢다」)으로 오십이 넘도록 종이를 찢었던 날들을 성찰하면서 우리 시대의 올곧은 정신을 지키며, 하늘과 사람을 섬기는 시인의 자세가 빛나는 시집 한 권을 조용히, 아주 조용히 덮는다.

몸의 코드화를 통한 몇 가지 소통 방식

1. 몸의 발견

'몸짱', '얼짱' 열풍이 여전히 우리 사회를 강타하고 있다. '좋은 몸이 큰 자산'이라고 믿는 이 시대를 사는 사람들은 상대가 어떤 능력을 가졌고, 얼마나 내적인 아름다움을 가졌는가 하는 것을 얼마나 좋은 몸을 지녔는가, 하는 것으로 평가한다. 생물학적 관점에서 남자와 여자의 몸은 생존의 본능이라는 측면에서 자연스럽게 발달한 것이다. 풍요와 다산의 생식력으로 분석하는 <빌렌도르프의 비너스>, 정치적·종교적 지배력의 상징인 <투탄카멘왕의 마스크>에서 보이듯이 좋은 몸은 그 자체가 미적인 대상으로 여겨져 왔다. 현대사회에서도 좋은 몸이 개인의 능력을 평가하는 기준이 되면서 사람들은 좋은 몸을 만들려는 욕망에 부풀어 있다. 우리 사회에 유행처럼 번지고 있는 외모 지상주의(lookism)나 성형 중독 현상들은 우리의 몸이 계급과 지위, 상품적 가치 등을 평가하는 자본주의의 도구화가 되고 있음을 여실히 보여준다.

다양한 기호들로 둘러싸인 현대 사회에서 몸이 그 중심적 위치를 차지하고 있다는 사실을 깨닫게 된 것은 그것이 환경을 가지는 주체이면서 동시에 세계와 교통할 수 있는 유일한 도구임을 인식하면서 부터이다. 특히 '몸' 담론은 1980년대 이후 '여성의 몸에 대한 발견', '정체성 회복', '권력에 대한 구조적 인식' 등의 문제들로 세분되면서 각 장르에서 다양한 방식으로 다루어졌다. "사회, 문화, 역사 등의 다양한 코드들이 교차하는 공간이면서 동시에 탈코드화가 일어나는 창조적 공간"이라고 말한 오형엽의 언급은 이를 더욱 구체적으로 드러낸다. 그 중에서도 문학은 문학의 대상을 몸으로 인지하여 권력의 중심에서 소외된 계층의 목소리를 담아내고 중심에 맞서 대응하는 다양한 몸짓과 몸으로부터 일어나는 변화들을 표현해 왔다. 이렇게 문학은 인간의 몸을 통해 여러 가지 사회적 기호들을 해석해내고 이를 다양한 방식으로 형상화한다. 그런 이유로 오늘날 몸이 텍스트 내에 담긴 인간의 정신을 이해하는 문학적 기제로서 현실을 폭넓게 조망할 수 있는 인식 주체로 등장하게 된 것이다. 이러한 폭넓은 조망은 몸이 단순한 도구로서가 아닌 인간의 지각 작용 전반을 의미한다고 보는 사유를 바탕으로 한다.

1930년대 중반 이후 프랑스에서 시작된 현상학에 따르면, 신체는 단순히 물질적인 육체가 아니라 진정으로 활동하는 유기체를 말한다. 현상학적 신체론을 전개한 대표적인 학자 메를로-뽕티는 '몸'을 '육체'로만 인식했던 전통주의의 관점에 대립하는 입장을 견지하며, 인식의 궁극적인 완성이 몸의 지각을 통해 이루어진다고 보고, 신체와 의식, 신체와 주관의 일체화를 주장하면서 인간의 몸을 중심으로 세계와 관계

할 수 있음을 역설하였다. 즉, 인간 존재를 인간의 몸으로 인식하게 되면서, 인간의 몸을 중심으로 사회·역사적인 의미망이 형성되게 되는 것이다.

몸시를 쓰는 주요 시인들로는 김지하, 정진규, 김혜순, 최승자, 김언희, 김기택, 채호기, 김선우, 이연주 등이 있다. '몸'을 코드화하여 세계와 소통하는 다양한 시작법을 선보이고 있는 시인들의 시는 이러한 현상학적 신체론과 맞닿아 있다. 그 중에서도 총 88편의 몸詩를 통해 몸이 세계와 관계 맺는 다양한 방식을 그려내고 유기체로서의 몸과 화해와 균형의 몸을 노래한 정진규 시인, 자신의 몸을 부수는 과정 속에서 체득하게 되는 사랑의 이미지를 그린 채호기 시인, 권력의 이데올로기 속에서 여성의 정체성을 찾아가는 다양한 시도들을 보여주고 있는 김혜순 시인, 모성성의 이미지를 통해 여성의 정체성을 발견하려는 김선우 시인 등의 작품을 중심으로 '몸'의 시학의 한 양상을 고찰해보고자 한다. 존재의 심연에 가닿기 위한 시인만의 내밀한 통찰이 몸의 언어를 통해 구현되면서 폭넓은 의미를 생성해가는 과정을 살피는 일은 결국 우리 사회의 소통 구조를 이해하고 올바른 삶의 통로를 발견하는 일이 된다.

2. '균형적 질서의 몸'과 '몸 밖의 그대' – 정진규와 채호기의 시

이재복 평론가가 『몸』(하늘연못, 2002)의 '후기'에서 밝혔듯이 "몸은 나와 너, 그리고 우리의 역사 그 자체이다. 몸이 포괄하지 못하는 존재는 없다. 몸은 개인과 집단(사회·역사·문명) 사이에 존재하면서 끊임없이 새로운 지형도를 그려내는 하나의 생성체"다. 그런 점에서 시인들의 몸에 대한 시 쓰기는 바로 이런 타인과 세계, 시간과 공간의 연관 속에서 자기 자신의 존재를 변화시키고 삶을 풍요롭게 하는 과정이기도 하다.
또한 브르통의 말처럼 몸은 "삶과 죽음, 현실과 상상, 과거와 미래, 소통
할 수 있는 것과 소통할 수 없는 것, 높은 것과 낮은 것이 더 이상 모순된
다고 느끼지 않는 정신의 어떤 지점을 체화(滯貨)하는 것이다." 이 말은
나와 타인, 유기체와 무기체, 몸과 세계 간의 경계를 지우면서 상반된 것
들 사이에 있는 모순의 벽을 허문다는 것을 의미한다. 이는 즉, 몸은 모
든 상반된 공간을 초월적으로 가로지를 수 있다는 말이기도 하다.

　시력詩歷 50년을 훌쩍 넘은 정진규 시인에게 몸은 현대사회의 욕망과
가치 체계에서 왜곡되기 이전의 상태로 인식된다. 사회가 요구하는 방식
에 맞춰 모두가 다 똑같은 눈, 코, 입을 갖게 되는 오늘의 몸을 그는 강력
하게 거부한다. 그러나 그는 이러한 몸의 변이를 부정적인 시각으로만
인식하는데서 그치지 않고 화해와 균형의 질서를 회복하는 과정을 통해
화합의 의지를 드러내며 몸의 원형을 되찾는 과정을 보여주기도 한다.

> 몸이 놀랬다
> 내가 그를 下人으로 부린 탓이다
> 새경도 주지 않았다
> 몇십 년만에
> 처음으로
> 제 끼에 밥 먹고
> 제때에 잠자고
> 제때에 일어났다
> 몸이 눈 떴다
>
> (어머니께서 다녀갔다)
> 　ー「몸詩 · 68 ー 병원에서」(『정진규 시선집』, 책만드는집, 2007) 전문

　이 시의 화자는 병원에 있다. 몸이 놀래서이다. 각종 스트레스에 시

달리고 질병에 고통 받고 있는 화자의 몸이 이제 반응을 보인 것이다. 화자가 자신의 몸을 하인下人으로 부린 탓으로 그는 병원에 와 있다. 기계화된 사회는 스스로의 몸을 "새경도 주지 않"고 마치 기계의 작동 원리에 의해 쉴 새 없이 돌린다. 문명의 발달은 몸을, 욕망을 실현하는 도구나 수단으로 다루게 된 것이다. 오늘의 사회에서 몸이 인간의 능력을 평가받는 하나의 도구로 인식되면서 우리는 누가 더 보기 좋은 몸을 가졌는가로 상대를 평가하기에 이른다. 그러한 인식이 강해지면서 우리는 더더욱 자신의 몸을 혹사시킨다. 제 끼에 밥을 먹지 않고, 제 때에 잠을 자지 않고, 제 때에 일어나지 않았기 때문에 맞이하게 되는 몸의 고통을 시인은 이 짧은 시행에 함축하고 있다. "몇십 년만에/ 처음으로"라는 말은 몸을 혹사시키는 현대인들의 모습을 짐작하게 한다. 이제야 "제끼에 밥 먹고/ 제때에 잠 자고/ 제때에 일어"나게 된 것이다. 비로소 "몸이 눈 떴다"는 것은 몸의 회복, 즉 각박한 문명사회 속에서도 자신의 존재를 인식하고 돌아보는 시간을 갖게 되었음을 의미한다. 몸이 불편하고 아프다는 것은 존재의 위치가 불안하게 흔들리고 있다는 것이다.

「몸詩」란 시를 쓰다 보니
「몸詩」란 말씀의 집이
몇 채쯤 되다 보니
별일이 다 많구나
얼레난가 뭔가 하는 여성잡지에서
여자들이 눈, 코, 귀, 입을
시로 써 달랜다
미친 놈!
누가 보았는가 싶어 얼른
뒤부터 돌아다봤다

— 「몸詩 · 27 − 완벽한 바구니」
(『정진규 시선집』, 책만드는집, 2007) 전문

화자는 어느 한 여성잡지에서 여자들의 눈, 코, 입, 귀를 시로 써 달라
는 청탁을 받는다. 그러나 화자는 "미친놈!"이라고 욕을 한다. 왜냐하
면 요즘의 사회에서 여성들의 눈, 코, 입, 귀는 시장 경제 체제에서 만들
어진 획일화된 도구로 전락했기 때문이다. 보고, 듣고, 냄새 맡고, 맛을
보는 인간의 기본적인 감각마저도 현대의 경쟁 체제에 예속되어 일정
한 원칙에 의해 도구화 되어 버린 것이다. "완벽한 바구니"는 사회의 욕
망에 의해 왜곡된 여성들의 몸을 역설적으로 비유한 말이다. 시인은 다
소 재미있는 어조를 통해 인간의 몸을 착취하고 억압하는 오늘의 사회
를 비판하고 있다.

기억나지 않지만 물속엔 깨끗한 꽃의 두근거림이 있다고 누군가가
말했다 이른 새벽에 안개를 헤치고 가서 풀밭을 한참 걸어가서 물가에
당도하여서 젖은 발로 그걸 보고 들었다고!

그는 다시 말했다 햇살이 그의 따뜻한 혀로 이슬들 핥기 시작한 바로
그때쯤, 마침내 물속에서 솟아오른 꽃을 두고 오, 물이 알을 낳았다고!

그러니까 꽃은 알이다. 그러니까 물은 子宮이다. 두근거림이란, 회임
한 내 아내의 배에 귀를 대고 내가 듣던 바로 그런 소리다 내게도 그런
날이 있었다
상처를 핥아다오, 물 속 꽃의 두근거림아!
－「몸詩・36 － 물속엔 꽃의 두근거림이 있다」
(『정진규 시선집』, 책만드는집, 2007) 전문

'물'과 '꽃'은 각각 유기체로서의 몸으로 이어져 있다. 그에게 세계나
존재가 유기체로 인식되면서 '알몸'에 관심을 갖게 된 것이고, 결국 무
언가를 낳는, 생의 근원에 가닿게 된 것이다. 이 시에서 물은 꽃의 두근

거림을 아는 존재다. 꽃은 형태상 중심의 이미지이며 영혼의 원형을 상징한다. 붉은 꽃에서 생명 탄생의 피를 연상할 수 있듯이, 물이 꽃을 낳는다. 몸으로서의 물이 몸으로서의 꽃을 낳은 것이다. 꽃은 여기서 알이며, 생명의 씨앗이므로 물은 자궁이 되는 것이다. 임신한 아내의 배에 귀를 대고 듣던 아이의 태동을 떠올리며 그 생명의 뛰는 소리를 물 속에서 듣는 화자의 마음은 두근거린다. 생명의 경이로움 때문이다. 갓 태어난 송아지를 어미 소가 핥아주듯 "물 속 꽃의 두근거림"에게 "상처를 핥아"달라고 주문하는 것은 상처를 상처로 문지를 때 건강한 생명을 얻는 것이라는 인식을 가능하게 한다. 자연과 자연이 하나가 되는 과정 속에서 우주 만물의 진리가 발견되는 것이다. 이것은 '나' 아닌 다른 몸을 받아들일 때 가능해진다. 정진규 시인이 욕망했던 유기체로서의 몸은 이렇게 서로에게 몸을 허락할 때 건강한 생명력을 얻게 되는 것이다.

총 2연으로 구성된 이 산문시는 첫 연에서 "물속엔 깨끗한 꽃의 두근거림이 있다"는 정보와 "물이 알을 낳았다"는 중요한 정보를 제공한다. 물이 알을 낳는다는 놀라운 정보는 언젠가 누군가로부터 들은 것임을 밝히고 있다. "누군가는 말했다", "그는 다시 말했다"의 반복과 "(안개를) 헤치고 가서" "(물가에) 당도하여서"의 구조 반복은 생명의 경이로운 현상에 접근하는 구체적인 상황을 입증하면서 긴장감을 고조시키는 효과를 준다. "그러니까"로 시작되는 둘째 연은 첫째 연과 인과구조를 형성한다. "그러니까"로 이어지는 짧은 구문의 반복을 통해 존재하는 모든 것들이 유기체로서의 몸이라는 인식을 환기한다. 회임한 아내의 뱃속에서 듣던 두근거림과 물속의 꽃의 두근거림은 결국 하나로 연결되는 유기체로서의 몸인 것이다.

"이슬은/ 하늘에서 내려온 맨발/ 풀잎은/ 영혼의 깃털/ 고맙다/ 서로

편히 앉아 쉬고 있다/ 허락하고 있다"고 노래했던 「몸詩 · 19 − 和」는, 물이 꽃의 두근거림을 아는 것처럼 당연하게 알몸으로 서로의 몸을 허락한다. 「우리나라엔 풀밭이 많다」라는 시에서도 그는 "우리 여자들이 물물 썰물로 제 몸 속에 가두고 있는 바다, 아기를 낳는 오늘 아침 산책 길에서 풀밭에서 그 초록 힘들의 무리를, 낳는 힘들을 보았다"고 노래한다. 그러나 우리 사회는 어떠한가. 생명을 낳고 키우는 자연의 공간에 건물을 세우고, 부유함을 과시하면서 본래의 모습에서 이탈하고 있지 않은가.

그의 몸詩에서 우리는 눈으로 보이는 대상의 움직임만이 아니라 단절된 현대사회 속에서 화합을 꿈꾸는 시인의 모습을 읽을 수 있다. 물이 꽃을 잉태하여 낳은 것처럼 이슬과 풀잎이 몸을 허락하여 한 몸이 되는 과정에도 고마움을 표현하는 시인. 현대인은 서로에게 마음을 여는 것이 아니라 서로를 소외시키고 있다. 라캉의 말처럼, 상상계에 의해서 이루어지는 소외, 즉 거울 속의 이미지처럼, 내 것이면서도 내 것 아닌 것이 현대사회엔 얼마나 많은지 모른다. 소통의 단절과 소외 문제의 실마리를 풀어가려는 시인의 의도가 만져지는 시다.

정진규 시인은 "내가 기댈 곳은 몸밖에 없다/ 몸은 나의 결핍이며 충만"이라고 했다. 그에게 "몸은 내 마음의 밥"(「몸詩 · 65 − 맨몸)인 것이다. 그는 "몸밖에"라고 말하지만 결국 그것은 우주 만물의 전체를 이야기하는 것이다. "내 주장대로 하자면 몸과 마음이 그 질량이/ 늘 같아야 하는 것인데/ 몸이 많이 축나 있"음을 느끼는 순간, 그는 어디가 아픈 게 분명하다고 생각한다. 그것을 시인은 "마음이 몸을 파먹어 그렇다"고, "따지면 마음도 야위어 그렇다"고, "마음이 배고파 그렇다"고 얘기한다. 세상으로부터 받은 상처가 마음에 상처를 내고 그 허기진 마음이 몸을 파먹게 되는, 상처의 연쇄 작용이 나에게서 타인에게로 전달되고, 우리는 그 대가로 아파해야 한다. 몸과 마음의 불균형은 결국 우리 사회가 온갖 자본의 투쟁과 계급 의식 속에서 균형을 잃고 있다는 것을 증명한다. 허기진 마음에 스스로 제 몸을 파먹어야 하는 슬픈 생존의 원리를 시인은 서정적으로 전달하는 것이다.

김인환은『몸詩』의 해설에서 정진규 시인의 몸詩야말로 "인간의 신체를 더 이상 물러설 수 없는 투쟁의 교두보橋頭堡로 구축하려는 완강하고 치열한 실험이다"라고 언급한 바 있다. 이러한 그의 시 쓰기는 개개인의 몸에서 나아가 우리 사회의 원활한 소통을 꿈꾸는 몸의 실험인 것이다. 시력詩歷 50년을 훌쩍 넘은 정진규 시인에게 몸은 현대사회의 욕망과 가치 체계에서 왜곡되기 이전의 상태, 즉 존재의 근원적 공간으로 인식된다. 존재의 근원적 공간에서 우리는 늘 알몸으로 만난다. 이 알몸의 상태를 시인은 참다운 회복의 길로 보는 것이다. 그런 점에서 이 시는 진정한 유기체로서의 사회를 염원하는 시인의 소망이 담겨 있다 할 것이다. 요즘 우리의 몸이 많이 불편한 이유는 존재의 위치가 불안하게 흔들리고 있기 때문일 것이다.

한편 채호기의 시에서 몸은 파편화되고 분절된 상태로 등장하는 경우가 많다. 이는 단순히 의식의 분열이나 정신의 분열에 의한 것들이 아니다. 고통스럽고 고독하고 쓸쓸한 감각을 담고 있던 몸에 균열이 생기면서 곳곳에 갈기갈기 찢겨진 고통의 파편들이 몸 밖으로 흘러나온다. 그것은 그동안 자신을 억압하고 있던 현실이기도 하고 무언가를 끊임없이 욕망했던 시간이기도 하다. 그의 몸은 "생줄 끊어진 호박처럼 여름 독한 입김에 썩어문드러지고, 키 큰 나무들이 팔 벌린 어둔 숲에서 나무의 발목을 필사적으로 부둥켜안고 힘없는 뿌리부터 배배 말라 비틀어지고 있는 마른 덩굴"(「물안―몽염3」)이다. 채호기 시인은 보이지 않는 것을 보려고 욕망한다. 그래서 그의 시는 몸을 부수는 욕망, 몸의 사라짐, 패배를 자인하는 순간에서 시작된다.

> 팔월 늦여름 정오
> 나는 집을 나섰네.
>
> (중략)
>
> 나지막한 산들은 흡사
> 잠에 늘어진 짐승 같았고
> 하늘은 자취도 없는 듯했네.
>
> 왜 그랬을까
> 나는 몸 안의 것을 송두리째
> 꺼내놓고 말리는 기분이었지
> 짠 공기에 절이는 것처럼
> 숙취와 간음과 배은망덕
> 살의와 무기력, 과대망상
> 비슷한 것들이 한꺼번에 쏟아져나와
> 좁은 오솔길에 가득 널려 있었지.
>
> 그 위로 살 따가운 햇살
> 나는 휴가중이야!
> 유리창과 철제 책상, 네온사인
> 음모와 술수, 확대
> 정치와 스포츠, 가족과 임금이
> 나 자신인 것처럼
> 내 수족이 되기를 갈망했지만
> 나는 휴가중이야
> 난 병자가 아니고 내일이면
> 돈 냄새나는 그 끈이 내 목을 잡아당길 거야

(중략)

그 뒤 나는 영영 돌아오지 않았고
세계는 한꺼번에
송두리째 바뀌어버렸네.
　　　　－ 채호기, 「실종」(『지독한 사랑』, 문학과지성사, 1999) 부분

　정신분석학자들이 확증해온 것처럼, 집은 인간의 육체와 사고, 총체적으로 인간의 삶을 상징한다. 따라서 화자가 집을 나서는 행위는 갇혀 있는 공간, 즉 몸으로부터 벗어남을 의미한다. "잠에 늘어진 짐승 같"은 산들과 자취도 없는 듯한 하늘은 무기력한 팔월 정오의 풍경을 구체화한 이미지이다. 화자는 그 풍경 속에서 마치 자신의 몸 안의 있던 것을 말리는 기분을 느낀다. "숙취와 간음과 배은망덕/ 살의와 무기력 과대망상" 비슷한 것들이 한꺼번에 쏟아져 나온다. 현대사회의 이데올로기가 낳은 무모한 욕망과 그 욕망으로 인한 몸의 징후들이 몸 밖으로 쏟아져 나와 좁은 오솔길 가득 널려져 있는 섯을 본다. 몸이 부서지면서 자신의 몸 안에서 빠져 나온 몸의 징후들을 직접 볼 수 있게 된 것이다. 채호기 시인에게 몸을 부수는 행위는 자신의 내면 밑바닥을 보는 일이다. 그는 몸을 부수고 파괴하는 과정을 통해서 세계를 바라보고 타인과의 거리를 조정하고 자아와 자아, 자아와 타자와 교섭할 수 있게 한 것이다.

　화자는 휴가 중이다. 몸을 부수고 몸 밖으로 빠져나왔기 때문이다. 몸 안에서 빠져나와 오솔길에 널려 있는 것들 위로 살 따가운 햇살이 내리 쬔다. 음모와 술수를 비롯한 정치와 스포츠 등 현대적 욕망들의 수족이 되기를 갈망했던 날들마저도 이미 휴가 중이다. 그리고 화자는 영영 제자리로 돌아오지 않았고 세계는 한꺼번에, 그것도 송두리째 바뀌어버렸다. 그의 시에서 몸의 균열과 분열은 단순히 현실 이데올로기

가 짓누르는 데서 오는 것만이 아니다. 몸을 부수고 소멸시키고, 휴가를 떠나는 욕망 속에서 새로운 생명의 순간을 만나는 과정이다. 분열된 몸을 통해 자신을 타자화 시키면서 그 안에서 또 다른 방식으로 새로운 몸을 만나는 것이다.

채호기 시인은 보이는 것만을 보지는 않겠다는 의식적인 노력이 벽에 부닥치고 말았을 때, 눈을 감았다고 한다. 눈을 감았다는 것은 세상에 길들여지지 않은 세계로 가겠다는 선택이며, 바깥의 세계에서 안의 세계로 들어옴을 의미하는 것이라 했다. 그리고 이성의 세계로부터 비이성의 세계로 나아가는 것이며 의식의 세계에서 반의식의 세계로의 전환이라고 언급하면서 눈을 감았을 때 맞닥뜨린 것이 몸이었음을 고백한 바 있다. 채호기 시에서 몸은 파편화되거나 부서진 채로 존재한다. 그의 말처럼, "자기의 형태를 허물려는 욕망"이 강하기 때문이다. 그러면서 결국 자신의 몸을 지키려는 것이다. 몸을 허물고 지키려는 욕망 사이는 마치 삶과 죽음, 의식과 무의식, 눈을 떴을 때와 눈을 감았을 때의 경계 지점이다. 채호기 시에서는 몸을 부수고 허무는 욕망을 통해 다소 비이성적인 방식으로 저항함으로써 자신의 존재를 증명하고 있는 것이다. 몸의 실종을 통해 몸의 존재를 증명하는 역설적 인식을 가능하게 하는 것이 그의 시의 매력이 아닐까.

또한 자아와 타자가 몸의 일체화를 꿈꾸지만 완전히 타자가 될 수 없는 「슬픈 게이」를 그리기도 한다. 이 시에서 시인은 게이의 목소리를 빌려 그들이 겪는 고통과 갈등의 시간을 그리고 있다. 게이인 화자는 자신의 몸의 부분들을 부속품을 갈아 끼우듯 타인의 것들로 교체한다. 자신의 눈을 빼고 타인의 눈으로 갈아 끼우고, 코와 입, 귀 역시 지우고 타인의 코와 입, 귀로 덮고, 머리카락마저도 타인의 것으로 교체한다. 보고 듣고 만지고 먹는 모든 의식 행위를 타인의 것과 교체하는 과정 속에서 둘의 몸은 일체를 꿈꾸지만, "내 몸을 다/ 뒤지고 돌아다녀도/ 내 둘 곳은 없어라"(「게이1」)에서처럼 모든 것을 갈아 끼워도 완전히 일체될 수 없는 몸의 갈등을 형상화하며 타인과의 교섭을 시도하기도 한다.

> 내 몸 속에는 그대가 들어 있습니다. 사람들은 당신을 죽었다고 하지만, 내 몸 속에는 그대가 온전히 살아 있습니다. 내가 더 이상 나일 수 없는 슬픔과 절망의 사막에 홀로 버려질 때 그대는 내 몸을 찢고 밖으로 나옵니다. 내가 그대를 그토록 사랑했듯 그때야 비로소 나는 없고 오로지 그대만이 있습니다.
> ― 「몸 밖의 그대 1」(『지루한 사랑』, 문학과지성사, 1999) 부분

그는 자아와 타자의 몸의 일체를 위해서 죽음을 동반한다. 그대는 죽었으면서도 내 몸속에 온전히 살아 있는 존재다. "나는 없고 오로지 그대만이 있"다는 것을 내 몸이 인식했을 때 그는 이미 새롭게 태어난 것이라 할 수 있다. "나 그대 몸속으로 들어가려면/ 죽음을 지녀야 한다는 것 그때 알았네"(「몸 밖의 그대2」)는 자신을 지우고 나서야 비로소 타인과 하나가 되고 그 속에서 새롭게 태어나는 자신을 발견할 수 있다는 것을 의미한다. "슬픔과 절망의 사막에 홀로 버려질 때"에야 몸을 찢고 밖으로 나오는 그대는 고통을 견디는 화자의 생명 의지를 반증하는 것으로 보인다. 결국 몸 밖의 그대는 타자이면서 '나'인 것이다. "바퀴와 레일이 부딪쳐 피워내는 불꽃같이/ 내 몸과 그대의 몸이/ 부딪치며 일으키는 짧은 불꽃"(「지독한 사랑」), "시퍼런 칼끝이 죽음을 관통하는/ 이 지독한 사랑"에 '너'와 '내'가 존재하는 것이다. 이처럼 채호기의 시는 고통과 절망과 상처와 죽음을 감당하려는 몸의 시이며 끊임없이 안으로의 소통을 꿈꾸는 몸부림의 언어이다.

3. '첫'과 '내력'의 혁명을 꿈꾸는 여성성 – 김혜순과 김선우의 시

남성 시인들이 노래하는 몸이 대체로 세계 속에서 자신의 실존을 되묻는 정신적인 몸이라면, 여성 시인들에게 몸은 여성의 정체성을 이야기하는 경우가 많다. 이는 여성이 아직도 가부장적 이데올로기로부터 성적·육체적으로 자유롭지 못하다는 것일 뿐만 아니라, 여성의 몸이 만물을 포용하고 융화하는 우주의 원리를 잘 구현하는 생명력을 지니고 있기 때문일 것이다. 김혜순과 김선우의 시에서 이러한 여성의 몸이 어떠한 양상으로 구현되는지 살펴보기로 하자.

김혜순 시인은 몸의 지각을 통해 세계와의 소통을 적극적으로 유도하고, 부조리한 사회 담론을 다양한 방식으로 읽어낸다. 앞서 말한 것처럼 이는 몸이 단순히 물질적인 육체에 대립하는 것이 아니라, 활동하는 유기체로서 일상적인 삶과 어떻게 밀접한 연관성을 가지며 작동하는가를 보여준다는 점에서 현상학적 신체론과 맞닿아 있다. 이렇듯 김혜순 시에서의 몸은 문학 텍스트 내에 담긴 인간 정신을 이해하는 문학적 기제로서 현실을 폭넓게 조망할 수 있는 인식 주체로 드러난다. 그의 시에서 인식의 주체는 '왜 우리가 소통의 장에서 소외되어야만 하는 것인가'라는 물음을 제기하면서 지속적으로 내면을 드러내고 외부와의 접촉을 시도한다.

이제까지 그녀가 줄곧 추구해왔던 몸의 언어들은 세계의 폭력성이나 권력, 지배 이데올로기로부터 파괴되고 일그러진 몸, 여성의 몸에 중첩되어 있는 수많은 자아, 즉 여성의 계보를 잇는 몸, 스스로 분열하고 욕망하는 몸의 형태로 나타나는 경우가 많다. 그녀의 시는 권력, 세계의 폭력성에서 파괴되고 일그러진 몸의 형태를 은유적으로 형상화한다. "누군가 물음표에서 물음을/ 뽑아버리"(「물음표 하나」)는 것처럼 그의 시에는 찢기고 부서지고 일그러진 몸을 통해 정치적 억압, 물신화와 개인화, 획일화되어 가는 삶에 대한 고발의 태도가 담겨 있다. 그녀는 유독 권력의 장에서 착취당하는 '몸'을 많이 그려왔다. "자동문을 들어서면서/ 천장 보이지 않는 곳에서/ 자동 감시 카메라가 돌아간다/ 문이 열리고/ 닫힐 때마다/ 플레시가 번쩍/ 나는 찍힌다."(「날마다의 복사」)에서는 일거수일투족을 감시당하며 살아가는 수동적인 존재로서의 현대인을 통해 우리 사회의 폭력성을 비판하고 있다.

> 거울을 열고 들어가니
> 거울 안에 어머니가 앉아 계시고
> 거울을 열고 다시 들어가니
> 그 거울 안에 외할머니 앉으셨고
> 외할머니 앉은 거울을 밀고 문턱을 넘으니
> 거울 안에 외증조할머니 웃고 계시고
> 외증조할머니 웃으시던 입술 안으로 고개를 들이미니
> 그 거울 안에 나보다 젊으신 외고조할머니
> 돌아 앉으셨고
> 그 거울을 열고 들어가니
> 또 들어가니
> 또 다시 들어가니
> 점점점 어두워지는 거울 속에
> 모든 웃대조 어머니들 앉으셨는데
> 그 모든 어머니들이 나를 향해
> 엄마엄마 부르며 혹은 중얼거리며
> 입을 오물거려 젖을 달라고 외치며 달겨드는데
> 젖은 안 나오고 누군가 자꾸 창자에
> 바람을 넣고
> 내 배는 풍선보다
> 더 커져서 바다 위로

이리 둥실 저리 둥실 불리워 다니고
거울 속은 넓고넓어
지푸라기 하나 안 잡히고
번개가 가끔 내 몸 속을 지나가고
바닷속에 자맥질해 들어갈 때마다
바다 밑 땅 위에선 모든 어머니들의
신발이 한가로이 녹고 있는데
청천벽력.
정전. 암흑천지.
순간 모든 거울들 내 앞으로 한꺼번에 쏟아지며
깨어지며 한 어머니를 토해내니
흰 옷 입은 사람 여럿이 장갑 낀 손으로
거울 조각들을 치우며 피 묻고 눈 감은
모든 내 어머니들의 어머니
조그만 어머니를 들어올리며
말하길 손가락이 열 개 달린 공주요!
– 김혜순, 「딸을 낳던 기억–판소리 사설조로」
(『아버지가 세운 허수아비』, 문학과지성사, 1985) 전문

위 시에는 여성의 몸에 중첩되어 있는 수많은 여성들의 몸이 등장한다. 시인은 이렇게 수많은 여성들의 몸으로 이루어진 여성의 원형적 계보를 통해 가부장의 수직적 질서를 전복하려 한다. 시인이 딸을 낳던 경험을 형상화한 이 시는 출산 직전 '거울'을 통해 통시적으로 이어지는 모성성의 체험과 출산의 순간에 느끼는 공시적 체험으로 구성된다. '거울'은 시간과 공간을 가로지르며 수없이 많은 모성성을 연결시키는 매개물이다. 이 '거울'을 통해 연결되는 모성성의 이미지는 웃대조 어머니들–모든 어머니들로 연결되고, 이는 결국 "나"를 거쳐 "손가락이 열 개 달린 공주"인 딸까지 이어진다.

태줄로 이어지는 모성성의 연결은 시작도 끝도 없는 반복과 순환을

거듭하며 리좀rhizome의 형태를 취한다. '뿌리줄기'를 의미하는 리좀은 하나의 뿌리로 귀착되는 나뭇가지의 구조와는 달리, 줄기들이 어떤 중심뿌리 없이 분기되고 접속되는 것을 말한다. 나무는 혈통관계지만, 리좀은 결연관계로 '와…와…'라는 접속사를 동반한다. 김혜순 시에서 리좀은 과거, 현재, 미래를 횡단하면서 만나고 헤어지는 수많은 몸들 사이의 간격들이 연결되는 순환적 방식을 취하는 것으로 구현된다. '딸'과 '어머니들'의 이미지를 동일시하는 상상력은 시간의 질서를 따르며 이어지다가 '거울'이 깨어지면서 일순간 모든 질서가 무너진다. 수많은 몸들을 잇는 순환적 생명성을 통해 여성의 정체성을 발견하고 남성적 질서를 전복하려는 시인의 의도가 반영되어 있다.

시간과 공간을 자유롭게 가로지르며 동일한 시간 안에 분화된 몸들을 등장시키는 「내가 모든 등장인물인 그런 소설1」이라는 작품이 있다. "가로등 위로 풀빵을 사든 내가 지나가잖아/ … 내 무릎 사이로 발가벗은 귀여운 내가 기어오네/ 쭈쭈 아가 이리 온, 맛있는 젖 먹여줄게/ 일흔 살의 내가 마흔의 나를/ 위로하느라 가로수 사이 불어제치네/ … 내 몸에서 나온 나의 할머니들과/ 나의 딸들이 달로 뜨고 별로 뜨고/ ……일흔 살 먹은 나의 껍질뿐인 젖무덤을 더듬기도 했다"에서처럼 시인은 남성의 질서에 대응할 수 있는 대안을 수없이 이어져 온 여성의 원형적 계보에서 찾게 되는 것이다.

> 직육면체 물, 동그란 물, 길고 긴 물, 구불구불한 물, 봄날 아침 목련 꽃 한 송이로 솟아오르는 물, 내 몸뚱이 모습 그대로 걸어가는 물, 저 직립하고 걸어다니는 물, 물, 물…… 내 아기, 아장거리며 걸어오던 물, 이 지상 살다갔던 800억 사람 몸 속을 모두 기억하는, 오래고 오랜 물, 빗물, 지구 한 방울.
>
> 오늘 아침 내 눈썹 위에 똑, 떨어지네.

자꾸만 이곳에 있으면서 저곳으로 가고 싶은
그런 운명을 타고난 저 물이
초침 같은 한 방울 물이
내 뺨을 타고 어딘가로 또 흘러가네.
– 김혜순, 「모든 것을 기억하는 물」
(『달력 공장 공장장님 보세요』, 문학과지성사, 2000) 전문

시인은 여성의 몸을 감금하고 억압하는 것들로부터 탈출구를 찾고자 한다. 여러 모양의 물은 이 지상을 다녀갔던 800억 사람들 그 자체이다. 그들의 몸속을 모두 기억하는 오랜 물이며 지구 한 방울이기 때문이다. '몸'과 '물'과 '지구'가 동일시되는 생태적 상상력을 보여주며 물이 가진 근원적 생명력을 연결 짓고 있다. "자꾸만 이곳에 있으면서 저곳으로 가고 싶은" "그런 운명을 타고난 저 물"이 어디론가 흘러가는 것은 저 너머 피안彼岸의 세계에 닿기 위한 몸 생명력이 아닐까. 시인은 물로 가득한 몸속에서 거침없이 출렁이는 생명력을 발견한다.

김혜순 시인의 시적 매력은 바로 다양한 몸의 변이 속에서 사회적 알레고리를 드러내는 것에 있다. 권력에 의해 무차별하게 착취당하는 몸을 통해 부조리하고 비정상적인 사회의 일면을 고발하고, 남성의 이데올로기를 전복하는 몸부림의 대안으로 수많은 여성들의 계보를 동일한 시 · 공간에 배치하는 시인의 상상력은 이후에 출구를 찾고자 욕망하는 생태적 생명력의 한 모습으로 드러나기도 한다.

김선우 시인의 시 역시 어머니의 몸에 대한 체험을 드러내면서 모성성을 통해 가부장적 이데올로기의 폭력에 대항하는 여성으로서, 여성이 우주 만물의 근원이라는 거시적 태도를 드러낸다. 김혜순의 경우처럼 김선우의 경우도 여성을 관념적으로 다루지 않고 자신의 삶과 대비하면서 어머니와 유년의 공간을 생생하게 살려내는 구체성을 띤다.

"어릴 적 파밭에 갔다가", "밭둑에 누곤 하"던 어머니의 똥은 거름이 되지만 "양변기 위에 걸터앉아" 누는 나의 똥은 거름이 되지 않는다는 상상은 문명(도시/나) 자연(고향/어머니)의 풍경을 성찰적으로 보여준다.

> 몸져누운 어머니의 예순여섯 생신날
> 고향에 가 소변을 받아드리다 보았네
> 한때 무성한 숲이었을 음부
> 더운 이슬 고인 밤 풀여치들의
> 사랑이 농익어 달 부풀던 그곳에
> 황토먼지 날리는 된비알이 있었네
> 비탈진 밭에서 젊음을 혹사시킨
> 산간 마을 여인의 성기는 비탈을 닮아간다는,
> 세간 속설이 내 마음에 천둥 소낙비 뿌려
> 어머니 몸을 닦아드리다 온통 내가 젖는데
> 경성드뭇한 산비알
> 열매가 꽃으로 씨앗으로 흙으로
> 되놀아가는 소슬한 평화를 보았네
> 부끄러워 무릎을 꿍, 세우는
> 어머니의 비알밭은 어린 여자아이의
> 밋밋하고 앳된 잠지를 닮아 있었네
> 돌아갈 채비를 끝내고 있었네
>
>   – 김선우, 「내력」
>   (『내 혀가 입 속에 갇혀 있길 거부한다면』, 창비, 2000) 전문

예순여섯 해 동안 여자로 살아왔던 어머니의 몸은 이제 "돌아갈 채비를 끝내고 있"다. "한때 무성한 숲"이었고, "더운 이슬 고인 밤 풀여치들의/ 사랑이 농익어 달 부풀던" 곳이었다. 하지만 지금은 "황토먼지 날리는 된비알이" 이는 곳으로 변해 버렸다. 어머니의 음부는 시인에게 단순한 육체적 교합의 장소가 아니라 생명이 움트는 장소로 인지된

다. 화자는 어머니의 몸에서 "비탈진 밭에서 젊음을 혹사시킨" 시간들을 읽는다. "산간 마을 여인의 성기는 비탈을 닮아간다는" 남자들의 음탕한 속설을 떠올리며 슬픔을 감추지 못한다. 그러나 화자는 그 속에서 "열매가 꽃으로 씨앗으로 흙으로/ 되돌아가는 소슬한 평화를" 본다. 이는 어머니의 성기가 평화와 생명의 근원이었음을 상징적으로 드러낸 것이다. "어린 여자아이의 밋밋하고 앳된 잠지"에서 "무성한 숲"이었다가 "앳된 잠지"로 되돌아가는 어머니의 몸. 어머니의 어머니도 그랬고 화자도 그럴 것이고, 화자의 딸도 그럴 것이다.

어머니의 음부는 고단한 노동의 시간을 증언하며 평화를 떠올리게 하는 하나의 상징적 의미를 갖는다. 이렇듯 김선우의 시에 드러나는 여성성과 모성성은 불교의 윤회적인 감각과 맞닿아 있다. "열매가 꽃으로 씨앗으로 흙으로/ 되돌아가는 소슬한 평화"를 비롯하여, "생일상을 들다가 문득, 28년 전부터/ 어머니를 먹고 있다는"(「숭고한 밥상」) 발상, 또한 소금구이집에서 "살아서는 절대로 서로의 살을 만져줄 수 없던/ 것들이 죽어서는 서로 등짝을 핥아주고 암내도 풍긴"(「고바우집 소금구이」)다는 발상, "무덤을 열어 젖꼭지를 물려 주…… 내 무덤에서 정말로 젖이 돈 것만 같"(「무덤이 아기들을 기른다」)다는 것은 생生과 사死가 하나로 연결되어 있다는 의미이기도 하면서 나의 몸이 다른 몸과 별개가 아니라 서로 넘나들 수 있는 존재들이라는 인식을 보여준 것이다.

월경 때가 가까워오면
내 몸에서 바다 냄새가 나네

깊은 우물 속에서 계수나무가 흘러나오고
사랑을 나눈 달팽이 한 쌍이 흘러나오고

재 될 날개 굽이치며 불새가 흘러나오고
내 속에서 흘러나온 것들의 발등엔
늘 조금씩 바다 비린내가 묻어 있네

무릎베개를 괴어주던 엄마의 몸냄새가
유독 물큰한 갯내음이던 밤마다
왜 그토록 조갈증을 내며 뒷산 아카시아
희디흰 꽃타래들이 흔들리곤 했는지
푸른 등을 반짝이던 사막의 물고기떼가
폭풍처럼 밤하늘로 헤엄쳐 오곤 했는지

알 것 같네 어머니는 물로 빚은 사람
가뭄이 심한 해가 오면 흰 무명에 붉은,
월경 자국 선명한 개짐으로 깃발을 만들어
기우제를 올렸다는 옛이야기를 알 것 같네
저의 몸에서 퍼올린 즙으로 비를 만든
어머니의 어머니의 어머니들의 이야기

월경 때가 가까워오면
바다 냄새로 달이 가득해지네

— 김선우, 「물로 빚어진 사람」
(『도화 아래 잠들다』, 창비, 2003) 전문

이 시에서 월경은 탯줄로 연결되는 모성성과 연결된다. "흰 무명"의
어머니와 "붉은 월경 자국"이라는 대비적 이미지는 어머니의 중첩된
이미지를 잘 드러낸다. 여기서 어머니는 "물"로 표상되는데, 이 "물"은
신화적 의미에서 죽음 외에도 생명의 탄생과 부활 등의 의미를 갖는다.
"월경 때가 가까워오면" 화자의 "몸에서 바다 냄새가" 난다는 것은 이
러한 모성성의 이미지와 연결되어 있다. 몸속에서 흘러나온 "계수나

무"나 "달팽이 한 쌍", "불새" 등의 발등에 조금씩 바다 비린내가 묻어 있는 것 역시 생명의 근원인 "바다"에서 태어났기 때문임을 입증한다. 여성의 월경이 "바다"로 표상되면서 생명의 근원으로 가는 매개 역할을 수행한다.

화자는 월경을 할 때마다 제 몸에서 나는 바다 냄새를 맡고, 동시에 "엄마의 몸냄새"를 맡는다. "푸른 등을 반짝이던 사막의 물고기떼가/ 폭풍처럼 밤하늘로 헤엄쳐 오곤"하던 꿈을 꾸며 화자는 어머니가 물로 빚은 사람임을 깨닫는다. 심한 가뭄은 대지의 죽음을 의미하는데, 이때 어머니는 "흰 무명에 붉은 월경 자국 선명한 개짐으로 깃발을 만들어" 기우제를 올린다. 이런 행위를 통해 시인은, 여성의 몸이 생명의 근원지이면서 죽어가는 공간을 회복시키는, 재생의 힘을 갖고 있는 생명력의 원천이라는 인식을 보여준다. "바다"와 "물"로 형상화 된 여성의 몸은 "엄마의 몸냄새"에서 "내 몸"의 냄새로 이어지면서 수많은 여성들의 계보를 형성한다. 김선우 시인은 월경을 기우제와 비로 확산하여 이해하면서 이러한 생명의 힘, 그 원천이 결국 "어머니의 어머니의 어머니들"에게서 흘러나온 것임을 환기한다. "월경 때가 가까워오면/ 바다 냄새로 달이 가득해지"는 것 역시 만삭의 몸, 즉 충만한 생명력을 상징한다.

이렇듯 김선우 시인의 시에서 여성의 몸은 생명을 잉태하고 탄생시키는 모성의 근원지로서의 의미를 가진다. 여성의 몸이 우주만물의 근원이라는 인식을 어머니와 체화된 삶 속에서 보여주는 시인의 전략은 이러한 여성의 몸이 남성 이데올로기의 폭력성에서 말미암은 여타의 문제들을 극복하고자 하는 반응으로 읽힌다.

그녀는 고백한다. "바다, 내 고향 바다는 듣기 위함이 아닌 침묵하기 위한 귀를 내게 보여주었"던 곳이라고. "바다의 귀 때문에 내내 부끄러웠다"던 날들, "몸속이 시끄럽다. 내 **뼈**가 살을 향해 내 살이 **뼈**를 향해 이토록 부대끼는 시끄러운 싸움은 언제쯤 끝나려는지" 그녀는 묻고 또 묻는다.

4. 말하는 몸

앞서도 언급했듯이, 메를로—뽕띠는 "신체화된 마음은 살아 있는 몸의 일부이며 그 존재는 몸에 달려 있다. 그것들은 결정적인 방식으로 몸과 두뇌에 의해서, 그리고 몸이 일상적인 삶에서 어떻게 작용할 수 있는가에 의해서 형성된다."고 하였다. 정진규, 채호기, 김혜순, 김선우 시인은 몸을 통하여 그들의 삶이나 세상과 소통하는 방식, 그리고 체화된 모성성의 세계를 보여주었다. 정진규 시인이 현대사회의 불균형을 지적하면서 슬픈 생존의 원리를 서정적으로 노래하고 있다면, 채호기 시인은 파편화되고 분절된 상태의 몸속에서 사랑의 이미지를 발견하고 소통의 출구를 찾아간다.

또한 김혜순 시인과 김선우 시인은 다양한 몸의 변이 속에서 권력에 의해 착취당하는 몸을 적나라하게 보여주면서도 그 대안을 여성의 원형적 계보, 즉 수많은 어머니들의 체화된 삶 속에서 찾고자 했다. 결국 여성의 몸이 우주만물의 근원이라는 인식을 역설力說하고 있는 것이다. 이들에게 결국 몸은 '나', '여성'의 몸이 아니라, 사회 속에서의 몸, 즉 사회적 알레고리를 드러내는 몸(김혜순)이거나 우주적인 생명력으로서의 몸(김선우)이다. 그런 점에서 이들의 시 쓰기는 현대사회를 향해 강렬하게 부르짖는 여성의 목소리, 즉 말하는 몸인 것이다.

제2부

허공을 지향하는 고독한 시세계

물의 사원(寺院)을 찾아가는 고독한 여정
— 김충규, 『아무 망설임 없이』, 문학의전당, 2010.

1. 구름의 장례식

비를 뿌리면서 시작되는 '구름의 장례식'에는 구름의 마지막 가는 길을 애도하는 물결 대신, "죽은 구름의 살을 찢어 빗줄기에 섞어 뿌리는" 소리, "그 살을 받아먹고 대숲이 웅성거리는" 소리, 바르르 몸을 떠는 새들의 모습, 지상에 스며있는 빗물의 살 냄새가 가득하다. 산 자들은 보지 못하고 "죽은 자들만이 참여하는" 이 장례식은 '허공의 재단'에 "날아가는 새들"을 바치면서 진행된다. "새가 사라진 허공"(「혀」)은 간결하다. 시인은 이 모든 경험이 "뼈를 무너지게 하는 어떤 부음에 비하면 견딜 만"(「모과나무 밑」)한 것이라고 고백한다.

김충규 시인이 이번 시집에서 '아무 망설임 없이' 만나는 공간은 산 자들의 접근이 금지된, 죽어서만이 닿을 수 있는 허공이다. "참여하고 싶어도" 참여하지 못한 "亡者들이 반죽한" 이 공간은 "지은 죄 무성하여/

내 얼굴이 악마로 변했으니/ 맨발로 저 산에 들어가" 무릎 꿇고 오고, "구름에 내 겹겹의 표정 다 씻어내고 와야"하는 내밀한 자기반성의 사유와 연결된다. 그는 '구름의 장례식'을 통해 산 자와 죽은 자, 이승과 저승, 삶과 죽음 사이에서 환생하는 이미지들에 주목한다. 구름, 달, 비, 햇빛, 새, 고양이, 강, 나무의 이미지들은 산 자와 죽은 자들을 매개하는, 내면을 잇는 연결고리로서 시집의 기층에 자리한다.

곳곳에서 "구름이 생의 뼈를 어둑어둑 씹는 소리"가 들린다. 시인은 "새 한 마리 날아오지 않는 겨울 저녁"의 쓸쓸함과 고독을 안다. "어두운 낯빛으로 바라보면 물의 빛도 어두워 보"이는 것은 그만큼 내면의 상처가 치유되지 않은 까닭이다. 김충규 시인의 네 번째 시집『아무 망설임 없이』는, 바로 비, 구름, 햇살이 몰고 오는 여러 기상의 변화들이 인간 내면과 등가를 이루면서 생의 근원을 탐색하며 끊임없이 실존의 의미를 되묻는 과정을 보여준다. 제 살을 찢어 눈물을 뿌리는 구름의 형상이 고통과 슬픔에 질퍽질퍽한 내면의 상처를 드러낸다.

지상에서 길 잃고 허둥거리는 사람을
구름은 낚아 올려 제 속에서 절인다
소금물에 배추가 절여지는 듯이
구름 속에서 사람은 흠씬 절여진다
그의 몸속에 절여진 상태로 웅크리고 있는,
그가 끌고 다녔던 무수한 길들이 밖으로 나와
빗줄기처럼 지상으로 쏟아진다
상한 만년필에서 한 방울씩 떨어지는 잉크같이
그의 울음이 거기 섞여 떨어진다
깊은 밤 구름이 울 때
그것은 구름의 울음이 아니라
구름 속에 절여진 사람의 울음인 것
지상에서 무수한 길을 걷고도 정작

제 길을 잃어버린 사람의 가늠 수 없는 슬픔인 것
깊은 밤 구름이 울 때
고개를 올려 그 구름 쳐다보면 안 된다
구름 속에 절여진 사람의 생각들이
지상에서 올려다보는 자의 눈 속 터널을 통해
광활하게 균처럼 퍼질 것이므로
그 순간 그 자도 길을 잃고 허둥거리게 될 것이므로
　　　　　　　　　　　　　　　－「구름이 울 때」 전문

구름이 운다. 천상과 지상을 매개하는 구름의 울음은 허공의 시간을 메운다. 구름이 운다는 상상만으로도 이 시는 슬픔이 출렁거리는 깊은 내면을 떠올리게 한다. "구름이 울 때" 길을 잃고 허둥거리는 사람들은 구름 속에서 절여진다. 구름이 끌고 다녔던 무수한 길이 빗줄기처럼 쏟아져 지상에 번지는 순간, 내면에 가둬두었던 길들도 밖으로 흘러나와 울음이 된다. 구름의 울음은 길을 잃은 사람의 울음이다. 구름이 비를 몰고 오는 기상 현상은 고통과 슬픔으로 충만한 인간 내면과 등가를 이루면서 구름 속에 절여진 그들만의 슬픈 이력을 들춘다. 그러나 이 눈물은 검은색이다. "상한 만년필에서 한 방울씩 떨어지는 잉크"처럼 구름의 눈물과 그의 눈물은 검은색이다. "상한 몸"에서 흘리는 "검은 눈물"에 시인은 눈길을 준다.

시인의 귀는 구름의 울음 속에서 사람의 울음을 듣는다. 그들은 제 갈 길을 잃어버린 존재들이다. 시인은 "깊은 밤 구름이 울 때"는 고개를 들어 구름을 쳐다보면 안 된다고 단호하게 말한다. 이미 "구름 속에 절여진 사람의 생각들이" 구름을 올려다보는 자의 눈 속에 균처럼 퍼질 것이기 때문이다. 이처럼 시인은 상처와 고통으로 질퍽하게 젖어 있는 그들의 내면을 주시하며, 슬픔의 근원을 탐색하고 고통의 출구를 향해 끊임없이 시선을 돌린다. 그의 시선은 늘 상처 입은 자들에게 닿아 있다.

천상과 지상 사이의 '허공'은 고통과 슬픔이 충만한 공간이다. "오래 내버려 두어 거칠어진" 묵정밭으로 표현되는 '허공'에는 "어둠의 찌꺼기들"이 여전히 많다. "도시라는 우울의 구근이 딸려 올라"가기 때문에 바로 "허공"이 "묵정밭"이 된 것이다. 여기에서 부르는 노래는 창백할 수밖에 없다. 누군가는 허공이라는 묵정밭에 벼락을 심고 또 누군가는 천둥을 심고 태풍의 씨앗을 뿌렸겠지만, 화자는 자신의 "환부에서 긁어낸 살을 몰래 심는다."(「허공이라는 묵정밭」) '허공'은 질퍽한 우주의 날씨와 우울한 지상의 모드가 결합되면서 내면의 바닥을 드러내는 고백과 성찰의 공간이다.

2. '먼저 간 자'의 그림자가 되다

시인은 어둠과 친하다. 가진 것이 없기 때문이다. 진정 가져야 할 것이 무엇이고, 내버려야 할 것이 무엇인지 모르는 시인의 삶은 늘 어둠과 가깝다. 어둠 속에서 시인은 더 많은 것을 생각하고 상처의 깊이를 감지한다. 그것은 '기억'이라는 방식으로 밤하늘의 별처럼 도드라지며 빛을 발한다. 검은 눈동자에서는 "검은 눈물"이 흐르고, 내면은 검게 타 들어간다. "허공이 흐느껴 우는 소리"가 들리는 밤, "죽은 달의 창자가 길게 변두리 동네에 걸려 있"(「사흘 밤」)고, 천변에 "사흘 전 죽은 노파"가 웅크려 있다. "지상의 살아 있는 것들이 수런거리"고, "살아 있는 것들을 염려하는 마음으로"(「뼈를 빨아」) 달은 제 뼈를 빨아 고르게 뿌린다. 시인의 시선은 이렇게 상처를 껴입은 이름들에게 향해 있다. "어디로 가야 떠돌지 않고 정착할 수 있는가."(「구름무덤」) 그것은 어두운 곳으로 더 기대 있다.

어두운 낯빛으로 바라보면 물의 빛도 어두워 보였다
물고기들이 연신 지느러미를 흔들어대는 것은
어둠에 물들기를 거부하는 몸짓이 아닐까
아무도 없는 물가에서 노래를 불렀다
노래에 취하지 않는 물고기들,
그들의 눈동자에 비친 내 몰골은 어떻게 보일까
무작정 소나기 떼가 왔다
온몸이 부드러운 볼펜심 같은 소나기가
물 위에 써대는 문장을 물고기들이 읽고 있었다
이해한다는 듯 꼬리를 살랑살랑 흔들어댔다
그들의 교감을 나는 어떤 문장으로 기록할 수 있을 것인가
살면서 얻은 작은 고통들을 과장하는 동안
내 내부의 강은 점점 수위가 낮아져 바닥을 드러낼 지경에 이르렀다
한때 풍성하던 魚族은 다 어디로 사라진 걸까
그 후로 내 문장엔 물기가 사라졌다
물을 찾아온다고 물기가 절로 오르는 것은 아니겠지만
물이 잔뜩 오른 나무들이 그 물기를 싱싱한 잎으로
표현하며 물 위에 드리우고 있는 모습을 보는 것은
분명 나를 부끄럽게 했다
물을 찾아와 내 몸이 조금이나마 순해지면
내 문장에도 차츰 물기가 오르지 않을까
차츰 환해지지 않을까

내 몸의 군데군데 비늘 떨어져나간 자리
욱신거렸다
이 몸으로 저 물속에 들어가 헤엄칠 수 없다
　　　　　　－「아무도 없는 물가에서 노래를 불렀다」 전문

　어두운 낯빛으로 바라보면 빛도 어두워 보인다. 시인의 내면은 어둠
에 절여져 있다. 물고기들은 어둠에 물들기를 거부하고, 화자가 부르는
노래에도 취하지 않는다. 어둠에 물들기를 거부하는 물고기들과 이미

어둠에 물든 화자 사이에 어떤 교감도 일어나지 않는다. 화자의 어두운 낯빛은 물고기들에게 도무지 이해되지 않기 때문이다. 이들 사이에 온몸이 부드러운 볼펜심 같은 소나기가 내린다. 물 위에 써대는 문장을 이해한다는 듯 꼬리를 살랑살랑 흔들어대는 물고기를 보지만, 그들과의 교감을 어떤 문장으로도 기록할 수 없음에 절망한다. 살면서 얻은 작은 고통을 과장하는 동안 내부의 강은 점점 수위가 낮아지고 어족들은 다 사라져 버렸다.

문장의 물기가 사라지자 바닥이 드러났다. 절망을 절망으로 맞서지 못하고 스스로 바닥을 드러내고야 마는 어리석은 존재에게 물고기는 물들고 싶어 하지 않았던 것이다. 물이 잔뜩 오른 나무를 보며 부끄러움을 느끼는 화자는 물을 찾아와 몸이 조금이나마 순해지면 마른 문장에도 물기가 돌고 환해지지 않을까 생각한다. 물기를 염원하는 내면의 욕망이 일자, 몸의 군데군데 비늘 떨어져나간 자리가 통증으로 욱신거렸다. 상처의 비늘이 떨어지고 비로소 새살이 돋아나면 어두운 내면은 맑고 투명하게 밝아질 것이라는 희망을 암시한다. 그가 염원하는 물기의 삶은 모두가 다 떠나고 고통을 감수하는 가운데 더 절실하게 온다. 제 안에 키워 온 슬픔을 내보내지 못하고 스스로의 삶을 연민하며 끌고 온 시간은 이제 진술한 자기반성의 과정을 거쳐 진정성을 회복하기에 이른다. 내면의 거울을 들여다보며 자기의 삶을 반성하는 성찰의 자세는 먼저 "간 자의 그림자" 속에서도 생생하게 표현된다.

　　　가진 것 없으니 어둠이 근친이다 술이 핏줄이다 그렇게 살다간 큰형
　　님은,
　　　오십 중반도 못 넘기고 저승 갔다
　　　간 자가 서럽나 간 자를 보내고 남은 자가 서럽나

(중략)

때론 눈앞에 핏줄이 몰릴 때가 있는데
너무나도 선명하게 간 자와 함께했던 어느 순간이 기억나는 때,
서럽다고도 안 서럽다고도 할 수 없는 그런,
간 자를 내가 더 빨리 가라고 등 떠민 게 아닌데
내 등이 후끈 차가워지는 순간이다
누가 내 등을 떠미는 듯,
더 깊은 어둠 속으로, 땡글땡글한 저승의 어둠 속으로,

붉은 눈알로 창밖을 바라보면 거기 간 자가 남기고 간 그림자,
아닌 듯 땅바닥에 드러눕는 것을 보기도 한다
내 그림자를 내주고 그 그림자를 내 것으로 받아들이고 싶어지기도
하는데,
그러면 왠지 내가 이승을 아무 미련 없이 견뎌낼 수도 있을 것만 같은,

그러다
문득,
혹시 내가
간 자가 남기고 간 그림자가 아닌가,
멍해지기도 하는데

─「간 자의 그림자」 부분

큰형님의 죽음에서 비롯된 슬픈 기억은 가족사의 비극이라는 차원
을 넘어 '간 자'와 '남은 자'의 관계를 되새기는 것으로 이어진다. 가족
을 잃은 슬픔은 남은 자에게 먼저 간 자에 대한 미안함과 죄스러움에
휩싸이게 한다. "눈앞에 핏줄이 몰"리는 서러움을 감내해야 한다. 슬픔
이 클수록 우리는 어둠과 더 가까워진다. 간 자에 대한 기억이 생생하
게 재현될 때 내면의 고통은 심해지고, 순식간에 간 자의 그림자 속으

로 들어간다. 간 자와 함께 했던 순간이 선명할수록 남은 자에겐 간 자에 대한 죄의식이 자리한다. "내 등이 후끈 차가워지는 순간"을 만나고, 스스로 더 깊은 어둠 속으로 파고든다. 간 자에 대한 죽음을 남은 자의 죄의식으로 인식하는 순간, 남은 자는 절반의 죽음을 맞게 된다. 그것은 제 안에 키운 슬픔을 스스로 내던지지 못하고, 스스로 선택한 고통의 시간을 경험하는 것이다. 어둠 속은 땡글땡글하게 시인을 부른다.

"붉은 눈알로 창밖을 바라보"는 시선, 거기엔 간 자가 남기고 간 그림자가 보인다. '창 안'과 '창 밖'에는 '남은 자'의 눈빛과 '간 자'의 그림자가 버젓이 놓여 있다. 화자가 제 그림자와 그 그림자 사이에서 대립하는 이 시간은 그가 스스로 쳐 놓은 죄의식의 그물에서 벗어나려는 몸짓 아닐까. "내 그림자를 내주고 그 그림자를 내 것으로 받아 들이"는 순간, 화자는 이승을 아무 미련 없이 살면서, 그의 부재를 편하게 받아 들일 것 같은 심정을 느낀다. 시인은 간 자의 그림자 속에 남은 자가 눕는다는 상상과 표현을 통해 상처를 껴입은 삶을 스스로 치유하려는 항체를 기르고 있음을 보여준다. "간 자가 남기고 간 그림자가 아닌가" 생각하며 문득 멍해지는 자신을 들여다보는 일은 그 안에서 자라왔던 죄의식의 싹을 잘라내고 그 안에 촉촉한 물기를 채운다는 것을 의미한다. "어둠의 꼬리가 새벽을 탁, 탁 칠 때까지/ 그 뼈를 혀로 다독이며 서로 캄캄함을 견뎌"(「뼈를 위한 노래」)낼 줄 아는 힘을 갖게 되는 지점이다. 그것은 어둠과 근친인 삶을 버리면서 시작된다.

3. 물의 사원에 들다

끊임없는 순환과 고갈되지 않는 물의 미학은 자신의 얼굴을 최초로 비춰준 거울을 상징한다는 점에 있다. 나르시스가 수면에 비친 자신의 모습에 도취되듯, 우리는 우리의 모습 속에서 타인과 다른 자신을 만나게 되고, 그릇된 자아의 내면을 성찰한다. 물은 원죄를 씻어주는 정화의 상징이면서 풍요와 생명력을 상징한다는 점에서 가스통 바슐라르의 말을 떠올리게 한다. 그에 의하면, 생명을 가진 모든 것은 물에서 비롯되었다고 한다. 물은 모든 물질의 근원이며, 풍요로운 생산성과 영원한 생명력을 지녔다. 또한 물은 호수나 강이나 바다처럼 깊이와 넓이를 갖는 형태로 존재하기도 한다. 김충규 시인에게 물은 바닥에서 끌어올린 역동적 생명의 힘을 상징한다. 지치고 병든 영혼들을 정화시켜 활기차게 끌어올리는 물의 힘은 어둠에 물든 것들을 깨끗이 씻어 맑은 생명력으로 태어나게 하는 힘을 지녔다.

물의 음성을 듣기 위하여 새들이 무리를 지어 왔다
물과 새 사이에 오가는 대화가 햇빛 그물에 걸려 퍼덕거렸다
나는 상처를 씻기 위하여 물에게로 왔다
물로 씻어내는 건 상처가 아니라 그 상처를 있게 한 거머리 같은 기
억이다

(중략)

물은 어디에서나 힘을 잃지 않는다
강가에 서서 물을 오래 들여다보고 있으면 물의 손이,
그 차갑고도 물렁한 손이 내 몸을 어루만졌다
그 손길에 사로잡히면 몸속의 거친 기운들이 부드럽게 녹아내렸다
새들이 오래 날아가는 건 겨드랑이에 촉촉이 맺힌 물기 때문이 아닐까
물기 마르면 꺽, 꺽, 제 눈물을 쏟아내어 적시는 게 아닐까
격한 감정으로 몸속의 피가 뜨거워지는 날 강으로 달려가
피를 다 빼내고 물을 넣고 싶을 때 있다

피가 아닌 물의 힘으로 살아보고 싶을 때 있다

　　　　　　　　　　　　　　　　　－「물의 힘」부분

　"어린 꽃을 희롱한 죄", "네 혀를 탐한 죄"(「시끄럽다! 사람아」)들을 죄다 씻어낸다. "사소한 것들이 일렁거리는 물의 寺院"에 "지치고 병든 마음들을" 하나하나 풀어 놓으면 축 늘어진 생각들이 "생기를 얻어 지느러미를 흔들"고, "붉던 눈동자가 맑아"(「물의 寺院」)진다. 물의 음성을 듣기 위해 날아가던 새들이 돌아왔다. 물과 새 사이에 오가는 대화는 비구름 속에서 휘청거리지 않고 햇빛 그물에 걸려 퍼덕거린다. 상처를 씻기 위한 재생의 공간, 물의 사원, 여기에서 시인은 물로 씻어내는 건 상처가 아니라 그 상처를 있게 한 "거머리 같은 기억"이라고 말한다. 거머리 같은 기억을 물에 씻으며 그는 다시 태어난다. 시각적, 감각적으로 느끼는 물의 부드러운 속성은 "피가 아닌 물의 힘"으로 살아보고 싶은 시인의 심정을 대변한다.

　"강물로 씻어내는 내 몸의 비린내가 사방으로 번"(「물결종이」)지는 상상 속에서 시인은 늘 새롭게 태어난다. 물의 사원으로 간 새들은 이미 "제 탁한 눈알을 소독하고 눈 밝아져"(「석양」) 아득한 허공을 질주하고 있을 것이다. 그는 "내 속의 검은 것들이 일제히 익사했으면," "늦었지만 지금이라도 내가 무섭게 순해졌으면," 하고 바란다. 그리고 스스로에게 "죄인들아, 물을 만나러 가자/ 가서 통곡하고 오자"(「통곡」)고 다짐한다. "바닥이 등을 밀어 올려준 힘으로"(「바닥의 힘」) 오늘의 내가 호흡을 이어갈 수 있다는 생각을 하는 순간, 시인의 상처는 말끔히 씻겨가고 맑아진 공기가 탁본처럼 떠질 것이다.

　"태어나자마자 얻은 흉터", "모든 흉터의 원형"인 배꼽을 찾아 "그 신성한 흉터의 제단"을 말끔하게 청소할 때, 비로소 만나게 되는 "내 첫 울음소리”(「배꼽」)는 그의 실존에 대한 증언이면서 고통의 출구이다. ‘구름의 장례식’을 치르면서 잃어버렸던 아름다움과 생생한 활기가 물에 닿는 순간 간결해지는 이 지점을 시인은 자신이 존재했던 그 기억의 원형 속에서 만나고 싶었던 것인지도 모른다. 물기 촉촉한 배꼽을 보면서 작은 우물을 연상하는 상상을 ‘물의 사원’으로 이어가는 과정은 도처한 상처의 기록을 꼼꼼하게 읽어가는 그의 포용력과 겹쳐지면서 진정한 출구가 스스로에게 있음을 환기한다. 시인의 매력은 꼼꼼하게 읽어가는 상처 속에 길이 있음을 깨닫고 고통의 출구를 실존의 원형인 물에서 찾아내는 것에 있다.

피안으로 열린 비상구, 몽해를 항해하는 시(詩)
– 장석주, 『몽해항로』, 민음사, 2010.

1. 피안을 꿈꾸다

여기, 몽해를 항해하는 시인이 있다. 꿈속의 바다, 시인에게 이곳은 죽음을 상징하는 '흑해黑海'다. 거칠고 험한 인생에 비유되는 바다는 어둡고 슬픈 분위기에 휩싸여 우리 삶의 종착역이 결국 죽음임을 알려준다. "작년보다 흰 눈썹이 몇 올 더 늘고/ 바둑은 수읽기가 무뎌진 탓에 승률이 낮아졌다/ 흑해에 갈 날이 더 가까워진 셈이다."(「몽해항로 3 – 당신의 그늘」) 그러나 시인은 죽음을 영원한 소멸이나 절망으로 인식하지 않는다. 죽음을 통해서만이 가치 있고 소중한 삶의 의미를 알 수 있고, 어둠을 통해서만이 빛을 볼 수 있다는 것을 시인은 몽해를 항해하는 과정을 통해 보여준다. 삶의 내부를 더 깊이, 더 명확하게 투시할 수 있는 장치는 '꿈'이다. 시인은 '꿈'과 '바다'의 이미지를 합성하여 죽음을 향해가는 몽해항로가 "저 무덤이 피안으로 가는 출구!"(「저 여자!」)

임을 알려준다. 결국 시인은 죽음을 향해가는 거칠고 험한 몽해를 떠돌며 삶과 죽음에 대한 진지한 성찰을 이끌어낸다.

수면 중에 일어나는 일련의 시각적 심상을 꿈이라고 한다. 꿈은 우리의 영혼을 자유롭게 풀어준다. 보통 꿈이라고 하면, 수면 중에 꿈꾼 체험이 깨어나고 나서도 회상되는 회상몽回想夢을 말하지만, 장석주 시인에게 꿈은 깨어나는 순간 사라져버리는 일시적인 것들이다. 헛된 욕망과 이기적인 삶의 방식이 죽음으로써 모든 사람의 기억 속에서 사라져버린다는 것을 시인은 꿈의 속성을 빌려 전달하려 한다. 피바람이 휘몰아치기 전에 "흑과 백은 둘로서 평등"했던 "무등(無等)의 나라"(「바둑 시편」)였다. 그곳에 대한 회원은 생의 근원을 탐색하는 성찰의 과정과 열망으로 빛을 발한다. 꿈꾸는 '나'는 '나'이면서도 현실의 '나'와는 단절된, 꿈의 비非논리적 속성은 "소멸하기 때문에 아름다운 일상의 순간들"을 자세하게 들여다보게 한다.

어둡고 거친 몽해항로에서 그가 끝까지 붙들고 가는 것은 "저 복사꽃은 내일이나 모래 필 꽃보다/ 꽃 자태가 곱지 않다./ 가장 좋은 일은 아직 오지 않았어./ 좋은 것들은/ 늦게 오겠지. 가장 늦게 오니까/ 좋은 것들이겠지./ 아마 그럴 거야./ 아마 그럴 거야"(「몽해항로 6 – 탁란」) 하는 믿음이다. 죽음을 항해하는 길이 소멸이 아니라 피안으로 가는 통로라는 인식을 스스로에게 갖게 하는 것이다. 장석주 시인의 열네 번째 시집 『몽해항로』는 이렇게 존재의 근원을 향한 실존의 강한 성찰과 우리 삶의 한계를 예리하게 포착한 사유들로 가득하다. "내 안에서 우글거리는 시들!/ 시를 읽는 것은 내 세포에 새겨진/ 바코드를 읽는 것!"(「시2」)이라는 시인의 말은 자기 몸에 새겨진 시간을 해독하는 것이야말로 동시대 사람살이의 고단한 풍경들을 하나하나 끌어올리는 작업임을 의미한다.

2. 그믐의 시간을 껴안는 시

내 몸이 그믐이다.
가득 찬 슬픔으로 앞이 캄캄하다.
저기 먼 곳이 있다.
먼 곳이 있으므로 캄캄한 밤에
혼자 찬밥을 목구멍으로
밀어 넣는 것이다.

—「그믐」 부분

『몽해항로』에 편재해 있는 '어둠', '밤', '그믐', '가뭄', '그늘', '슬픔', '찬밥', '황혼', '먼 곳', '소멸', '늙음', '죽음'의 언어들은 그늘과 친숙한 시인의 삶을 짐작케 하며, '고독'과도 닮았다. "사는 건/ 꽃놀이패가"(「바둑 시편」) 아니었음을 아들에게 고백하는 시인의 태도는 주변을 돌보지 않고 고독하게 살아가는 우리 시대 쓸쓸한 풍경에 대한 안타까움에서 비롯된다. '그믐'의 시간은 충만했던 생의 이미지가 어느새 닳고 닳아 아프게 저물어 가는 과정을 의미한다. 그믐을 껴안는 몸 또한 그믐이다. 저기 아득하게 보이는 '먼 곳'은 그 긴 항해 끝에 닿는 피안의 세계이다. '먼 곳'에 대한 희망으로 혼자서도 찬밥을 밀어 넣으며 생을 견디는 것이다. "당신이 내게 기르라고 맡기고 내가 젖동냥해서 기를 그믐"(「그믐눈썹」)이기에 그믐은 스스로 껴안고 살아가야 할 운명 같은 것이다. 그믐께가 가까워오면 피비린내가 훅 하고 끼치고 그믐을 사는 자신이 보인다. "그믐에 그을리고 탄 제 마음 자리는 숯"(「그믐 눈썹」)이다.

시인은 이 '그믐'의 풍경을 올곧이 껴안는다. "아련한 가을비 속에 죽은 고모 이마보다 찬 바다"(「협재 바다」), "모래들의 취락,/ 고요라는 짐승들의 집단 서식지,/ 뼈들의 명상센터/ 시간의 블랙홀"(「사막」), "다리 밑에서 동네 남정네들이 모여/ 개를 잡고 있"(「초복」)는 무자비한 광경, 우레 같은 개 비명 소리를 들으며 "이런 세상에 살고 있구나!"(「초복」)를 절감하는 시인의 마음은 슬픔으로 충만하다. 삶은 무늬를 만드는 작업인가. '욕망과 어리석음', '성급함과 오류들'(「얼룩과 무늬」)이 만들어 놓은 얼룩을 바라본다. 그는 그 얼룩들을 때로는 엄혹하게, 때로는 안쓰럽게, 때로는 관조와 여유의 시선으로 응시하며, 이제는 시가 세포를 이룬 자신의 생에 대해 노래한다. 「몽해항로」 연작에는 '이방의 노동자들', '바둑', '기름보일러가 식은 방바닥', '펄럭이는 흰 빨래' 등 슬픔에 충만한 그믐의 표정들과 생에 대한 깊은 성찰이 배어 있다.

요즘 웬만한 길흉이나 굴욕은 잘 견디지만
사소한 일에 대한 인내심은 사라졌다.
어제 낮에는 핏물이 있는 고기를 씹다가
구역질이 나서 더 먹지를 못했다.
비루해, 비루해, 남의 살을 씹는 거,
내 구강(口腔)에서 날고기 비린내가 난다.
이슬람이라면 라마단 기간에 금식을 할 텐데,
금식은 얼마나 순결한가.
안성 시내에서 탄 죽산행 버스 안에서
취한 필리핀 남자 두 명을 만났다.
안성 공단에서 일하는 노동자겠지.
황국이 피는 이 낯선 땅에서 술을 마시며
헤매는 저 이방의 노동자들!

–「몽해항로 2 – 흑해행」 부분

웅덩이들의 마른 이미지와 가뭄의 길이가 길다. 탕약이 끓고, 옛날은 가고, 도라지꽃은 지고, 시간은 흘러 웬만한 길흉이나 굴욕은 잘 견디지만 사소한 일에 대한 인내는 사라졌다고 고백한다. 꿈과 현실의 틈새가 넓어진다. 꿈은 부쩍 많아지고 현실은 그만큼 멀어진다. "핏물이 있는 고기를 씹다가" 구역질이 나서 다 먹지를 못하고, 비루함을 연거푸 남발하는 그는 "남의 살을 씹는 거"에 대한 환멸을 느낀다. 핏물이 남아 있는 남의 살을 씹는 것은 순결한 금식과 대비된다. 시인은 순결하지 못한 우리의 생을 반성하며, 낯선 땅에서 일하는 안성 공단 노동자들을 응시한다. 흑해행의 길목에서 만난 노동자의 슬픈 뒷모습을 바라보며 생명의 소중한 가치를 곱씹게 하는 이 시는 "취객의 토사물에/ 달라붙은 중생(衆生),/ 함부로 비웃지 마라./ 먹고 사는 일은/ 숭고한 수행(修行), 장엄한 일"(「비둘기」)이라는 생의 성찰로 이어진다.

나는 누굴까, 네게 외롭다고 말하고
서리 위에 발자국을 남긴 어린 인류를 생각하는
나는 누굴까.
나는 누굴까.
낮에 보일러 수리공이 다녀갔다.
삼림욕장까지 갔다가 돌아오는 길에
아무도 만나지 못했다.
속옷의 솔기들마냥 잠시 먼 곳을 생각했다.
어디에도 뿌리 내려 잎 피우지 마라!
씨앗으로 견뎌라!
폭풍에 숲은 한쪽으로 쏠리고
흑해는 거칠게 일렁인다.
　　　　－「몽해항로 4 － 낮에 보일러 수리공이 다녀갔다」 부분

"서리 위에 발자국을 남긴 어린 인류"를 생각하고, "속옷의 솔기"를 보며 잠시 '먼 곳'을 생각한다. 삼림욕장까지 갔다가 돌아오는 길에 아무도 만나지 못했다는 것은 그 먼 길을 홀로 걸어야 했음을 의미한다.

시인은 홀로 선 길 위에서 지속적으로 '나는 누굴까'를 묻고 또 묻는다. 차디찬 방바닥에서 홀로 견뎌왔을 삶을 짐작케 한다. 아무도 들여다보지 않고, 아무에게도 말하지 않던 그가 낮에 보일러 수리공을 부른다. "어디에도 뿌리 내려 잎 피우지" 말고, "씨앗으로 견뎌라"라는 스스로 내거는 최면 같은 명령은 거친 흑해를 견디는 생의 전략인 셈이다. 뿌리를 내리고 잎을 피우는 것은 이 땅에 정착한다는 것이다. 이 땅에 정착하는 것들은 거칠게 흔들리다가 결국 흑해로 간다.

　벼룩, 파리, 모기, 매미, 자벌레와 같은 미물의 속성에 우리 삶의 여러 국면을 비유하면서 인간 본성을 성찰한 시들 역시 그믐의 몸을 가졌다. '성급함과 오류들'이 만들어낸 얼룩을 감히 무늬라고 우기지 못하고 크게 상심하던 날이 깊어간다. "남의 피 빨며 산 것,/ 가난 때문이라고 변명하지 마라./ 네 본색이다./ 그렇게 살지 마라!"(「모기」) "사는 것 시들해/ 배낭 메고 나섰구나./ 노숙은 고달프다!/ 알고서는 못 나서리라./ 그/ 아득한 길들"(「달팽이」)은 어머니의 배에서 나오는 순간부터 평생을 인생이라는 길 위에서 노숙하며 사는 인간의 실존적 상황을 떠올리게 한다. 혼자서 인내하던 오년이라는 시간은 오래 가지만 기쁘고 즐거운 시간은 너무도 짧은 억울한 심정을 매미가 대변한다. "지하 감옥 칠 년 끝에/ 보름 남짓 얻은 자유,/ 건달로 낙인찍혀/ 허물 벗는 이 거사(居士)/ 억울해 말로 못다 할/ 설움"(「매미1」)을 풀어내느라 매미는 여름 내 그렇게 울었던 것이다.

　죽음을 거부하고 피할 수 없다면 담담히 받아들여야 한다는 깨달음의 성과는 결국 그의 시의 출구를 만드는 것으로 나타난다. "이런 세상이구나!/ 이런 세상을 피안인 듯 살았구나!"(「초복」)하며 '지금 여기'의 삶을 인지하는 순간, 출구는 이미 생성된다. "세상이 나를 잊었는가, 아니면/ 내가 세상을 잊었는가를 잠깐 짚어"(「청산에 살다」)보고, 어느

쪽이든 두렵지 않다고 느낄 때 비로소 출구는 열린다. "비를 만나거든 피하지 말고/ 그 자리에서 천둥으로 울고 번개로 화답하"는 것과 보일러 수리공을 불러 차디찬 방을 데우는 행위는 혹해의 삶을 숙명으로 받아들이는 내면과 만난다.

"침묵은 소리의 극명한 태초/ 소리의 피안이다./ 저 침묵에 귀의함으로써/ 소리는 소리의 생을 다한다."(「소리박물관」) 침묵은 피안으로 가는 출구다. 생성과 소멸 그 아스라한 경계에서 돋아나는 푸른 감각을 '지금 여기'를 벗어나 '저 먼 곳'에서 만나게 된다. '저 먼 곳'은 피안이면서, 죽음이며, 생의 근원지이기도 하다. 소리가 태어나고 소리가 소멸하는 지점이 바로 우리가 만나야 할 피안의 세계 아니겠는가. 그것은 '지금 여기'의 삶에 대한 반성에서 비롯된다.

지상에 뿌리 내린 것들은 비린내 나는 피바람과 싸우며 견뎌야 한다. 인생을 상징하는 바다 위에서 '저 먼 곳'을 향하여 가야 하는 '지금 여기'의 생이 실존의 그믐에 이르는 지점을 우리는 자연스럽게 받아들인다.

3. 피안으로 가는 출구

> 판자들은 삭고 판자에 박힌 못들은
> 붉은 땀을 흘리며 세월을 견딘다.
> 조카딸년과 당신의 사철나무는 푸르고,
> 이쁜 것들은 다 푸르다.
> 나는 **뻔뻔한** 자들과 연루되었다.
> 용서하는 자가 아니라 용서받아야 할 자다.
> 푸른 것들만 무죄다.
> 푸른 것들의 계보에 속하는
> 당신 속에는 암초와 법칙들이 자라난다.

나를 용서할 수 없기 때문에
당신을 사랑할 수 없다.

—「저공비행」 부분

　푸른 것은 "조카딸년"과 "당신의 사철나무"이고 더 푸른 것은 "이쁜
것들"이다. 또한 "뻔뻔한 자들과 연루되지 않은 것들"이며, "용서하는
자"다. "푸른 것들만 무죄"라는 진술을 따르면, '어린 것들 : 늙은 것들',
'이쁜 것들 : 추한 것들', '뻔뻔한 자들과 연루되지 않은 것들 : 빤빤한
자들과 연루된 것들'이라는 등식이 성립된다. 그러나 그것은 "나의 한
때는 푸르렀다"에서 보이듯 과거이다. 따라서 이 시는 '과거 : 현재' 시
간의 대립을 선명하게 보여준다. "푸른 것들만 무죄다"는 진술은 푸르
지 않은 것들, 특히 검은 것들은 '유죄'라는 것을 의미한다. "푸른 것들
의 계보에 속하는/ 당신 속에는 암초와 법칙들이 자라난다." 지금은 무
너져 버린 생의 법칙과 자연스러움에 대한 회원과 동경은 그의 기억을
지배히며 여전히 현재를 지배힌다. '지금 여기'의 순건에시 과거를 회
상하는 일은 물질의 풍요가 낳은 이기와 주변을 돌보지 않은 현대의 풍
경에 대한 강한 비판을 실어준다. 자연과 생명력에 대한 동경은 푸름에
대한 예찬과 맞닿아 있다.

　자, 걸어 봐, 풀밭을!
　발바닥 밑에서 꿈틀대는 고양이의 등을,
　먼 곳을 휘돌아 흐르는 밤 강물을,
　파릇하게 돋는 별자리를,
　오오, 무지개를 꺾어 들고 갈래.

　염소 뿔에 받힌 밤하늘 아래
　그림자를 발명하는 맨발들,
　내 이쁜 이복 누이들, 자, 맨발로 느껴 봐,

지층에 숨은 물길들을,
둥근 젖가슴의 푸른 정맥들을,
당신 핏속엔 오월의 어린 별들이 내려와
탬버린을 치며 노래를 하네!

—「풀밭을 걸어 봐!」 부분

풀밭은 자유로움을 상징하는 공간이다. 시인은 스스로 억압하지 않은 이 자유로운 공간에 놓여 풀밭을 걸어보라고 스스로에게 말을 건다. 발바닥 밑에서 꿈틀대는 "고양이의 등", "먼 곳을 휘돌아 흐르는 밤", "파릇하게 돋는 별자리"를 거쳐, "지층에 숨은 물길들"과 "둥근 젖가슴의 푸른 정맥들"을 온몸으로 느껴보라고 말한다. 풀밭은 낮과 밤, 시간과 공간의 제약에서 자유로운 영혼이 된다. 풀밭을 걸으며, 자연과 깊은 교감을 나눌 때, 전신全身에 퍼지는 오월의 푸른 활력을 느낄 수 있다. 푸른 기운이 만연한 오월과 푸름을 상징하는 '어린 별'들은 한때 그가 희원했던 푸름의 계보에 속한 것들이다. 시인은 이 푸름의 계보를 잇는 시간이 이미 과거가 되어버린 세상에 유감을 드러낸다. "어느덧 집은 낡았다.// 금생(今生)을 용서하니,// 식욕이 푸르렀다."(「한때 나도 푸르렀다」) 그의 유감은 "한때 나도 푸르렀다"는 고백 속에 묻어 있다.

"초록 입술 내밀어/ 햇빛을 쭉쭉 빨아들이"(「서귀포」)는 새순의 기억을 떠올리며, 자연과 하나 되는 시절을 회원하는 시인은 '지금 여기'의 혹해를 항해한다. 실존의 그믐을 건디며, 한때 푸르렀던 과거를 회상하며 파편화된 오늘의 생을 반성하고 성찰하는 것이야말로 시인이 꿈속에서 그토록 갈망하던 피안의 세계가 아닐까. 장석주 시인이 보여주는 '몽해항로'의 시간은 그렇게 우리 몸에 새겨진 언어처럼, 그렇게 오랜 시간 부대꼈던 그늘의 삶과 결코 무늬가 될 수 없는 '얼룩 무늬'의 바코드를 해독하는 과정을 보여준다.

어둠이 뒤덮인 바다를 읽는 난해한 경험을 시인은 자초한다. 이미 흘러가버린 푸른 시간에 대한 배려이며, 절망이 절망과 맞설 때 빛을 발할 수 있다는 강한 믿음을 던져주기 위해서다. 어두운 곳에서 가장 밝은 빛을 찾아내고, 각박한 사회 속에서 따뜻하고 여린 영혼을 찾아내는 일은 그가 죽음을 또 하나의 출구로 생각하고 극복하려는 의지의 생명력을 축으로 세우고 있기 때문이다. "제 몸 벌겋게 태워/ 부르는 노래,/ 필경 청음(淸音)을 얻었구나.// 그러나 자만을 경계해라./ 득음에 이르는 길은/ 멀고 또 멀다!"(「숯의 노래」) 자신의 몸을 태우면서 청음을 얻어내듯, 절망의 깊은 바닥에서 희망은 싹튼다. 큰 상심 끝에 그는 외친다. "누군들 얼룩이 되고 싶었으랴."(「얼룩과 무늬」)

원형을 지향하며, 허공에서 빛나는 정신적 자유

– 오세영의 시세계

1. 인간 존재의 실존적 고뇌를 서정적으로 노래한 시인

오세영(1942~) 시인은 1968년 『현대문학』에 시 「잠깨는 추상(抽象)」이 추천 완료되어 문단에 나온 이후, 40여 년 넘게 지속적인 창작활동을 전개하면서 자신만의 독자적인 시세계를 구축해 왔다. 그가 오랜 시작詩作 기간에 보여주었던 시세계는 다분히 순수 서정시를 옹호하는 방식이 아니라, 물질주의에 따라 둘러싸인 현실의 폭력성을 우회적으로 표현하는 데서 비롯된 것이다. 그는 자신이 속한 시대의 부조리함과 인간 존재의 실존적 고뇌를 역설적으로 드러내며 현실과 인간에 대한 사랑을 서정적으로 노래해 온 시인이자 학자이면서, 비평가다.

이러한 그의 시세계는 1970년 첫 시집 『반란하는 빛』을 시작으로, 『모순의 흙』(1985), 『무명연시』(1986), 『사랑의 저쪽』(1990), 『꽃들은 별을 우러르며 산다』(1991), 『어리석은 헤겔』(1994), 『눈물에 어리는

하늘그림자』(1994), 『벼랑의 꿈』(1999), 『무명연시』, 『적멸의 불빛』(20
01), 『잠들지 못하는 건 사랑이다』(2002), 『시간의 쪽배』(2005), 『꽃피는
처녀들의 그늘 아래서』(2005), 『바람의 그림자』(2009), 『푸른 스커트의
지퍼』(2010) 등의 시집과 시론집 『서정적 진실』(1983), 평론집 『현대시
와 실천 비평』(1983), 『상상력과 논리』(1991) 등의 저서에 고스란히 담
겨 있다. 또한, 1983년 한국시인협회상, 1986년 소월시문학상, 1987년
녹원문학상, 1992년 제4회 정지용문학상, 1992년 제2회 편운문학상,
1999년 제7회 공초문학상, 2000년 제3회 만해문학상, 2010년 제3회
한국예술상 등의 수상 경력은 작가로서 그의 위상을 더욱 확고히 자리
매김했다.

오세영의 시에 대한 그간의 평가는 도시적 서정성이나 현대적 감수
성에 침윤되지 않고, 절제와 균형의 미덕인 동양적 중용의 의미를 형상
화함으로써, 형이상학적이면서도 삶의 체취가 느껴지는 개성적인 작
품세계를 형성해 왔다는 데로 모아진다. 이는 사물의 존재론적 인식과
물질주의적 모순에 대한 비판, 동양적 사유의 개성과 시적 감성, 냉철
한 자아비판과 본질 탐구의 시들로 분류되며 우리 고유의 민족정서와
세계정신의 보편성을 녹여내려는 그의 시작 의도가 아닐까.

오세영 시인의 시는 본질적으로 기상(奇想, conceit), 패러독스(para-
dox, 逆說), 양극화, 통징痛懲, 생략과 함축성, 정서의 지적 등가물이 있
는 형이상시이다. 이어령 교수의 말을 빌리자면 곧장 꽃을 향해서 날지
않고 위로 아래로 혹은 좌우로 변화무쌍한 곡선을 그리는, "나비의 언
어"가 아닐까 생각한다. 그의 시는 현실에 대한 쓰라린 절망감과 내면
의 고통에 대한 자각으로부터 출발한다.

2. 깨어진 사랑, 빛나는 자유

오세영 시인의 시는 존재의 상처와 유한성에 대한 자각에서 태어난다. 박호영은 「무명(無明)에서 적멸(寂滅)에 이르는 길」에서 그의 시가 본질적인 깨달음에 도달하지 못한 무명無名의 상태를 드러냄으로써 존재가 근본적으로 지향해야 할 바람직한 삶의 방향을 암시적으로 제시하고 있다고 보았다. 그는 『무명연시』의 시인의 말에서 시의 위대성을 결정짓는 관건은 철학이며, 그 철학은 추상적 관념으로 전달되는 것이 아니라 구체적 사물로 존재하는 것이어야 한다고 말했다. 그의 시는 이렇게 존재를 지향하는 가운데서 싹튼다.

> 깨진 그릇은
> 칼날이 된다.
>
> 절제와 균형의 중심에서
> 빗나간 힘,
> 부서진 원은 모를 세우고
> 이성의 차가운
> 눈을 뜨게 한다.
>
> 맹목(盲目)의 사랑을 노리는
> 사금파리여,
> 지금 나는 맨발이다.
> 베어지기를 기다리는
> 살이다.
> 상처 깊숙히서 성숙하는 혼(魂)
>
> 깨진 그릇은
> 칼날이 된다.

무엇이나 깨진 것은
칼이 된다.

-「그릇」 전문

그릇은 조화롭고 균형 잡힌 질서이며, 원의 세계다. 박목월 시인이 노래한 「사력」이라는 시 "시멘트 바닥에/ 그것은 깨어졌다./ 중심일수록 가루가 된 접시./ (중략)/ 받드는 것은 한번은 가루가 된다./ 외곽일수록 원형을 의지하는 싸늘한 질서./ 파편은 저만치/ 하나./ 냉엄한 절규./ 모가 빛난다."에서도 '깨진 그릇'은 형상화된다.

오세영의 시에서 깨진 그릇은 그릇의 모양인 원을 통해서 연상되는 "절제와 균형의 중심"에서 "빗나간 힘"으로, 중용의 힘이 사라진 상태를 암시한다. 따라서 그릇이 깨져서 "칼날"이 된 상태는 왜곡되고 경직된 사상을 강요한다. "절제와 균형의 중심"은 화자가 소망하는 조화와 질서의 세계다. 이러한 조화와 질서를 상실한 "부서진 원"은 "모를 세우"는 날카로운 이미지를 만들어내면서 획일화되고 편향된 사고를 표상하는 "이성"의 눈을 뜨게 한다. "맹목의 사랑" 역시 획일적인 사고방식을 의미한다. "지금 나는 맨발"이며, "베어지기를 기다리는" 존재라는 점은 화자가 구속당하고 억압당하는, 수동적인 존재임을 보여준다.

조화와 안정을 잃었을 때 절제와 균형이 상실되고 비합리적이며, 폭력적인 세계가 되어 버린다는 것은 격랑과 질곡의 우리 현대사가 잘 일깨워 준다. 1974년 유신독재의 서슬이 시퍼렇던 시절 그가 겪어야 했던 사실들은 민주주의라는 절제와 균형의 힘이 상실된 깨진 그릇이 되어 그에게 상처를 주었다. 그리고 시인이 ≪자유실천 문인협회≫ 창립 발기인 명단 공개로 정보기관의 문초를 받은 일, 1975년 대학신문 청탁으로 4·19 기념시를 썼다가 긴급조치 9호에 위반된다며 협박받은 일, 1980년 전두환 신군부의 집권에 반대한 충남대 교수들의 민주화

선언을 주도한 명목으로 보안사에 끌려가 고초를 당한 일 등은 모두 민주주의라는 절제와 균형의 힘을 잃은 깨진 그릇이 칼날이 됨으로써 "맨발"로 "베어지기를 기다리는 살"이 되어야만 했던 체험적 고백이다. 그의 다른 시 「모순의 새」에서 "너희는 하늘만이 진실이라 믿지만,/ 하늘만이 자유라고 믿지만/ 자유가 얼마나 큰 절망인가는/ 비상을 해 보지 않고서는 모른다."라는 부분에서 보여주었던 불의와 타협하지 않는 꼿꼿한 선비적 기질, 혹은 지사적 성품은 이렇게 민주화의 정신을 불태웠던 체험적 고백과 맞닿아 있다.

시인의 시에 자주 등장하는 "그릇"이라는 소재는, 번뇌와 아집에 사로잡힌 무명의 상태와 헛된 욕망에 사로잡힌 현실의 부조리함 속에서 얻은 깨달음의 세계를 보여준다. "흙이 되기 위하여/ 흙으로 빚어진 그릇/ 언제인가 접시는/ 깨진다.// 생애의 영광을 잔치하는/ 순간에/ 바싹 깨지는 그릇/ 인간은 한 번/ 죽는다."(「모순의 흙」)에서처럼 삶은 유전하는 것이며 고정되거나 머무를 수 없으라는 점에서 연기설緣起說, 또는 윤회설輪廻說과 연결되기도 하면서, 흙으로 구워진 여러 가지 모양의 그릇들로 다양한 삶을 사는 인간의 모습을 형상화하기도 한다. 죽음이 두려워서 삶을 포기한다면 인간의 삶 또한 무의미하지 않겠는가. 이처럼 그의 시는 안정되고 절제된 그릇에서 모순의 흙, 빗나간 힘, 삶과 죽음, 절망과 희망의 양면성을 깨닫고 있다는 점에서 형이상적 특성을 지닌다.

> 얼릴 수만 있다면
> 불은 아마도 꽃이 될 것이다.
> 끓어오르는 불길을
> 싸늘하게 얼리는 튤립,
> 불은 가슴으로 사랑하지만

얼음은 눈빛으로 사랑한다.
어찌할거나
슬프도록 화려한 이 봄날에
나는 열병에 걸렸어라.
추위에 떨면서도 달아오르는
내 투명한 이성(理性),
꽃은 결코 꺾어서는 안 되는 까닭에
눈빛으로 사랑해야 한다.
밤새 열병으로 맑아진
내 시선 앞에
싸늘하게 타오르는 한 떨기 튤립.

- 「사랑의 방식」 전문

‘꽃’은 여러 가지 상징적 의미가 있지만, 본질적으로 언젠가 깨지는 그릇처럼 일시적인 아름다움을 의미한다. 또한 ‘꽃’은 중심의 이미지이며 영혼의 원형을 상징하기도 하고, 아름다움을 상징하기도 하지만 더는 아름답지 않음을 인정하는 체념과 그것을 적극적으로 거부하는 인간적 초라함을 상징하기도 한다. 이렇듯 아름답지만, 생성의 아픔과 조락의 슬픔을 거느리는 영혼의 세계인 꽃의 속성은 곧 사랑의 속성을 묘사하는 “싸늘하게 타오르는 한 떨기 튤립”과 연결된다.

시인이 말하는 사랑의 방식은 “끓어오르는 불길을/ 싸늘하게 얼리는 튤립”에서처럼 불과 얼음의 중용을 지향하는 데에 있다. “슬프도록 화려한 이 봄날에/ 나는 열병에 걸렸”지만, 튤립이 필 때의 아픔과 떨어질 때의 슬픔을 이미 마음속에 거느리고 있는 화자는 “추위에 떨면서도 달아오르는/ 내 투명한 이성(理性),/ 불은 가슴으로 사랑하지만/ 얼음은 눈빛으로 사랑”하게 되는 경지, 꽃을 꺾어서는 안 되는 까닭을 인지하고 있는 것이다. 에리히 프롬의 『소유냐, 존재냐』를 떠올리게 한다. 화자가 말하는 사랑의 방식은 소유 지향이 아닌, 존재 지향이다. 이는 어떤 것을 소유함으로써 지배하고 군림하려는 욕망이 아닌, 존재하게 함으로써 그 가치를 존속시키려는 인식 상태이다.

현대 문명 속에서의 인간은 물질에 대한 욕망과 소유에 집착하려는 의식이 강하다. 현대인은 큰 집과 좋은 자동차, 많은 돈을 소유해야 하고 자신의 마음에 드는 이성을 무조건 쟁취해야 직성이 풀리는 유물론자다. 시인은 이렇게 잘못된 사랑의 방식을 지각하고 바람직한 삶의 존재 방식이 어떤 것인가를 생각하게 한다. 그러나 "꽃은 결코 꺾어서는 안 되는 까닭에/ 눈빛으로 사랑해야"하는 까닭에 시인은 "밤새 열병으로 맑아진/ 내 시선 앞에/ 싸늘하게 타오르는 한 떨기 튤립"을 바라보고만 있어야 한다. 시인은 이처럼 존재의 방식인 사랑론을 '불'과 '얼음'이라는 상반된 이미지의 대립을 통해 보여준다.

3. 철학적 사유와 인생에 대한 관조

오세영 시인의 시에서 자주 발견되는 것은 조화와 합일의 세계이다. 다음의 시 역시 동양적인 허무 의식과 도교적인 무위자연의 자연관이 바탕에 깔려 있다. 이 시는 전통적 서정성과 불교적 세계관을 통해 인간과 자연이 일치된 삶을 노래한다.

> 멀리 있는 것은
> 아름답다.
> 무지개나 별이나 벼랑에 피는 꽃이나
> 멀리 있는 것은
> 손에 닿을 수 없는 까닭에

아름답다.
사랑하는 사람아,
이별을 서러워하지 마라,
내 나이의 이별이란
헤어지는 일이 아니라 단지
멀어지는 일일 뿐이다.
네가 보낸 마지막 편지를 읽기 위해선
이제
돋보기가 필요한 나이,
늙는다는 것은
사랑하는 사람을 멀리 보낸다는
것이다.
머얼리서 바라다볼 줄을
안다는 것이다.

―「원시(遠視)」 전문

사랑과 이별의 문제에 대한 화자의 원숙한 인식과 깨달음을 노래한 시다. 칼릴 지브란의 「아름다운 간격」에서 "현악기의 줄들이 하나의 음악을 울리더라도 줄은 서로 혼자이듯이"에서처럼 "멀리 있는 것", "머얼리서 바라다볼 줄"안다는 것은 인생에 대한 깊은 사유와 관조가 있을 때 가능한 일일 것이다. "멀리 있는 것은/ 아름답다."라는 구절에서 "멀리 보는 것"은 화자가 시적대상과 적절한 거리를 유지하고 있다는 것을 의미하며, 「사랑의 방식」이라는 시에서 이야기했던 존재의 사랑법과 맞닿아 있다. "무지개나 별이나 벼랑에 피는 꽃"과 같이 닿을 수 없는 것은 인간이 끼어들어 훼손시키거나 소유할 수 없는 까닭에 아름답다.

화자는 네가 보낸 마지막 이별의 편지를 읽기 위해 돋보기가 필요한 나이가 되었다. 하지만 멀리 있는 사물을 보기 위해서는 돋보기가 필요

없다. 유한한 존재인 인간에게 만남과 헤어짐은 필연적인 것이다. "사랑하는 사람을 멀리 보낸다는/ 것"을 느끼면서 자신도 사랑하는 사람 곁에서 멀리 떠나야 할 때가 있음을 인식하게 될 때 비로소 존재의 가치를 알게 되는 것이다. 키르케고르의 말처럼 "제대로 절망한 사람만이 인생을 올곧게 꾸려 갈 수 있"는 것이다. "내 나이의 이별이란/ 헤어지는 일이 아니라 단지/ 멀어지는 일일 뿐이다."와 같은 구절에서는 이별이 슬퍼하고 거부해야 할 성질이 아니라 계절의 순환과 밤낮의 반복처럼 지극히 자연스러운 것이라는 인식과 깨달음이 담겨져 있다.

가까이 간다는 것은 집착하는 것이다. "멀리 바라보는 것"과 같이 대상과 거리를 유지함으로써 대상은 그의 본질적 속성을 드러내며, 고유한 존재로서의 의미를 얻게 된다. 따라서 인간이 늙음으로써 갖게 되는 원시의 미학은 존재론적인 성숙에 이르는 길을 제시한다. 늙음으로 인해 서서히 삶과 멀어지는 것, 고독해져야 하는 것은 숙명적인 삶으로서 내던져진 인간 실존의 모습이다. 유한한 존재인 인간에게 죽음은 필연적이며 늙는다는 것은 죽음에 가까워져 가는 것이며, 동시에 필연적으로 사랑하는 사람들과의 이별을 동반하는 일이다. 그러므로 이별에 대한 안타까운 심정 속에서도 서러워해서는 안 된다는 인식에 화자는 도달한다. 사랑하는 사람을 멀리 보내줘야 한다는 인식은 모든 생명체에게 극히 자연스러운 일이며 자연적인 이치라는 점에서 동양적인 무위자연의 세계와도 통한다.

산자락 덮고 잔들
산이겠느냐.
산그늘 지고 산들
산이겠느냐.
산이 산인들 또 어쩌겠느냐.

아침마다 우짖던 산까치도
간 데 없고
저녁마다 문살 긁던 다람쥐도
온 데 없다.
길 끝나 산에 들어섰기로
그들은 또 어디 갔단 말이냐.
어제는 온 종일 진눈깨비 뿌리더니
오늘은 하루 종일 내리는 폭설(暴雪).
빈 하늘 빈 가지엔
홍시(紅柿) 하나 떨 뿐인데
어제는 온종일 난(蘭)을 치고
오늘은 하루 종일 물소릴 들었다.
산이 산인들 또
어쩌겠느냐.

－「겨울노래」 전문

이 시는 수사의문문인 "~겠느냐."라는 종결어미를 통해서 동양적 허무와 달관의 정신을 역설적으로 제시한다. "산자락 덮고 잔들/ 산이 겠느냐./ 산그늘 지고 산들/ 산이겠느냐./ 산이 산인들 또 어쩌겠느냐." 와 같은 구절은 우리의 눈에 비친 사물들의 내면을 들여다보고 있는 진술로 전체 중 일부, 혹은 그림자에 불과한 산자락이나 산그늘이 산이 아니라는 의미를 담는다. 이는 사물의 전체적 속성, 본질적 속성을 이야기하는 불교적 세계관과 맞닿아 있다. 그리고 그 전체 중 일부, 또는 그림자에 불과한 것이 산의 전체적 속성이라 할지라도 어쩔 수 없다는 인식은 일상적인 언어 규범이나 상식의 논리를 초월한다.

"산까치"와 "다람쥐"마저 온데간데없이 사라지고, "길 끝나" 더는 갈 곳이 없는 절대 고독의 공간, "하루 종일 내리는 폭설", "빈 하늘 빈 가지엔/ 홍시 하나 떨"고 있는 적막하기만 한 단절적 공간인 산 속에서 화자는 "온종일 난을 치고", "하루 종일 물소리를 듣는" 무위자연의 태도와 달관의 자세를 보이고 있다. 불안과 죽음을 극복하고 참된 모습을 회복하기 위해서 "신 앞에 선 단독자"로서의 주체적 결단을 강조한 키르케고르와 비교해보면, 오세영 시인은 절대 고독의 상황에서 동양적인 달관의 의식으로 극복해 나간다는 것을 알 수 있다. 시인이 말하려는 절대 고독에 대한 극복은, 물질만능주의와 기계화된 세계관이 지배하고 있는 현대 문명에서 점점 잊혀가는 자연의 순환적 질서를 회복하는 일이다. 이를 극복하는 방안이 바로 동양의 전통적인 자연관이 아니겠는가.

4. 자연 사물을 통한 존재론적 형이상학

시인은 자연의 질서를 자기 내부로 받아들인다. 시인은 동양사상에서 자연을 말하는 것은 자연을 통해 무언가에 접근하기 위해서라고 말한다. 그것은 바로 존재 그 자체이고, 시는 존재 자체에 대한 물음이라는 것이다. 시인이 시를 쓰는 것은 생명의 역동적 움직임을 통해 결국 자신의 내면을 드러내는 것이지, 존재 이유를 해명하는 것은 아니다. 오세영 시인은 자연 사물을 통해 존재의 의미를 독자로 하여금 스스로 깨우치게 한다.

> 잎이 지면
> 겨울나무들은 이내
> 악기가 된다.
> 하늘에 걸린 음표에 맞춰
> 바람의 손끝에서 우는

악기,

나무만은 아니다.
계곡의 물소리를 들어보아라.
얼음장 밑으로 공명하면서
바위에 부딪혀 흐르는 물도
음악이다.

윗가지에서는 고음이,
아랫 가지에서는 저음이 울리는 나무는
현악기,
큰 바위에서는 강음이
작은 바위에서는 약음이 울리는 계곡은
관악기.

오늘처럼
천지에 흰 눈이 하얗게 내려
그리운 이의 모습이 지워진 날은
창가에 기대어 음악을
듣자.

감동은 눈으로 오기보다
귀로 오는 것,
겨울은 청각으로 떠오르는 무지개다.

—「음악」 전문

음악은 인간의 영감靈感을 불러일으키는 예술의 전형이다. 쇼펜하우어가 "모든 예술은 음악의 상태를 지향한다."고 했던가. "당신은 음악을 듣고 있다고 말해서는 안 된다. 우리는 항상 음악 쪽으로 나가고 있는 것이다."(「하나의 나뭇잎이 흔들릴 때」)라고 말한 이어령 교수의 말처럼 음악은 우주 질서의 한 부분이다. 화자 역시 내적으로 조화롭고 통일된 우주를 향해서 나가는 것이다. "하늘에 걸린 음표에 맞춰/ 바람의 손끝에서 우는" 겨울나무들이 현악기가 되듯이, "얼음장 밑으로 공명하면서/ 바위에 부딪혀 흐르는" 계곡물이 관악기가 되듯이 이 시에서의 음악은 천상과 지상의 조화다. 그래서 이 음악을 듣고자 하는 자는 눈보다는 귀를 열어야 한다. "감동은 눈으로 오기보다/ 귀로 오는 것"이므로 "천지에 흰 눈이 하얗게 내려/ 그리운 이의 모습이 지워진 날은/ 창가에 기대어 음악을" 들을 수 있는 것이다.

"갈대의 나부낌에도 음악이 있다. 시냇물의 흐름에도 음악이 있다. 사람들이 귀를 가지고 있다면 모든 사물에서 음악을 들을 수 있다."고 말한 G. 바이런의 말은, "겨울은 청각으로 떠오르는 무지개다"는 역설적 인식을 가능하게 한다.

세상의 열매들은 왜 모두
둥글어야 하는가.
가시나무도 향기로운 그의 탱자만은 둥글다.

땅으로 땅으로 파고드는 뿌리는
날카롭지만,
하늘로 하늘로 뻗어가는 가지는
뾰족하지만
스스로 익어 떨어질 줄 아는 열매는
모가 나지 않는다.

덥썩
한입에 물어 깨무는
탐스런 한 알의 능금
먹는 자의 이빨은 예리하지만
먹히는 능금은 부드럽다.

그대는 아는가,
모든 생성하는 존재는 둥글다는 것을
스스로 먹힐 줄 아는 열매는
모가 나지 않는다는 것을.

-「열매」 전문

　"세상의 열매들은 왜 모두 둥글어야 하는가."라는 구절 속에는 시인
이 지향하는 자연적 질서, 원의 세계가 들어 있다. "땅으로 파고드는"
날카로운 뿌리와 "하늘로 뻗어가는" 뾰족한 가지는 인간 또는 자연적
존재가 드러내고 있는 외형적인 현상인데 반해 세상의 모든 것들이 열
매만은 둥글다고 한다면, 열매는 본질적이다. 그러므로 이 시에서의 열
매는 원이 표상하는 통일성과 융합의 세계로써 시인이 지향하고자 하
는 세계를 말한다.

　"먹는 자의 이빨은 예리하지만/ 먹히는 능금은 부드럽다."에서처럼
열매가 지닌 원의 속성은 자신을 삼키려 하는 이빨까지도 수용하는 존
재다. "스스로 먹힐 줄 아는 열매는/ 모가 나지 않"음으로써 모순과 대
립까지도 하나의 체계 속에서 다루어 원만하여 막힘이 없는 열매가 하
나를 꿰뚫고 있다는 측면에서 원융회통圓融會通이라는 원효대사의 불교
사상이 들어있다. 모든 존재의 특수성과 상대적 가치를 충분히 인정하
면서 화합을 함으로써 전체로서의 조화를 살리고자 했던 원효의 사상
을 둥근 열매는 실천하고 있는 것이다.

5. 감각적 이미지와 생에 대한 비관적 인식

　한편, 오세영 시인은 신작시에서 겨울의 차가운 이미지와 어둡고 추

운 현실공간의 이미지를 은유적으로 잘 결합하여 현실을 비판적으로 인식하는 태도를 견지한다. 그의 시에 빈번히 드러나는 시각과 청각의 이미지는 현장의 이미지를 살리기 위한 감각으로 보인다.

> 인적 끊긴 겨울 빙판,
> 강추위로
> 하늘의 별들조차 새파랗게 얼어붙었다.
> 산새도, 짐승들도 이미 모두 자취를 감췄는데
> 산은
> 흰 눈을 함빡 뒤집어 쓴 채
> 이 밤을 어떻게 새나.
>
> 외진 산골 오두막
> 따스한 불빛 새로 모락모락 피어오르는
> 굴뚝의 연기,
> 무릎에 그 화로 하나 끼고
> 밤새 언 몸을 녹이는……
>
> ―「겨울밤」 전문

신작시 「겨울밤」에서는 유종원의 한시 「강설(江雪)」을 떠올릴 수 있다. "천산조비절(千山鳥飛絶) 만경인종멸(萬徑人踪滅) 고주사립옹(孤舟蓑笠翁) 독조한강설(獨釣寒江雪)"과 같은, 세속과 단절된 곳에서 만난 고독의 경지가 이 시 속에 나타나 있다. 1연에서 "겨울산"은 강추위로 모든 생명체의 흔적이 사라지고 별마저 얼어붙은 겨울밤 오직 "흰 눈을 함빡 뒤집어 쓴 채/ 이 밤을" 홀로 새는 존재로 그려진다. 또한 겨울산을 의인화함으로써 2연에서 "외진 산골 오두막/ 따스한 불빛 새로 모락모락 피어오르는/ 굴뚝의 연기"는 그 굴뚝을 난로 삼아 "무릎에 그 화로 하나 끼고/ 밤새 언 몸을 녹이는" "겨울 산"의 모습으로 형상화된다. 그런데 한편으로는 산 속에서 홀로 살아가는 사람이 "무릎에 그 화로 하나 끼고/ 밤새 언 몸을 녹이는" 모습까지 떠올릴 수 있도록 의도적으로 말줄임표를 넣음으로써 독자들에게 외진 산골 오두막의 겨울 풍경을 상상하는 즐거움을 준다. 겨울밤의 고즈넉한 풍경을 형상화한 이 시는 밤새 떨고 있는 존재들을 응시하며 끌어안는 섬세한 시안을 엿보게 한다.

> 초록은 갔다.
> 겨울 되어 동장군이 접수하더니
> 세상은 온통 백색의 파시즘,
> 수용소엔 무장 해제된 포로들의 기상 점호가
> 한창이다.
> 영양실조에 걸린 체구들이
> 마른 가지처럼 바짝 말랐다.
> 목이 타들어도
> 축일 물 힌 모금 얻을 곳 없디.
> 이곳저곳에서 부는 점령군의 날카로운 호각소리,
> 철조망 밖 감시탑에선
> 검은 제복의 까마귀들이 높이 귀를 열어
> 눈을 번뜩이고……
>
> —「겨울 숲」 전문

순수한 생명력이 사라진 현대사회의 암울한 현재와 춥고 어두운 분위기를 표상하는 겨울 숲의 이미지를 통해 비판적 인식을 드러낸 시다. 민주주의와 순수함을 표상하는 초록의 이미지를 '갔다'라는 단정적인 서술어와 결합해 첫 행에서부터 과감한 시상 전개를 보여주고 있다. 살가운 세상의 뿌리가 흔들리고 꽁꽁 얼어붙은 숲의 이미지는 "동장군", "파시즘", "점령군", "까마귀"와 같은 어둡고 차가운 이미지와 함께 순수한 생명력이 사라진 암울한 시대를 은유한다.

　군부독재로 말미암아 한 겨울 동장군처럼 꽁꽁 얼어붙어 있던 1980년대 초, 천지를 하얗게 뒤덮으며 그 위로 우르르 몰려오는 "백색의 파시즘"은 고스란히 그 시대의 정치사회적 상황을 환기한다. "갔다", "말랐다", "(목이) 타들어도"라는 서술어는 이미 절망의 뿌리가 깊었음을 의미한다. "기상"을 통해서는 자연의 힘 앞에 드러난 인간의 왜소함을 알 수 있고, "점령군의 날카로운 호각소리"는 지배자의 욕망 앞에 드러난 피지배자의 무력함을 드러내는 소리로서 의미가 있다. "검은 제복의 까마귀들이 높이 귀를 열어/ 눈을 번뜩이"는 채로 시는 끝난다. 뒤이은 말줄임표는 여전히 겨울 숲에 갇혀 떠는 존재들을 떠올리게 한다. 하지만 권불십년權不十年이다. 영원히 발호跋扈하는 권력이 있을까. 곧 봄이 오는 소리가 겨울 숲의 눈을 서서히 녹여줄 것이다.

6. 존재태(存在態)로서의 시(詩)

　오세영 시인은 고요와 정적이 감도는 고즈넉한 세계를 관조하면서 생의 비의를 노래하며 성찰하기도 하고, 물질문명과 인간의 탐욕에 비판의 날을 세우기도 한다. 그러나 시인은 불의의 세계에 맞서거나 대립각을 세우는 것이 아니라 자연의 질서를 자기 내부로 받아들여 새로운 삶의 방향을 은밀히 암시한다. 사회의 부조리에 대하여 암시적으로 개선과 변혁을 유도하게 하려는 통징痛懲의 특징을 보이기도 한다. 또한, 서로 상반된 사물이나 개념을 결합함으로써 조화와 균형의 세계를 읽어내는 시적 은유로서의 기상(奇想, conceit)을 통해 아름다운 긴장을 경험하게 한다.

그는 이미 역사가 된 것들은 현재와 아무 상관이 없지만, 시는 영원하다고 말한다. 역사 속 풍경들이 오늘의 우리에게 버젓이 살아 생생하게 말을 건네 오는 까닭은 시가 행위태가 아니라 존재태로 실현되기 때문이라는 것이 그의 시론이다. "자연은 신(神)이 만들며, 시(詩)는 그 자연을 모방해서 인간이 만든다"고 했다. 헬라어로 시(poesis)가 원래 무엇인가를 '만든다'의 뜻이었듯이 신이 만든 것이 자연, 인간이 만든 것이 시(art=poesis)라는 것이다. 그는 이렇게 화해와 균형의 질서가 깨진 상태에서도 깨달음을 통해 존재가 본래 지향해야 할 영원성과 무한성을 찾아가는 길목을 응시한다. 존재를 지향하는 그의 발자국을 따라 걷는 일은 결국 인간 실존의 의미를 깨닫는 지점을 만나는 일이 된다.

고통의 삶, 진통제의 시

1. 길 위에 서다

시인은 존재의 내부를 손으로 만져보는 자들이다. 그들은 움직이는 시간의 풍경을 하나하나 짚어가며 현존하는 것들의 존재 가치를 묻는다. 의심이 가득한 그의 눈길은 확 트인 신작로보다 비좁고 오래된 골목으로 향한다. 벽과 벽의 아스라한 틈 사이, 어깨를 반쯤 덮은 어둠은 벌써 친숙하다. 비에 젖어 질퍽해진 문장, 허공에 얼어붙은 문장, 이미 기억 한쪽으로 밀려 있는 문장을 꺼내 읽는 동안 그의 눈은 붉어진다. 곳곳에서 고통 받는 자들의 비명이 들린다. 이제, 그의 귀가 예민하게 반응하기 시작한다. 늘 깨어 있으므로 들을 수 있는 소리는 아득한 기억의 숲을 가로질러 미처 위로하지 못한 영혼들을 향한다. 이러한 과거의 모든 시간은 '지금 여기'의 순간을 증언하며 우리 곁에 있다. 과거를 놓지 못하는 것은 그만큼 현재가 자유롭지 못하고 고통스러운 까닭이다. 치유를 위한 오랜 시간이 필요하다는 것을 의미한다. 실존에 대한 끊임없는 고민과 물음은 자아의 고백과 만나면서 새로운 실존에 대한 열망을 꿈꾼다.

여기, 현생을 고통으로 끌고 가는 자들이 있다. 이들에게 현재는 아프고 슬프고 고독하다. 고통의 뿌리는 과거를 놓아주지 않는 데서 비롯된다. 과거 속에서 헤매는 한 자신의 실체는 쉽게 드러나지 않는다. 드러나지 않는 실체가 불안한 현재를 이끌고 낯선 자신의 모습 속에서 진정한 자아의 모습을 발견하게 한다. 삶의 진정성은 자신을 놓아주었을 때 비로소 얻게 된다. 여기 몇몇 시인들이 자신의 실존을 증명하며 찾아가는 고통의 출구는 "새로 태어날 시간을 위해 순간은 철저히 부서져야"(「시간을 모으는 사람」) 한다는 인식에서 출발하여, "죽음이 비로소 간결한/ 제 모습을 드러내고 있다"(「다른 이름으로 저장하기」)는 결론을 유추해내고, "너도 뛰지 않을래? 우리 같이 뛰자."(「허공의 만찬」)고 권유하는 지점에서 만나게 된다. 고통의 출구를 찾아가는 일은 실존의 근원을 되묻는 과정이다.

2. 음력의 시간을 읽다

시인은 우리 시대에 미처 말을 하지 못한 이들의 말을 대신 건네주는 존재이면서 사물을 빌려 자신의 이야기를 객관적으로 전달하는 이들이다. 그런 이들의 증언은 결국 우리의 실존을 증명하는 또 다른 방식과 만난다. 여기에서 시인은 소멸하는 시간과 재생하는 시간 사이에서 지속적인 고통과 슬픔을 감내하며 자신을 본다. 자신에게 진지하고 진술한 대화는 대체로 음력의 시간인 달의 시간과 선인장의 은유에 닿는다.

내가 아주 슬펐을 때
나는 발아래서 잿빛 자갈을 발견했었지.
나는 그때 나의 이름을 어렵게 기억해내어
나에게 말했지.
내일이면 괜찮아질거야.
내일은 음력으로 모든 게 잊혀진 과거야.

젊은 시절 어떤 여행길은
목적지가 있다기보다
서쪽으로
그저 서쪽으로 가는 길이었지.
그때 나는 노래했지.
어제까지 돌 위에 서 있던 사람이
오늘은 돌 아래 누워 있네.
어제까지 돌 아래 누워 있던 사람이
오늘은 그 옆의 또 다른 돌이 되었네.
내가 아주 슬펐을 때,
나는 최대한 낮은 어조로
서쪽의 지평선을 읽었지.
서쪽은 음력으로 어제의 동쪽이고
지평선은 하나의 완벽한 입체이니까.
나는 그 때 나의 이름을 영영 잊어버리고
미래에 펼쳐질 운명의 면적을
달 뒷면의 운석 자국처럼
느릿느릿 넓혀가고 있었던 거야.

내가 아주 슬펐을 때
나는 발아래서 잿빛 자갈을 발견했었지.
그것은 음력으로
인간의 아물지 않은 흉터이고
그때 그대의 사랑스러운 이름은

지상에서 반쯤 지워진 채
화석 같은 인광으로 푸르게 빛나고 있었던 거야,
　　　　　— 심보선, 「음력」(『미네르바』, 2010 봄호) 전문

　사물의 실체를 만나고자 하는 마음은 어둠 속에서 더 절실해진다. 달의 시간인 음력을 통해서 자신의 아물지 않은 상처를 들여다보고, 자신의 지워져 가는 이름을 인식하는 이 시에서 음력의 시간은 화자의 모습을 선명하게 비춰준 거울인 셈이다. 동전의 양면처럼 모든 사물에는 두 개의 속성이 존재한다. 이 시에서 보여주는 시간의 속성은 다른 기준으로 돌아가는 양력과 음력의 시간이다. 양력의 기준으로만 살아가는 대부분의 삶은 양력 뒤에 가려진 음력의 시간을 들여다보지 않는다. 음력은 가려진 또 다른 면이며, 화자가 아주 슬플 때만 비로소 볼 수 있는 시간이다. 화자는 "아주 슬펐을 때" "발아래서 잿빛 자갈"을 발견했었음을 고백한다. 잊어버렸던 내 이름을 기억해내고 "내일이면 괜찮아질 거"라는 위로를 스스로 내걸었던 시간은 음력의 시간이다. 그가 기다리는 '내일'은 '음력'이면서 모든 슬픔이 잊히는 공간으로 비로소 나에게 드는 공간이다.

　젊었을 때는 어떤 목적의식 때문이 아니라 아무 생각 없이 그저 사람들이 가는 대로 "서쪽의 지평선"을 향해 걸어가다 제 이름을 잊어버렸다. "어제까지 돌 위에 서 있던 사람이/ 오늘은 돌 아래 누어있다"는 것은 지각하지 못하는 사이에 시간이 흐르고 그만큼 홀로 남았다는 것을 의미한다. "어제의 동쪽"이었던 '음력'은 우리가 목적지를 생각하지 못하고 걸었던 '서쪽'이다. 그런 점에서 자신의 이름을 잊어버리고 남들이 가는 대로 걸어왔던 시간은 자신을 돌아보는 진정한 시간을 놓친다. 항상 있었던 "잿빛 자갈"은 화자가 슬펐을 때에만 비로소 보인다. 사람들을 따라 운명처럼 걸었던 그 길, '서쪽'이면서 '음력'이면서 '어제'의

시간은 슬픈 내면과 만나면서 잊어버린 내 이름을 어렵게 찾아낸다.

"잿빛 자갈"은 "인간의 아물지 않은 흉터"를 상징하며, 지상에서 반쯤 지워진 "그대의 사랑스러운 이름", 즉 내가 지워버린 이름이 달빛에 빛나는 음력의 시간과 결합하면서 자신이 걸어온 선명한 발자국을 바라본다. "화석 같은 인광으로 푸르게 빛나고 있었"던 오늘에 대한 새로운 발견은 목적 없이 살아온 삶에 대한 반성이면서 슬픔을 털어내는 삶의 본질이 어디에 닿아있는지를 깨닫게 한다. 그런 점에서 시인이 지각하는 '음력'의 시간은 단순히 '양력'과 대립하는 의미에서 벗어나 우리가 아직 지각하지 못했던 실존의 의미를 찾게 한다는 점에서 가치 있는 발견인 셈이다.

사막의 물고기는 헤엄칠 줄 모른다
물이 없으니 당연하지 않은가
달궈진 냄비바닥 같은 땅을 짚은 채
까치발을 들고 서 있을 뿐
나는 나는 한평생 이걸 품고 살았어요
삼키지 못하고 입술에 머금은 찬물 때문인지
오늘 낮에도 가시 뼈 하나 몸 밖으로 돌출한다
그러나 아직 가슴속에 바다는 남아 있어서
푸른 피가 젤리처럼 탁하다

나는 이명과 사랑에 빠진 사람
몸속에 내리는 빗소리를 듣는다
나는 몸속에 떠 있는 물고기를 키우느라
뼈가 밖으로 튀어나온 사람
물고기가 탁한 수면에 걸려
버둥거리는 소리 애타게 듣는다
바람이 몸 밖에 나온 가시뼈를 손으로 훑고 가면

나는 내가 비명을 지르나 가시 쿠션에 귀를 대본다
나는 나는 일평생 나 돋아난 자리 뜨지도 못했어요
혀가 바늘로 꿰매져 있어서
누가 듣는지 마는지 내 물고기들에게만 말한다

몸속 뼈들 낱낱이 헤집어 다 아픈 날
나는 왜 쓰러지지도 일어나지도 못하면서
내 발자국 밖에 발자국 하나 또 발자국 하나 공중으로만 내딛는지
발자국마다 가시가 돋는지
세상은 온통 열병 속이어서
멀리서 시커먼 상어처럼 무서운 고통이 불어오고
푸른 물고기떼 한데 뭉쳐져 우왕좌왕하는데
그늘은 없고 아지랑이는 뜨겁고
나는 왜 이 힘든 몸속에서도 출렁거리고 싶은지
나는 나는 바다에 빠진 신발처럼 추워요
푸른 피가 젤리처럼 차가워요
　　　　　　　－ 김혜순, 「선인장」(『시애』, 2010 봄호) 전문

　시인은 사막을 잃어버린 바다로 읽는다. 사막을 물이 없는 바다로,
선인장을 물고기로 은유하며 선인장의 외관과 속성을 인간의 내면과
결합시키는 상상의 힘을 보여준다. 물을 머금은 선인장의 속성은 잃어
버린 바다를 품에 간직하는 사막의 이미지와 결합하여 한평생 헤엄 한
번 쳐 보지 못한 채 물기를 머금고 살아온 내면을 강하게 자극한다. 물
이 없는 사막에서 당연히 물고기는 헤엄을 칠 줄 모른다. 푸른 바다가
끈적끈적한 젤리처럼 남아 있다는 것은 여전히 실존에 대한 욕망이 남
아 있음을 의미한다. 삼키기도 못하고 뱉어내지도 못하고 찬물을 머금
은 채 쌓인, 뜨거운 외부와의 커다란 불화에 따른 고통과 불편은 몸 밖
으로 돌출하는 가시 뼈 하나를 키운다.

1연이 시적 대상인 선인장과 일정한 거리를 유지하면서 화자가 처한 상황을 배경처럼 진술하고 있다면, 2연에서는 선인장과 일체가 되는 내면세계를 그려내는 현장감 있는 묘사를 선보이고 있다. "이명과 사랑에 빠진 사람"으로서 '나'는 몸속에서 차가운 빗소리를 듣는다. '차갑다'는 감각과 '빗소리'의 이미지는 이명의 현실을 아프게 재생하며 물기 한 점 없는 마른 사막의 이미지와 그 안에서 힘겹게 살아가야만 하는 물고기의 삶을 결합한다. 가시가 튀어나온 몸속에 출렁이는 물을 가진 '나'는 "작은 바다"다.

선인장의 외관과 속성을 살리면서 자신의 아픔을 들추는 3연에 이르면 화자는 "몸속 뼈들 낱낱이 헤집어 다 아픈 날"이라는 고백을 한다. 쓰러지지도 피어나지도 못하는 물고기에 은유되는 화자는 고통스럽기 그지없다. 물고기가 사막에 있으니 시커먼 상어처럼 불어오는 무서운 고통의 바람을 맞을 수밖에 없다. 선인장 여러 무리처럼 "푸른 물고기 떼"가 한데 뭉쳐서 중심을 잡지 못하고 흔들리는 순간, 화자는 "젤리처럼 차가"운 "푸른 피"의 감촉을 느낀다. 뜨거운 사막의 이미지와 피의 붉은 속성의 대비적 설정은 바다를 지켜내기 위해 차가워진 피의 실체를 부각시키는 장치이다. 바다를 지켜내기 위해 피가 차가운 것이며, 바다를 지켜내기 위해 선인장은 작은 바다가 되는 것이다. '바다'는 우리가 지켜야 할 약속이며, 욕망의 공간이다. 우리는 그 안에서 고통을 감내하며 스스로 자존을 지켜내야 한다. 사막, 선인장, 물고기의 은유는 진정한 삶의 가치를 위한 우리의 욕망이 어디에 닿아있는가를 곱씹게 한다. '음력'의 시간을 통해 우리가 볼 수 없었던 내면을 자세히 들여다보았다면, '선인장'은 고통스러운 현재를 선명하게 증언하는 구체적 실례로 다가온다.

죽음도 저장의 한 방식,
땅 속이든 불구덩이든 온전한
죽음으로 저장되기 위해서는
뼈만 남아야 한다

구릉의 무덤가 비석도
앙상하게 뼈만 남았다
지워진 비문엔
달랑 이름 석 자,
그마저 흐릿하여
음각에 고인 빗물이
잠시 머물다 갈 틈 없다

시인이 죽었다
묵은 향이 뼈를 사르며
절을 하듯 고꾸라진다
죽은 시인의 시에서
약 냄새가 난다
시인의 향기만 남았다

시구에 불 들어간다
火葬場 전광판에 명멸하는 이름처럼
시 또한 뼈만 남아야 한다

화부가 시인의 뼈를 추스린다
뼈만 남은 언어를 추스린다
모든 수사가 사라졌을 때,
죽음이 비로소 간결한
제 모습을 드러내고 있다
                － 박후기, 「다른 이름으로 저장하기 － 어느 시인의 장례식」
                              (『신생』, 2010 봄호) 전문

어느 시인의 죽음을 경험하며, 죽음도 저장의 한 방식이라는 인식을 드러낸다. 다른 이름으로 저장을 하더라도 사물의 본질은 바뀌지 않는다. 죽음이 매장이 아닌 저장의 한 방식이라는 점을 주목한 이 시에서 강조하는 또 하나의 핵심은 죽음으로 온전하게 저장되기 위해서는 뼈만 남아야 한다는 것이다. 화자에게 시인의 죽음은 단순히 슬픔으로만 인식되지 않는다. 육신이 화장에 의해 한줌 재가 되는 것처럼 시인의 죽음 속에서 시 또한 뼈만 남아야 한다는 생각을 유도한다. 죽은 시인의 시에서는 약 냄새와 시인의 향기만 남게 될 것이다. 뼈만 남은 생生과 사死는 같은 등가를 형성한다. 그것이 진정한 죽음의 모습이며 온전한 죽음이라는 인식을 시인은 강하게 던져준다.

하이데거는 "시는 언어의 건축물"이라고 했다. 시를 두르고 있던 모든 수사가 사라지고 뼈만 남은 언어만이 남았을 때 비로소 간결한 제 모습을 볼 수 있게 된다. 살도 머리카락도, 장기도 다 사라지고 헐거운 생을 지탱할 뼈만 남은 몸만이 저장되어야 할 가치가 있는 것이다. 이 시는 죽음이 생의 마감이 아니라 또 다른 생의 출발이 될 수 있음을 알려준다. 진정한 자신에 대한 발견은 화려한 수사를 버리고 뼈만 남은 몸을 가질 때 가능한 것이다. 컴퓨터의 다른 이름으로 저장하기 방식은 이렇게 실존에 대한 깊은 고민과 성찰로 말미암아 변하지 않는 인간의 본질에 대한 천착을 가능하게 한다. 결국 다른 이름으로 저장하는 방식을 통해 어지럽게 난무한 시대에 다양하게 무장된 각종 수사를 털어 버리고 인간의 본질에 다가가고자 하는 욕망을 보여준다.

자신의 존재에 대한 인식과 더욱 밝은 생을 향한 욕망의 발현은 자신의 육체를 다 버릴 때 얻을 수 있다. 자신을 다 버리는 길이 자신의 본질에 더 근접해 지는 것이라는 인식은 죽음을 생의 끝이 아니라 또 다른 생의 시작으로 인식하는 시인의 사유와 연결된다. 태어나기 위해서는

철저하게 부서져야 한다는 인식은 다음 시에서 더욱 선명한 감각으로
태어난다.

3. 재생의 시간을 위하여

죽음이 끝이 아니라 또 다른 생의 시작이라는 인식은 그만큼 현재가
절박했음을 의미한다. 지상에 핀 무수한 고통의 꽃은 저무는 순간 새로
태어날 것을 예비한다. 상처가 깊을수록 단단해지는 순간에 대한 경험
은 시인이 응시하는 막다른 현실과 지난 시간에 대한 고백을 통해 적나
라하게 드러난다.

> 노인들은 시간이 아주 많은 것처럼 보인다
> 그들의 등이 구부정하고 어깨가 쳐진 것은
> 오랜 동안 시간의 봇짐을 져 온 탓이다
> 낡은 가구나 금 간 도자기
> 숫자가 희미해진 텔레비전 리모컨이나
> 등이 반질반질한 바둑돌 같은 곳엔
> 그들이 몰래 부려놓은 시간의 지층이 있다
> 내가 그의 집에 처음 갔을 때 나를 맞이한 것은 시계였다
> 그의 시계들은 벽에 걸려서, 배가 불룩한 백자 항아리에 기대서,
> 거실장 위에 두서없이 늘어서서, 위아래로 나를 훑어보았다
> 그는 말이 없었지만 시계들은 쉴 새 없이 조잘댔다
> 1989년 7월엔 창신새마을금고 개업식에 참석했고
> 2001년 4월엔 이준희 돌잔치에 다녀왔다고
> 가장 좋은 자리를 차지한 벽시계 하나는 그가 총무를 맡고 있는
> 세종친목회가 1996년에 30주년을 맞이했다고 일러주었다
> 벽걸이용 시계, 수건걸이용 시계, 욕실용 방수시계, 탁상용

알람시계……,
예닐곱 개 남짓한 시계들이 용케도 같은 시간을 가리킨다
쉼 없이 건전지 갈아 끼우며
오늘까지 끌고 온 빛바랜 기억의 고집
구부러지고 휘어진 채 세월의 주낙을 낚아챈 초침들
이마에 돋아난 검버섯 사이로 그림자를 숨겼을
헐거워진 손목에서 미끄러져 시계 너머로 달아났을
이젠 쓸모를 잃어버린 궁벽한 기다림의 날들
강물이 풀리고 봄이 왔다
그가 모아온 시간들은 이미 사라지고 없었다
새로 태어날 시간을 위해 순간은 철저히 부서져야 하기에
　　　 – 휘민, 「시간을 모으는 사람」(『서시』, 2010 봄호) 전문

　노인들은 시간이 많다. 그동안 꾸준히 시간을 모아 왔기 때문이다. 여기에서 시간은 우리가 생각하는 여유로운 시간이 아니라 순간순간을 깨서 이어놓은 시간이다. 모든 선이 점이 모여 되고, 점이 깨어져야 선이 되는 것처럼, 시간은 철저하게 부서져야 새로 태어날 수 있다. 관념적인 시간을 증명하는 것들은 "낡은 가구", "금 간 도자기", "숫자가 희미해진 텔레비전 리모컨", "등이 반질반질한 바둑돌" 등이다. 낡고 오래된 기억들이 시간을 증명하고 있다. 그것은 그동안 노인이 지고 온 시간이다. 노인들의 구부정한 등과 처진 어깨는 긴 시간 지고 온 시간의 봇짐이 무거웠음을 의미한다. 그만큼의 힘든 여정과 고통의 무게는 노인이 함께했던 사물의 변화 속에서 감지된다.

　고물상의 고물들처럼 노인의 몸에는 오래된 시간이 지층처럼 쌓여 있다. 산더미처럼 쌓여 있던 물건이 하나 둘 없어지는 고물들처럼 엄청난 무게의 고물이 사라지고 새로운 생명이 태어나는 윤회의 시간을 염원하며, 공해와 빈곤에 쪼들린 생을 연명하는 넝마주이의 삶을 살았던

노인. 시인은 시간을 죽이기도 하고 만들기도 하면서 자신의 삶을 끌고 가는 사람들의 삶 속에서 재생의 시간을 만난다. 그는 고통스러운 과거 기억들이 없어지고 부서져야 그 공간에 새살이 차오르듯 재생의 시간을 만난다고 주장한다. "빛바랜 기억의 고집"으로 압축된 과거는 "쉼 없이 건전지 갈아 끼우며" 숙명처럼 "쓸모를 잃어버린 궁벽한 기다림의 날들"을 만나기에 이른다. "강물이 풀리고 봄이" 오는 계절, 노인이 모아 온 시간은 이미 사라지고 없다. "새로 태어날 시간을 위해 순간을 철저히 부서져야 하기에"라는 마지막 행이 헐거워진 생을 떠받치고 있다.

이 시는 시계의 속성과 시간의 흐름, 삶의 종착역을 향해 가는 노인의 삶을 결합하여 봄의 희망과 재생이라는 신화적 상상력을 시의 내부로 끌어와 생성을 위해서는 철저하게 부서져야 하는 시간의 의미를 되새기게 한다. 시간의 흐름을 증명하는 구체적인 사물의 변화와 내적 흐름은 다분히 시간을 아껴가며 하루를 연명하는 것만이 삶의 전부가 아님을 말해준다. 운명처럼 받아들여야 할 죽음의 시간을 어떻게 인식하는가에 따라 삶은 또 다른 방식으로 읽힐 수 있기 때문이다. 상처의 강을 건너온 다음 시편에서 우리는 얼음의 문장을 읽는다.

　　아내야, 거기선 지구를 몇 바퀴 돌아온 먼지 한 점도 여행자의 어깨에 내려 반짝일 줄 안다. 설산에서 흘러내린 물방울은 몇 천 년 전 우리 몸속에 있던 울음소리를 닮았지. 네가 아플 때 나는 네팔 어디 설산에 산다는 독수리들을 생각했다. 한평생 얼음과 바위틈을 헤집고 다니던 부리가 마모되면서 더는 사냥을 하지 못하고 꼼짝없이 굶어 죽어가는 독수리들. 그러나 힘없이 굶어 죽어가는 독수리 떼 사이에서 어느 누군가는 마지막 힘을 다해 설산의 바위를 찾아 날아오르지. 은빛으로 빛나는 바위벽을 향해 날아가 자신의 부리를 부딪쳐 산산이 으깨어버리기 위함이라는데, 자신의 몸을 바위벽을 향해 내던질 때의 고통을 누가 알겠니. 빙벽 앞에서 질끈 눈을 감는 독수리의 두려운 날갯짓과 거친 심장

박동소리를 또 누가 알겠니. 부리를 부서버린 독수리의 무모함을 비웃
듯 바람소리가 계곡을 할퀴며 지나가는 히말라야. 주린 배를 쥐고 묵묵
히 바위를 타고 넘는 짐승의 다친 부리를 너는 알지. 발가락 오그라드는
뿌리들 뻗쳐오른 뿔 끝에 반짝이는 빛을 알지. 머잖아 쓸모없어진 부리
를 탓하며 굶어죽는 대신 스스로 부리를 부서버린 독수리는 다시 새 부
리를 얻는다. 으깨진 자리에서 돋아나는 새 부리만큼의 목숨을 얻는다.
대대로 숨어 유전하는 설화처럼 몇 억 광년을 걸어 내게로 온 아내야,
우리가 놓친 이름들을 헤며 아플 때 네 펄펄 끓는 몸으로 지피는 탄불이
오늘도 공을 치고 돌아온 곱은 손을 녹여줄 때 나는 생각했다, 네팔 어
디 혹한에 버린 부리처럼 하늘을 파고든 채 빛나는 설산을.
– 손택수, 「얼음의 문장」(『실천문학』, 2010 봄호) 전문

이 시의 내용은 단순하다. 단순한 서사 구도에 세워지는 내부의 튼실
함이 돋보이는 시다. 아내에게 말을 거는 형식으로 구성된 이 시에서
시인은 대단히 솔직하다. 네팔의 어느 설산의 독수리가 얼음과 바위를
쪼아대다 부리가 닳아져서 사냥을 못해 굶어죽는다는 이야기를 아내
에게 건넨다. 그러나 간혹, 굶어 죽는 것보다 바위에 부딪혀서 자신의
부리를 으깨는 독수리가 있다. "스스로 부리를 부서버린 독수리는 다
시 새 부리를 얻는다." "으깨진 자리에서 돋아나는 새 부리만큼의 목
숨"을 얻는다. 부서지기까지의 절망, 공포, 새 부리를 얻어, 또 그만큼
목숨도 얻어 일어서는 독수리를 시인은 아내의 아픈 발치에 대고 이야
기한다.

아내가 아플 때 생각난 네팔의 독수리처럼, 백석의 「남신의주 유동
박시봉방」에 나오는 갈매나무처럼, 몸을 던져서 재생하는 네팔의 독수
리는 아내를 은유한다. 죽어가는 독수리의 부리가 부서져 재생하는 모
습을 보면서 아픈 아내를 만난 시인은 그들이 놓친 이름을 떠올린다.
놓친 이름들을 두고 아내가 받은 상처와 아픔을 딛고 일어나기를 바라

는 마음은 많은 것을 잃으면 그만큼 새 생명을 만날 수 있는 희망으로 이어진다. 내 상처를 버리고, 고통도 숙명으로 인식하는 순간, 우리는 더 큰 기쁨을 얻을 수 있다는 것을 시인은 알려준다. 잃어버린 것과 떠나간 것에 대한 미련은 현재의 발목을 붙든다. 현재의 상처와 고통을 놓아줄 때 비로소 버려진 공간에 새 살이 차오르는 것이다. 그것이 바로 차고 독한 얼음의 문장이고 굳은 손을 녹여 주는 문장이 될 수 있다. 절망이 절망과 맞설 때 새로운 빛이 발하는 것처럼 시인은 부서지는 순간 감내해야 하는 고통의 순간을 극복하고 새 살의 희망을 노래한다. 현재에 대한 선명한 극복을 보여주는 다음 시를 만나보자.

　　수줍게 빛이 지상을 어루만지고 개구리가 뛰고 나무가 뛰고 짐승이 뛰고
　　허공에서 장례를 치른 나비들이 흐느끼며 어디라고 할 것 없이 날아가고
　　시궁창에 빠져 냄새를 풍기는 오래된 빛이 처처히 삭아 내리고
　　늙은 쥐가 오갈 데 없는지 제 발톱을 뜯으며 한숨을 내쉬고

　　울지 마, 곧 밤이 와 밤이 오면 지금까지와는 전혀 다른 모습으로 변하여
　　저 허공에 성곽을 지으러 올라가야지 허공만이 유일한 안식처,
　　둥둥 허공으로 떠오르는 영혼들을 봐, 지상에서 고단했던 영혼일수록 더 가볍게 둥둥
　　나비같이 투명한 영혼은 제트기같이 빠르게 허공으로 올라가
　　개구리도 나무도 짐승도 허공에 가볍게 오르기 위하여 뛰는 연습을 하는 거야

　　빛이 수줍게 내려와 시신들을 수습하는 지극히 한가롭고 평화로운 이 세상에
　　만약 허공이 없었다면 어떻게 생을 견뎌낼 수 있었을까

아, 허공이 없다는 상상만 해도 질식해버릴 것 같아

  텅 비어 있어도 허공은 늘 만찬이야, 영혼이 맑아 날개를 얻은 생명
들이
  임대해 사는 곳이지만 뭐니 뭐니 해도 허공은 죽은 자들의 영혼이
머무는 평야
  산 자의 눈엔 보이지 않으나 그곳엔 늘 만찬이 벌어지고 있어 즐겁
고 가벼운 영혼들만이
  그 만찬을 즐길 수가 있는데 지상에서 고단하게 살았던 영혼들만이
주연이 될 수 있는데

뛰고 뛰고 뛰는 소리들
허공에 오르기 위하여, 행복한 死後를 위하여

너도 뛰지 않을래? 우리 같이 뛰자.
    ― 김충규, 「허공의 만찬」(『작가와 사회』, 2010 봄호) 전문

　지상과 천상 사이의 '허공'에서 만찬이 있다. '허공'은 죽은 자들의 공간으로 산 자들이 볼 수 없다. 그렇다면, 산 자들은 죽어서만이 '허공'에 닿을 수 있는 것일까. 그는 죽음이 단순한 죽음이 아니라 새로운 생의 시작이라고 말한다. '허공'은 즐겁고 가벼운 영혼들만이 만찬을 하는 곳이다. 이 만찬에는 지상에서 고난을 겪었던 인물들이 주연이 된다. 행복한 사후를 위해 허공으로 오를 준비를 하는 사람들이 여전히 대기 중이다. 허공만이 영혼의 안식처이고, 위안의 공간이기 때문이다. 고통받은 사람들의 안식처로서의 '허공'은 죽음 이후의 생을 보장한다. 마치 시인은 죽음 이후의 세계를 다녀온 사람 같다. 모든 존재들이 사는 건 허공에 가볍게 오르기 위해서다. 허공에 가볍게 오르는 순간, 우리는 비로소 만찬을 함께 할 수 있다.

어딘가 발 디딜 곳 없고, 중심을 잡을 수도 없는 '허공'이 안식처로서의 공간으로 거듭난다는 것은 그만큼 현실이 고단하다는 것을 말한다. 고단한 현실에 대한 극복은 다분히 도피가 아니다. 부딪혀 보는 것이다. 어차피 운명이라면 새 부리를 바위에 부딪쳐 부숴버리는 네팔의 독수리처럼 우리는 "나비같이 투명한 영혼"이 되어 "제트기같이 빠르게 허공으로 올라가"야 한다. 지체할 시간 없이 빠른 속도로 올라야 하는 '허공'에서는 지상의 슬픔과 고통을 벗어던지니 가벼워진다. 그래서 '투명한 영혼'인 것이다. 모든 근심과 욕심을 버려야 영혼이 맑아지는 것이다. 시인에 의하면 맑아진 영혼은 지상이 아닌 허공에서 만날 수 있다. 모든 걸 벗어버리고 가볍게 날아오를 수 있다는 기대를 가지고 우리는 생을 견뎌낼 수 있다.

"텅 비어 있어도" 늘 만찬인 허공의 삶은 가차 없이 버릴 때 새 생명을 얻을 수 있다는 믿음과 함께 한다. 지상의 고통을 벗어 던질 때 가볍게 허공에 오를 수 있다. 운명을 받아들이고 그것에 대처하는 법은 절망을 절망으로 맞서는 힘을 기를 때 얻어진다. 보다 강한 빛으로 발하는 시인의 사유는 이렇게 죽음을 슬픔이나 절망의 상징이 아닌 새로운 삶의 공간으로 인식한다는 데서 만날 수 있다. "행복한 死後를 위하여/ 너도 뛰지 않을래? 우리 같이 뛰자."는 청유형의 어조는 고통의 무게를 내려놓길 바라는 의도로 보인다.

4. 고통의 출구

쉽게 지나 온 삶을 반성하며 그 반성을 통해서 자신의 이름을 찾고 자신의 얼굴을 들여다보는 일이야말로 실존의 이유를 묻고 답하는 통로가 아닐까. 어둠 속에서 또렷하게 빛나는 자신의 삶을 바라보며, 죽음도 또 하나의 통로가 될 수 있음을 감지하는 시인의 작의가 돋보인다. 철저하게 부서지는 삶만이 새 생명을 얻을 수 있다는 인식과 죽음을 또 다른 저장 방식으로 보는 사유, 그리고 죽은 자들만의 공간인 '허공'이 있기 때문에 생을 견딜 수 있다는 생각은 고통을 극복하는 출구가 결국 '나' 자신에게 있음을 알려준다. 시인은 내면을 고백하는 자들이다. 전신으로 감지하는 고통의 정도를 얼마나 심도 있게 보여주는가 하는 문제는 결국 우리의 삶에서 중요한 것이 무엇인가를 묻는 질문과 만난다. 상처와 고통은 스스로가 키운 것이면서 고통의 출구 역시 자신이 만드는 것이다. 시인은 그 출구마저 치장하는 것을 고민한다.

나목(裸木)같은 시,
어머니의 '그늘'에 대한 비망록
– 허형만, 『그늘이라는 말』, 시안, 2010.

1. 미안한 시업(詩業)

허형만 시인은 1973년 데뷔 이래 40여 년 가까운 시력詩歷을 선보이며 서정의 구심점을 잃지 않고 일관되게 자아와 타자, 자아와 세계와의 원활한 소통과 화해의 시세계를 구축해 왔다. 우주만물의 원리와 자연 속에 깃들어 있는 충만한 생명력을 소소한 경험과 일상적 사물에서 발견하려는 시적 인식이 그의 시의 토대를 탄탄하게 다져왔다고 할 수 있다. 최대한 말을 버리고, 사물의 본질을 수없이 매만지는 과정 속에서 걸러지고 다듬어진 시들은 그가 걸어 온 삶의 기록이면서, 앞으로 가야 할 길에 대한 암시이다. 그가 구순의 노모와 누이가 있는 지리산 깊은 곳을, 아직도 가슴 설레며 들르는 이유는 "내 안에 나를 찾기 위해"서다. 구순을 훌쩍 넘긴 어머니와 약초 학교를 운영하는 누이의 주름진 삶 속에서는 바로 시인의 자취와 흔적, 그것이 배어 있기 때문이다.

제43회 <한국시인협회상>을 수상한 열세 번째 시집 『그늘이라는 말』에는, 이렇게 자신의 시와 삶이 걸어왔던 길에 대한 반성과 성찰의 정신세계가 오롯이 담겨 있다. 마음의 안식처인 지리산 자락에 올라 그는 그동안 비우지 못했던, 욕망에 가득 찬 자신의 마음을 들여다본다. "아직도 갑옷 한 벌 갖추지 못"한 시들이 몸 밖으로 흘러나올 때마다 그는 "자신만의 언어를 위해 창끝을 세워야" 하리라고 다짐한다. 그는 이번 시집에서 유독 말을 아낀다. 탄력적인 긴장감과 리듬을 구사하며 가장 짧은 언어로 빚어내는 그의 시가 결국 서 있는 곳은 세속의 삶을 헤쳐 나가고 우주 만물을 따뜻하고 부드럽게 감싸 안는 자연이 아닐까. 대학교수의 정년을 눈앞에 두고, 구순의 어머니를 바라보며, 자신이 걸어 온 시작詩作 40여 년의 시간을 돌아보는 시인의 눈은 자연 사물과 세상 사람들을 응시하며 소통을 시도한다.

허형만 시인은 이번 수상소감에서 "사람은 날지 않으면 길을 잃는다."고 했다. 새에게 '난다'는 행위가 인간에게는 길을 걷는 것이며, 자연 사물을 자신의 내부로 불러들이는 일이며, 그 안에서 화해와 균형의 질서를 찾아내는 일이 아니겠는가. 그가 여럿이 가는 길이 아니라 혼자 외롭게 가는 길을 선택한 것도 바로 자신의 내면을 깊이 들여다보고, 세상과 소통하는 법을 배우기 위해서가 아니던가.

그러나 그는 "차디찬 바위에/ 제 몸을 녹여 붙이고/ 버티고 버티며 한 생을 이뤄/ 마침내 눈부신 꽃을 피워낸/ 배롱나무 앞에 고개 숙여/ 합장을 하"는 모습을 보며 "미안하다 나의 시업(詩業)이여"(「미안하다」) 하며 스스로의 삶을 반성한다. "부처를 만나면 부처를 죽이고/ 시를 만나면 시를 죽이려 했는데/ 어쩔거나/ 가도 가도 끝없는 길/ 부처도 시도 보이지 않네"(「길을 가면서」) 라는 반성과 성찰의 사유가 묻어나는 시집 한 권을 읽는다.

2. '그늘'이라는 말과 어머니

> 그늘이라는 말
> 참 듣기 좋다
>
> 그 길고 아늑함 속에
> 들은 귀 천년 내려놓고
>
> 푸른 바람으로나
> 그대 위해 머물고 싶은
>
> 그늘이라는 말
> 참 듣기 좋다
>
> — 「그늘이라는 말」 전문

원시인들 사이에는 '그늘'이나 '그림자'는 또 다른 자아, 혹은 영혼이라고 인식된다. '그늘'은 어두운 부분, 의지할 만한 대상의 보호나 혜택, 밖으로 드러내지 않고 다른 사람을 위하는 삶의 실천, 심리적으로 불안한 상태, 또는 그로 인해 나타나는 어두운 표정, 인생의 어두운 면 등의 이미지로 일상생활에서는 물론, 문학작품 속에서도 다양하게 형상화된다. 정호승은 「내가 사랑하는 사람」에서 '그늘'을 고통, 시련과 함께 타인을 감싸주는 이미지로 그려냈다. 아버지가 고향 집의 감나무를 베는 것을 보면서 썼다는 문태준의 시 「그늘의 발달」에서 '그늘'은 '눈물'과 같은 의미를 가진다.

'그늘'은 햇빛을 더욱 눈부시게 하는 속성을 지닌다. 또한 그늘이 있다는 것은 햇살이 비치고 있다는 반증이다. 그늘의 상처가 깊을수록 햇빛의 밝은 빛은 존재하고 있는 것이다. 허형만 시인이 '그늘'이라는 말의 의미를 깨닫게 된 것은 어머니 덕분이었다고 한다. 육십 중반의 나이에도 지리산 자락 노모를 찾아 설레는 마음을 추스르며 돌아서면 그 깊고 아늑한 어머니의 그늘, 세상에서 한번 말한 일을 내려놓을 수 있는 곳은 바로 어머니의 그늘이었던 것이다. 그에게 어머니의 그늘은 오래도록 머물고 싶은 곳이며, 육십이 넘도록 심장 뛰게 설레는 곳이다. 어머니의 그늘에서는 늘 푸른 바람이 불었다. 그에게 그런 '그늘'은 "참 듣기 좋은 말"이다. 허형만 시인에게 '그늘'은 어머니의 품이며, 사랑이기 때문이다. 시인은 환갑을 훌쩍 넘긴 나이에도 어머니의 그늘 아래서 두 다리를 쭉 뻗는다. "허리는 절반으로 꺾이셨으나/ 그래서 하늘보다는 땅을 더 사랑하시는" 어머니가 "황토 같은 손으로 쑥을 뜯는"(「쑥」) 모습을 보러 시인은 오늘도 지리산 깊숙한 곳으로 발을 내딛는다.

> 보아서는 안 될 것 안 보며 살고자 했다
> 말해서는 안 될 것 말 안 하고 살고자 했다
> 보고 말 하는 게 모두 귀로 통하는지라
> 들어서는 안 될 것 또한 듣지 않고 살고자 했다
> 했으나, 토굴 면벽하지 않고서야 어이 하리야
> 마침내 들어서는 안 될 소리 듣고 말았으니
> 허유(許由)의 귀 씻는 정도 갖고는 어림없는 일
> 아예 귀를 자를 수밖에, 그래 자른 귀 염(殮)하여
> 솔바람소리 맑은 양지 바른 곳에 묻기 위해
> 이흔두 살 노모 계시는 지리산 속에 들다
>
> ─「귀를 염(殮)하다」 전문

염殮하는 것은 시신을 수의로 갈아입힌 다음, 베나 이불 따위로 싸는 행위를 말한다. 이 시는 "보아서는 안 될 것"을 보고 "말해서는 안 될 것"을 말하듯이 "들어서는 안 될 것"을 듣고 말았으니 귀를 자르고 귀

를 염殮하여 노모가 계시는 지리산 속에 들겠다는 성찰의 사유를 담고 있다. 우리는 세상을 살면서 보아서 안 될 것을 보고, 말해서는 안 될 것을 말하며, 듣지 말아야 할 것들을 얼마나 보고, 말하고, 듣는가. 그러면서 누군가에게 상처를 주고, 누군가로부터 상처를 받는다. 그런데 시인은 그 죄가 무거워 "허유(許由)의 귀 씻는 정도 갖고는 어림없는 일"이라며 스스로를 심하게 문책한다.

허유는 요임금(堯帝)이 만년에 이르러 자신에게 보위를 물려주려 하자 어지러운 소리를 많이 들어 귀가 더럽혀졌다고 영천潁川에서 귀를 씻은 후 기산箕山으로 들어가서 은거하는 등 고결한 태도를 보였다고 한다. 이러한 고사를 모티프로 하여 시인은 듣지 말아야 할 것, 보지 말아야 할 것, 말하지 말아야 할 것을 분별하지 못한 자신의 삶을 돌아보며 아흔두 살 노모가 계시는 지리산 속에 들어 자연과 하나가 되는 것으로 속세의 죄를 씻고자 한다. 시인은 "아무도 모르는 산골짜기 조용히 흐르는 물이거나 바람, 아니 그마저도 보이거나 들리지 않으니 그래서 산에 들어와 새벽의 서늘함에 말을 잊었지 세상에서 들은 귀 천년(千年)이랬든가 그 귀를 잘라 충충나무 가지에 걸어놓고 오늘도 햇빛에 말리고 있"(「山居 · 7」)는 풍경을 그윽이 응시하며 그 사이에 자신의 몸을 내려놓는다.

　화욕(火浴)이다

　태워 없앤다는 거
　그리하여 이렇게
　맑은 산빛으로 하루 종일 잠들고 싶을 때 있었지

　입망(立亡)이다

서서 죽는다는 것
그리하여 이렇게
한 생의 빙벽으로 두 눈 부릅뜨고 싶을 때 있었지

참 깊다 저 눈보라여 불보라여

- 「폭설·2」 전문

선 채로 열반涅槃에 드는 것을 입망立亡이라 하지 않은가. 시인은 폭설暴雪을 화욕火浴의 모습으로 형상화한다. "태워 없앤다는 거", "서서 죽는다는 것"이 그것이다. "맑은 산빛으로 하루 종일 잠들고 싶을 때"와 "한 생의 빙벽으로 두 눈 부릅뜨고 싶을 때"가 바로 그런 날이라고 시인은 말한다. 불교에서 수행에 의해 진리를 체득하여 미혹迷惑과 집착執着을 끊고 일체의 속박에서 해탈解脫한 최고의 경지인 열반涅槃. 허형만 시인에게 폭설은 득도한 고승들이 앉은 채로 열반에 드는 것보다 더한 경지, 즉 "서서 죽는다는 것"이다. 숱한 이별의 절망과 사랑의 허무가 시인의 삶을 다녀갔으리라. 이제 시인은 활화산처럼 들끓던 번뇌의 열을 식히고 모든 존재의 형상을 태워 없애는 무無를 지향하면서, "맑은 산빛으로 하루 종일 잠들고 싶을 때"와 같이 자연적 질서와 교감하기를 소망한다. 한때 암울한 현실에 두 눈 부릅뜬 채 대결 의지를 보였던 시인은 이제 빙벽이 되어 두 눈을 부릅뜨고자 한다. "참 깊다 저 눈보라여 불보라여"에서처럼 우리의 삶 속의 생성과 소멸은 결국 현상계에서의 순환과 되풀이에 불과하다는 것을 꿰뚫는 시인의 시선이 문득 섬뜩하기까지 하다.

이러한 깨달음은 결국 "육십 평생 저리고 찌든 먹물/ 삼동 내내 시리고 애린 손으로/ 칼칼히 칼칼히 씻어내고 있는/ 붓 한 자루/ 나의 시"(「폭설·1」)를 얻기 위한 수행 과정에 대한 반성과 스스로의 삶에 대한 부끄러움 때문이리라. 스스로에겐 "아직도 갑옷 한 벌 갖추지 못한" 시가 아니었던가. 이렇게 자연 사물이나 경험을 적절한 반복과 리듬감각을 통해 자신의 삶에 대한 반성으로 이어가는 시인의 겸손한 자세는 다음 시에서도 고스란히 드러난다.

> 말 잊은 지 이미 오래다
> 그 덕분에
> 졸참나무 숨소리도 들을 수 있게 되었다
> 흐르는 물 앞에서
> 손주 눈망울처럼 빛나는
> 물의 눈빛도 볼 수 있게 되었다
> 말을 잊었다는 거,
> 그것은 제주 사려니 숲길에서 만난
> 어린 노루의 신성한 눈빛처럼
> 이 숲이 내게 준 선물이다
>
> — 「산거(山居) · 6」 전문

　말을 잊었다는 건 마음을 비웠다는 것을 의미한다. "말을 비워 말을 잊었다"(「말을 비워」)에서처럼. 말을 비우고 나서 시인은 "구름이 앞산에 그림자 드리우며 떠가니 마침내 다다를 곳을" 아는 것이라고 이해하거나, "강물은 서늘한 그리움이 있는 곳으로 흐"른다는 것을 알게 되었다. 또한 "졸참나무 숨소리도 들을 수 있게 되었다". "물의 눈빛도 볼 수 있게 되었"음에 기뻐한다. 이것들은 "이 숲이 내게 준 선물이"기 때문이다. 심지어는 "겨울 하늘을 나는 새 한 마리까지 한결 더 빛나 보였다"(「손톱」)고 말한다. "긴장과 소름, 통증과 눈물을 속으로 감추는 일이/ 한 세상 살아가면서 얼마나 중요한 덕목인지를" 시인은 비로소 깨닫게 된 것이다. 육십이 한참 지나서야 깨닫게 되는 이것이야말로 진정

"시인으로 사는 일"이 아니겠느냐고 시인은 자문한다.

　말을 잊었다는 것은 "말해서는 안 될 것 말 안 하고" 사는 것을 말한다. 말을 아끼는 것이다. 말을 잊다보면, 그윽이 바라보는 일이 가능해진다. 그윽이 바라보는 풍경을 내 안으로 옮기는 일이 가능해진다. 「그윽이 바라보다」에는 말을 잊고 마음을 비우고 비로소 보이는 세상이 펼쳐진다. "이른 새벽 내 앞에 나를 불러 앉히고 나의 눈 속을 그윽이 바라"보는 일, "어젯밤에 아스라이 들렸던 산새 울음소리 한 점 여직 남아 떠 있"음을 느낀다. "저 맑은 구름결 하양 비늘 반짝이는 강물의 등을 어루만지는 게 보"이고, "나의 눈 속에는 여전히 숲이 드리운 서늘한 그늘이 내려앉아 있어/ 이 새벽 산자락 풀잎에 맺힌 이슬방울이 눈자위 시리도록 솟아오"르는 풍경도 보이는 것이다. 자아와 세계, 자아와 타자, 자아와 자연이 몸을 섞는 지점에 시인은 서 있는 것이다.

3. 들끓던 여름날의 잎사귀들 다 떨군 나목 같은 시

　열세 번째 시집을 내고 "평가받는 시인보다 좋아서 미울 정도의 시 한 편을 건지면 원이 없겠다."고 했던 그의 고백을 상기해볼 때, 그의 시는 본질적으로 "오늘은/ 입망울 옹알이는 소리 듣것다/ 굴참나무 다람쥐 맑은 눈 보것다"(「山居 · 4」)에서처럼 서서히 눈을 감고, 귀를 닫고, 입을 다무는 과정 속에서 형상화된 것이라는 인식을 깨닫게 해준다.

　허형만 시인은 평범하고 일상적인 풍경들과 친숙하다. 자연 사물의 등줄기를 섬세하게 쓰다듬는 그의 손길에서 따스함이 전해온다. 길을 가다 말고 "야생의 바람을 껴안고 잠든 강을" 무심히 바라보는 그의 눈빛은 참 맑고 투명하다. 1990년대에 김재홍 교수로부터 「허형만, 분노와 소망의 변증법」이라는 평을 받았던 시인은 이제 암울한 현실인식으로 인한 분노, 부정적 현실 극복의 소망 같은 것을 마음속에 삭이고 작지만 더욱 큰 사랑의 삶을 들여다보고 있다.

시인은 "세상에서 가장 아름다운 빛은/ 사람"(「사람을 노래함」)이라 했다. 그는 "사람과 사람/ 사이로 난 길 따라/ 소소소 가을 바람 부니/ 살살이꽃에서 풍기는 살 내음이 황홀하다"고 느낀다. 마치 한겨울의 나목처럼 자신을 다 버리고 말을 버리고 눈을 감은 채 그는 서 있다. 그리고 세상사를 마음의 체로 거르는 과정 속에서 시인은 이제 자신의 내부를 더 자세히 들여다 볼 수 있게 되었다. 모든 것을 설명하지 않아도 보이고 들리는 세상 한가운데 그는 오롯이 서 있는 것이다.

제3부
현대사회의 그림자와 인간 회복의 꿈

유쾌한 말놀이의 방식

— 하린, 『야구공을 던지는 몇 가지 방식』, 문학세계사, 2010.
— 이제니, 『아마도 아프리카』, 창작과비평사, 2010.

1. 타자(他者)의 자기화(自己化)와 자기의 타자화, 그 두 가지 화법

2010년 하반기에 출간된 하린과 이제니의 첫 시집은 거침없는 상상력과 함께 능수능란한 말솜씨, 현란한 언어유희를 펼쳐 보이며 현대인의 삶, 그 실체를 개성적인 화법으로 형상화하고 있다. 실제공간과 가상공간, 현실과 과거, 미래, 그리고 자기와 타자를 자유자재로 넘나드는 두 시인들의 시는 상상력이 이미지와 이미지 사이를 촘촘하게 메꿈으로써 그들이 의도하는 그림 속으로 독자를 자연스럽게 이끈다.

하린 시인이 보여주는 언어 세계에는 치밀하게 의도된 시어의 중층구조가 존재한다. 그로테스크하면서도 풍자적인 상상력으로 고단한 가족사를 이야기하기도 하고, 워홀·리히텐슈타인의 팝아트에서처럼 텔레비전이나 매스미디어, 상품 광고, 만화영화 등 대중문화를 시 속에 차용하면서 시적 대상의 의미를 무한하게 넓혀가고 있다. 그런가 하면 이제니 시인은 활달하고 리듬감 있는 언어 감각 속에서 어디로 튈지 모르는 럭비공 같은 상상력을 통해서 있는 것과 없는 것, 너와 나의 경계를 허무는 어법으로 불완전하기만 한 인간존재의 서글픔 같은 감정들을 감각적으로 형상화하고 있다.

이 시인들이 하는 말들은 일단 독자들에게 난해하게 전달된다. 이들은 최대한 낯설게 말하고 낯설게 형상화하는 방식을 취한다. 그러나 하린 시인이 자본주의 현실에서 살아가는 가족들이나 비정규직, 나약하고 소외된 사람들에 대한 냉소주의적 시각을 통해 타인을 자기화 시키는 자세를 견지하였다면, 이제니 시인은 자기를 타자화 시키는 자세를 취한다고 볼 수 있겠다. 이들 시인이 감각적 경험과 사유를 언어로 표현해내는 방식은, 이처럼 타자를 자기화시키고 자기를 타자화시키는 방식 속에서 더욱 견고해진다. 모순된 현실을 비판하면서 새로운 시적 탐구의 가능성을 열어 가고 있는 두 시집을 읽기 위해서는 대중문화의 코드는 물론, 다양한 말놀이에 익숙해져야 한다. 그럼 세계를 바라보는 두 시인의 눈빛을 따라가 보자.

2. 외롭게 짓무른 것들에 대한 보고서

― 하린, 『야구공을 던지는 몇 가지 방식』, 문학세계사, 2010.

하린 시인은 야구경기를 자본주의의 길목에서 고단하게 걸어가는 서민들의 삶으로 은유한다. 타자에게 안타나 홈런을 허용하지 않기 위해 매번 다른 구질球質을 구사해야 하는 투수들의 삶을 예리하게 포착하여, 부조리하고 모순된 자본주의 현실의 풍경과 불 꺼진 골목, 가난

으로 얼룩진 쓸쓸한 거처를 결합시킨다. 시인의 눈에 포착된 고단한 순
간들은 야구, 만화영화, 텔레비전 프로그램 등 다양한 은유의 장치 속
에서 자유롭게 변주된다. 거침없는 상상력과 재치 있는 화법으로 남루
한 가족사와 "구역질나는 시궁창"(「H씨 죽음을 수령하다」) 같은 현실
을 사실적으로 그려내는 방식은 자본주의에 물든 세계와 대응하는 그
만의 전략이다. 하린 시인은 자본주의의 현실 원칙에서 지배당하며 살
아갈 수밖에 없는 우울한 소시민들의 일상에 은유의 장치를 동원함으
로써 코드화한다. 이를 통해 독자로 하여금 끊임없이 자신의 사용가치
를 높여가야 하는 자본주의의 시장 논리에서 낙오되고 소외된 소시민
의 비의悲意를 곱씹게 한다. 현실에 대한 비감悲感의 언어들을 실감나게
그려내기 위해 가동시키는 다음 시에서와 같은 은유장치들은 그가 삶
을 바라보는 몇 가지 방식이다.

    직구 ― 아버지

    소속팀을 또 옮겼다 군내 버스가 하루에 두 번만 들어오는 동네에서
    우루과이라운드라는 새로운 규칙이 발효되자 방어율이 형편없었던 아
    버지가 마지막 생산의 밭을 자르고 도시 변두리로 이적료도 없이 옮겨
    갔다 주물공장으로 빨려 들어간 건조한 어깨가 은퇴를 예감하게 했다
    뜨거운 쇳물에 발등이 데인 후 공의 구질이 너무 단순한 게 문제였다고
    실토했다 직구만을 던지던 습성은 시즌 내내 흥행없이 끝나고 말았다
    아버지의 낡은 감독은 재래식 화장실에서 똥닭이로 사라져간 윤리교과
    서였다

    슬라이더 ― 어머니

    원래 직구를 가장 잘 구사하는 사람은 어머니다 술 취한 아버지에게
    얻어맞고도 끈질기게 땅만 팠다 논과 밭에 구사하는 느리고 정직한 구

질은 진딧물 탄저병 태풍에게 쉽게 홈런을 허용했다 어머니도 변두리
식당으로 소속팀을 옮겼다 뻔한 직구 대신 반찬에 미원을 쓰며 변화구
를 구사했다 손님들의 혓바닥은 방망이 한번 휘둘러보지 못하고 어머
니의 구질에 속아 넘어 갔다 어머니는 한동안 집안에서 A급 선수로 인
정받았다

포크볼 - 형

왼손잡이였다 형이 마운드에 들어서면 출루하는 놈들이 많았다 1군
들만 모인다는 S대학교 도서관에서 철학책이나 들추다가 약삭빠른 놈
에게 안타를 맞고 도루까지 허용했다 졸업도 하지 못한 채 강판 당했다
형은 소속팀을 떠나 지리산과 인도에서 전지훈련을 했다 6년 동안 형이
사라진 후 '제 3의 물결'이 밀려와 새로운 구질을 가진 젊은 선수들이 주
목받았다 자유자제로 움직이는 광속의 구질을 형은 구사하지 못했고 2
군으로 밀려 나더니 결국 면사무소 말단 직원으로 떨어졌다

커브 - 누나

누나는 일찌감치 포수로 돌아섰다 인기가 많은 투수를 거부한 채 마
을금고의 포수가 되었다 마을금고의 감독은 자꾸 변화구를 받아 내라
고 주문했다 VIP 고객들은 누나의 미끈한 다리 사이에 입금하길 원했고
누나는 승률을 위해 적당한 편법을 동원했다 야간 경기도 서슴지 않았
다 누나의 실적은 높아졌고 승진하여 곧 코치가 될 거라고 했다

마구 - 나

나는 실업팀에 무명선수가 되었다 임시직을 반복하다 30대 중반을
넘겼다 아무리 기다려도 스카우트 제의는 없었다 정식 선수가 되는 걸
보지 못한 채 아버지가 죽던 날 승리의 기쁨인지 패배의 억울함인지 어
머니만이 눈물을 흘렸다 형과 누나는 벌건 육개장 국물에 지루한 감정
을 휘휘 저어 먹었다
박찬호가 던진 강속구에 맞은 BMW차량의 수리비는 얼마나 나오는

지 알아? …… 워낙 튼튼해서 하나도 안 나온대 …… 난 마구를 던질
거야 꼭 **BMW**차를 무너뜨릴 거야 ……
　　형은 말이 없었다 누나는 죽음만이 은퇴를 허용한다고 주절거렸다
관중들은 건넛방 초록색 그라운드에서 야유하듯 화투장을 날렸다
ー「야구공을 던지는 몇 가지 방식」 전문

시집의 표제이기도 한 이 시는 비애와 아픔을 지닌 가족사의 쓸쓸한
풍경들이 시적 은유의 경쾌한 스텝 속에서 자유자재로 변주된다. 투수
놀음이라는 야구의 경기 진행 방식과 자본주의 세계에서 살아남기 위
한 가족들의 다양한 삶의 양태를 비유하고 있다는 점, 투수가 던지는
공의 구질이라는 적절하고 흥미로운 은유, 거침없는 입담 속에서 한 가
족의 암울한 삶을 형상화했다는 점에서 돋보인다.

이 시집에서 드러난 그의 가족사는 매우 치밀하고 일관성 있게 표출
되지만, "우루과이라운드라는 새로운 규칙이 발효되자" "마지막 생산
의 발을 자르고 도시 변두리로 이적료도 없이 옮겨"간 아버지와 "술 취
한 아버지에게 얻어맞고도 끈질기게 땅만" 파던 어머니, "야간 경기도
서슴지 않았"던 누나, "임시직을 반복하다 30대 중반을 훌쩍 넘겨버린"
나에 이르는 처절하고 누추한 가족사는 그의 상상 속에서 만들어진 팩
션faction이다. 팩션은 팩트fact와 픽션fiction을 합성한 신조어로, 실제 사
건이나 인물의 이야기에 작가적 상상력을 덧붙여 창작한 것을 말한다.
포스트모더니즘의 영향을 받은 팩션은 사실과 허구의 경계를 모호하게
함으로써 상상력을 통해 새로운 해석을 시도하려는 것이다. 팩션faction
의 기법이 버무려진 하린의 시에 등장하는 가족의 이야기는 시인의 직
접적인 경험뿐만 아니라 시골에서 태어나 도시에서 자라며 지켜본 주
변 사람들의 삶에서 가져온 것들로, 독자에게 읽는 즐거움을 주기 위해
의도된 전략이라 할 수 있다.

그러나 이러한 가족사가 독자의 공감을 불러일으키는 이유는 그것이 이 땅에서 살아온 많은 아버지와 어머니, 큰 형, 누이의 전형적인 모습이기 때문이다. 이 시에서 직구와 같던 아버지는 정직하게 땅만 파던 농부로 우루과이라운드로 인해 이농을 한 후 "도시 변두리"로 흘러들어가서 공장에서 일해야 했던, 이 땅의 숱한 아버지들이다. 공의 구질이 너무 단순한 직구만을 구사할 줄 아는 아버지가 숱한 유인구와 커브, 변화구 등이 존재하는 도시의 공간에 발을 붙여놓는 순간이 바로 아버지의 실패를 예견케 하는 것이다.

가정을 돌보지 않는, 무능한 아버지를 대신해야 했던 어머니는, 생계를 위해서 "논과 밭에 구사하는 느리고 정직한 구질"을 버리고 "변두리 식당으로 소속팀을 옮"겨서 "뻔한 직구 대신 반찬에 미원을 쓰며 변화구를 구사"하는 등 아버지가 신봉했던 '윤리교과서'를 던져 버린다. 끝까지 자신의 구질을 변화시키지 않았던 아버지에 비해 "어머니는 한동안 집안에서 A급 선수로 인정받"을 정도로 재빨리 도시의 삶에 적응하는 인물의 전형인 것이다.

기교파 투수들만 던질 수 있다는 포크볼을 구사했던 형은 "1군들만 모인다는 S대학교"에 입학했지만 결국 졸업을 못했고, 생계를 위해서 면사무소까지 밀려나야만 했던 이 땅의 그 많은 맏아들들이다. 이렇게 힘겨운 가족사 속에서 직구를 포기하고 커브를 던졌던 누나는 일찌감치 마을금고 여직원이 되어 승진과 실적을 위해서 미모를 이용하는 등 사용가치와 교환가치라는 자본주의의 공식에 속물적인 방식으로 적응한 인물이다. 그리고 마구를 던지는 '나'는 실업팀의 무명선수와 임시직을 반복하며, "아무리 기다려도 스카우트 제의는 없었"던, IMF시대가 낳은 '레디메이드 인생'의 전형이다.

야구를 인간의 삶과 연결시켜 표현한 기존 시집으로는 여태천 시인

의 『스윙』이 있지만, 하린 시인의 시집에는 자본주의적 삶의 양태 속
에서 처절한 가족사와 함께 여러 유형의 인간군이 등장하고 있으며, 다
양한 은유로 빚어낸 풍자와 해학의 세계가 절묘하게 형상화되었다는
점에서 그 독자성을 지니고 있다.

건전지 갈아 끼우듯 여자를 바꾸던 아버지가
안방에 들어서면 스파크가 튀는 밤이다
두꺼비집에 두꺼비가 없다는 걸 이미 알고 있는 나는
아버지와 어머니 사이에 저항 한 개를 추가하며
꼬마전구처럼 소심하게 깜빡거리고만 있다
아버진 뒤늦게 어머니와 접속을 시도하지만
어머닌 차단기 내린지 오래
전압이 센 할아버질 수발한 이력을 어머니가 토해낼 때마다
양과 음이 쪽쪽 빨아대는 전류의 본능만 탓하는 아버지
어머닌 한이 충전된 배터리를 꺼내
아버지 몸속에서 헤엄쳐 다니는 여자들을 지져댄다
눈이 뒤집힌 여자들이 하나둘 꽁무니를 뺄 때
아버진 수명 다한 필라멘트처럼 픽 맥이 풀린다
과부하가 걸리는지
면상에 손가락까지 찔러대는 어머니
오긴 왜 와? 여기가 어디라고!
급기야 하늘과 지상 사이에 퓨즈가 나가는 소리
이승과 접속이 끊기는 소리 살벌하게도 튄다
어휴, 난 어머니가 차려준 전기만 먹고 살아야지
눈물이 마르지 않는 희한한 발전기를 몸 안에 단 어머니
다 타버린 향불 앞에 독주 한잔 따라 올리며
40년이 넘은 울음센서 스위치를 누른다
누전(漏電)인지 누전(淚田)인지……

제삿밥도 못 먹은 방전된 아버지, 내년에도 또 오실라요?
                                        ―「어머니의 저항(Ω)」 전문

　"건전지 갈아 끼우듯 여자를 바꾸던 아버지"에 대한 어머니의 심리
적 저항을 '저항(Ω)'이라는 전기·전자용어로 절묘하게 치환하고 있는
시다. 시의 맨 마지막 구절에서 알 수 있듯이 이 시에서의 아버지는 "제
삿밥도 못 먹은 방전된 아버지"로 지금은 돌아가신 아버지다. "아버지
가/ 안방에 들어서면 스파크가 튀는 밤"에 나는 "꼬마전구처럼 소심하
게 깜빡거리고만" 있어야 할 정도로 격렬한 부부싸움이 시작되고, "양
과 음이 쪽쪽 빨아대는 전류의 본능만 탓하는 아버지" 앞에서 어머니
는 "아버지 몸속에서 헤엄쳐 다니는 여자들을 지져대"며 집까지 찾아
온 아버지의 여자들에게 "면상에 손가락까지 찔러대"는 극도의 저항을
보여준다. 뒤늦게 어머니와의 접속을 시도하는 아버지 앞에 어머니는
이미 마음을 닫아 버린 지 오래 되었다. 아버지가 어머니에게 접속을
시도하려 할 때마다 어머니는 "전압이 센 할아버질 수발한 이력"을 쏟
아내며 저항한다.

　시인은 "한이 충전된 배터리를 꺼"낸 어머니와 "수명 다한 필라멘트
처럼 퍽 맥이 풀린" 아버지의 대립적 상황 설정을 통해 "이승과 접속이
끊기는" 순간까지 저항하는 어머니의 모습을 적나라하게 묘사한다. 아
버지에 대한 극도의 저항감 때문에 "눈물이 마르지 않는 희한한 발전
기를 몸 안에 단 어머니"는 아버지의 제사상 앞에 "독주 한잔 따라 올리
며/ 40년이 넘은 울음센서 스위치를 누른다." 남존여비의 우리 사회에
서 희생당하고 살아왔던 어머니, "제삿밥도 못 먹은 방전된 아버지"가
안쓰러우면서도, 자연스러운 전개와 재치 있는 대화체로 웃음을 자아
내게 만드는, 독특한 표현미를 지닌 시이다.

하청에 하청을 거듭 할수록
본체의 중심에서 멀어지는 사내들이
자취방에 모여 라면에 소주를 마시며
음란비디오를 보던 밤이면
누가 먼저랄 것도 없이 욕이 나온다
씨발로 시작해서 좆도로 끝나는 환각제 같은 배설물이
밤하늘 가득 사정되고 서러운 별들은 촘촘해진다
매혹적인 망사스타킹의 여자
아! 신음소리 까지도 친절하다
더 이상 체위는 신선하지 않고
떠난 애인들만 머릿속에서 지쳐간다
그렇게 욕구불만의 밤은 섣부른 발기로 졸아 들고
꿈속에선 CF 속 여자 배우와 자동기계가 되어 섹스를 한다
에어컨을 선전하며 바람을 매번 일으키는 인기 절정의 여자
그녀가 재생시키는 웃음의 값은
이십년 동안 결근 한번 안하고
나사를 박아야 하는 질긴 시간의 값이다
하루 종일 이천 개도 넘는 수나사가 암나사의 만나디
나사들은 화려한 디자인에 갇혀 죽었고
생각은 모두 단순화되어 규격 박스 안에 담긴다
더러는 조인 나사를 풀고 싶어 떠났던 녀석도 있다
조금 더 안쪽의 중심부품으로 살아 보겠다고
차선을 자꾸 변경하다 다시 아웃사이더로 밀려난
옥탑방 구석에 버려진 소주병 같은 녀석들
그 녀석들 다 돌아와 라면에 소주를 마시고 포르노를 본다
온몸이 전부 나사인 세상을 향해 울부짖는 청산가리 사내들
신나를 들이 붓고 싶은 밤을 지난다
— 「온몸이 전부 나사다」 전문

본사에 부품을 납입해야 하는 하청업체 직원들의 삶을 형상화한 시다.
영화 「모던 타임즈」에서 찰리 채플린이 나사못 조이는 단순 작업에 시

달린 결과 눈에 보이는 모든 것을 조여 버리려는 강박관념에 시달린 끝에 정신병원에 가게 되는 상황은 지금도 진행형의 모습으로 우리 사회에 숨겨져 있다. 인간이 일에 종속됨으로써 무기력해지는 현대인의 초상이 하린의 시에서는 "본체의 중심에서 멀어지는 사내들"과 같이 인간소외 현상으로 드러난다. 세상에 대한 분노로 인해 "누가 먼저랄 것도 없이 욕이 나"오고 "온몸이 전부 나사인 세상을 향해 울부짖는 청산가리 사내들"로 좀 더 적극적인 대응 자세를 취한다.

그러나 "옥탑방 구석에 버려진" 아웃사이더와 같은 존재로 "조금 더 안쪽의 중심부품으로 살아 보겠다고" 다짐하지만, 그들의 본질 역시 「모던 타임즈」와 별반 다를 바가 없다. 왜냐하면, 그들의 다짐은 적극적인 저항의 행동으로 실현되지 못하고, "수나사가 암나사와 만"나는 상상을 함으로써 현실문제로부터 그들 자신을 멀리 떼어 놓음으로써 당면 문제를 부인하거나 망각하기 위한 행위에 지나지 않기 때문이다. 그들은 본사에서 납품을 거부하면 하청마저도 끊겨 버리는 사람들이다. 그들 또한 찰리 채플린만큼이나 무기력한 존재가 아니겠는가. 이 시는 중심 부품이 되지 못하고 나사들로만 존재하는 인물들의 삶을 통렬하게 풍자한다.

하린 시인은 우리 시대의 아픈 곳에서 흘러나오는 앓는 소리를 잘 듣는다. 그런가 하면, 뇌종양을 앓다가 죽음에 이른 형의 임종을 비장하게 그리는 「은하철도 999를 탄 사나이」에서는 해학과 진지함 사이의 위험 수위가 아슬아슬하게 출렁거리고 있다. "멀미나는 십자가에서 내려" 온 예수가 기쁨미용실에서 락가수 스타일의 머리 모양을 하고 찬양백화점에 가서 보헤미안 스타일로 옷을 갈아입는 해학적인 설정을 보여주고 있는 「말 달리자 예수」와 같은 시를 통해 시인은 자신의 정체성을 상실한 채 대중의 흐름에 묻혀가는 젊은이들의 삶을 비판하기도 한다. 또한 "불 꺼진 골목"과 "낙오자의 방"을 결합하면서 토박이 정신을 버리고 빠르게 변화해가는 재개발지구의 풍경을 담기도 하고, 한파가 몰아친 어느 겨울, 얼굴에 신문지를 덮고 죽은 노숙자를 발견함으로써 우리 시대의 아픔을 들여다보기도 한다. 이렇듯 상처에 외롭게 짓무른 소재들을 발칙한 상상력과 은유로 가동시키는 하린 시인의 시적 전략은 꿈을 짓밟고 기계적인 삶을 요구하는 현대 자본주의의 논리에 대응하는 하나의 방식이라 할 수 있다.

3. 슬프고 아름답고 이상한 낱말들의 세계

– 이제니, 『아마도 아프리카』, 창작과비평사, 2010.

타자를 자기 안에 들어앉히면서 시대의 아픔을 읽어내는 하린 시인의 시에 반해 이제니 시인은 자기를 타자화하는 방식 속에서 존재의 심연을 들여다본다. "내가 말 걸고 싶은 사람은 이미 죽은 사람들뿐. 그들은 과거도 미래도 가지지 않소. 두려움과 외로움의 심지는 타들어가고 나는 죽을 병에 걸린 것만 같소."(「미리케의 노우트」)라는 고백은 소통이 단절된 방안에서 느끼는 허무의식과 비애감에 대한 쓸쓸한 독백에 가깝다. "언제 생겼지" 하면서도 이상한 냄새가 나는 검버섯을 "좋다 아름답다"고 위안 삼으면서 고통의 순간을 견뎌야 하는 현실을 묘사한다. 그러나 "의지와 상관없이 눈엔 자꾸만 물이 고"이는 현실을 숨길 수가 없는 것이다. "부식된 표정 위로 어둠의 더께가 천천히 내려앉"듯 시인은 슬프고 이상하고 아름다운 내면세계로 더 깊이 파고들어간다.

온 힘을 다해 살아내지 않기로 했다. 꽃이 지는 것을 보고 알았다. 기절하지 않으려고 눈동자를 깜빡였다. 한 번으로 부족해 두 번 깜빡였다.
너는 긴 인생을 틀린 맞춤법으로 살았고 그건 너의 잘못이 아니었다. 이
삶이 시계라면 나는 바늘을 부러뜨릴 테다. 아무것도 모르는 아이처럼
하염없이 얼음을 지칠 테다. 지칠 때까지 지치고 밥을 먹을 테다. 한 그
릇이 부족하면 두 그릇을 먹는다. 해가 떠오른다. 꽃이 핀다. 두 손으로
얼굴을 가리면 울고 싶은 기분이 든다. 누구에게도 말 못하고 주기도문
을 외우는 음독의 시간. 지금이 몇 시일까. 왕만두 찐빵이 먹고 싶다. 나
발을 불며 지나가는 밤의 공벌레야. 여전히 너도 그늘이구나. 온 힘을
다해 살아내지 않기로 했다. 죽었던 나무가 살아나는 것을 보고 알았다.
틀린 맞춤법을 호주머니에서 꺼냈다. 부끄러움을 기록하기 시작했다.
— 「밤의 공벌레」 전문

공벌레는 쥐며느리처럼 생겼으며 주로 밤에 활동하는데, 적이 나타
나 놀라면 몸을 둥글게 마는 습성이 있어서 '공벌레'라고 부른다. 곰팡
이, 식물, 동물의 사체 등을 먹으며 사는 공벌레는 화단에서 주로 발견
된다. 벌레는 지하 세계에 존재하거나 땅 위에 배를 대고 기어 다니는
존재로 생물의 1차적 단계를 암시하는데, 죽음이라는 단어와 가장 가
깝거나 죽음을 연상케 만드는 생물이다. 융의 말처럼 벌레는 생명을 파
괴하는 본능적인 충동의 세계를 의미하게 되는 것이다.

"기절하지 않으려고 눈동자를 깜빡였"으며, "한 번으로 부족해 두 번
깜빡였다"는 진술에서 알 수 있듯이 "온 힘을 다해 살아내지 않기로 했
다."는 말은 실상 공벌레처럼 그동안 화자 자신이 온 힘을 다해 살아왔
음을 반증한다. "긴 인생을 틀린 맞춤법으로 살았고 그건 너의 잘못이
아니었다"는 진술은 "이 삶이 시계라면 나는 바늘을 부러뜨릴 테다"로
이어지는데, 이는 그동안 화자에게 강요되었던 일체의 일상적 시간들
을 거부하고 파괴하는 모습이다. 일상적 시간에 대한 거부는 공벌레와
같았던 자신의 내면을 들여다보고 그 실체를 확인함으로써 시작된다.

'인간의 비극은 거울이 발명되면서 시작되었다.'는 말처럼 실상 인간이 자신의 내면을 확인할 수 있다는 것은 불행이다. 그래서 화자는 "아무 것도 모르는 아이처럼 하염없이 얼음을 지"치고 싶어지는 것이다.

얼음을 지치는 행위와 무언가를 기다리다 지치는 모습을 빠르게 오버랩 시키면서 해가 떠오르고 꽃이 피는 일상성을 제시한다. "두 손으로 얼굴을 가리면 울고 싶은 기분이 든다"를 보자. 울고 싶어서 두 손으로 얼굴을 가리는 것이 아니라, 두 손으로 얼굴을 가리고 나니 울고 싶은 기분이 드는 것이다. 이는 타인을 의식하며 살아왔던 삶에 대한 고백적 진술이며 자신의 마음을 두 손으로 가리며 살아야만 하는 현대인의 비극적인 모습인 것이다. 그래서 화자는 이 밤의 시간을 "누구에게도 말 못하고 주기도문을 외우는 음독의 시간"이라고 명명하며, 자신의 또 다른 모습인 공벌레를 보고 "여전히 너도 그늘이구나"라고 말한다. 그리고는 누구의 잘못도 아닌, 틀린 맞춤법으로 살아왔던 삶의 노트에 "부끄러움을 기록하기 시작"한다.

> 정원의 길은 둥글고 버섯의 왕은
> 포자의 모자를 쓰고 어둠의 수풀 속을 걸어간다.
> 어둠의 수풀 수풀 수풀 그런 수풀 수풀 수풀.
>
> 보퉁이를 들고 모퉁이를 돌았을 때, 어젯밤 여름이 내게 왔을 때,
> 울고 싶어도 울지 못할 때, 웃지 못해 울 때, 그때,
> 네가 누구냐라는 질문에 머뭇거리며 말 못할 때,
> 깨어진 거울을 사이에 두고 너와 마주 앉았을 때,
> 그때,
> 기적이 일어나,
> 너와 나의 입이 하나가 된다면,
> 나는,

소리 없는 방을 지나는 둥근 바퀴처럼
검은 사각형을 지우는 검은 사각형처럼
나무들은 그럼에도 흐른다 버섯의 왕이 자라듯
길게 위로 위로 내면에서 열리는 창문을 향해
문명의 운명의 말굽 발굽은 높이 높이
발 없는 발을 가진 슬픔을 뿌리에 묻고
검은흙을 감싸 안으며 흐르고 흘러

그림자 정원사는 내게 말했지.
너는 한 번 결혼하고 또 한번 결혼하게 될 거야.
한 번은 네 자신과 또 한번은 네 그림자와.

난 아직 한 번도 결혼하지 못했는데.
난 아직 그 어떤 영혼과도 손잡아 본 적이 없는데.
내가 그림자인가요 그림자가 나인가요.

내가 잡은 푸른 벌레는 매번 죽어 있었지.
나는 녹색병에 든 내 심장을 두 번 흔들었다.
거품이 날 때까지 거품이 날 때까지 살아 있으라고.

내 취향 내 기행 내 만행 내 악행 내 결백.
나는 과거의 사람처럼 말하는 버릇이 있고
이 작은 인공의 숲에서 검은색으로 은둔 중.
거미줄 시계풀 곤충들의 소리에만 귀 기울인 채
너는 네가 믿는 유령의 모습으로 희미하게 읽히고.

초점 초침 초월.
나의 동공은 녹청으로 물들어가는 정원의 빛.
너의 거짓이 우거지도록 내려버려두는 대신
내 오랜 그림자의 끝을 향해 여행하기로 했다.

— 「그림자 정원사」 전문

태양이 정신적인 빛을 상징한다면, 그림자는 육체의 부정적 이중성, 즉 육체의 비열한 이중성을 표상한다. 프레이저의 언급처럼 원시인들에게 그림자는 또 하나의 자아, 살아 숨쉬는 자신의 영혼, 그 일부로 여겨지는데, 이제니 시인의 시에서도 이러한 인식은 드러난다. 정원(garden)은 가꾸어진 힘에 의해 자연이 질서를 지니게 되고 규칙에 복종한다는 측면에서 여성적 속성의 의식을 상징하며 폐쇄성을 암시한다. 레츠스의 「스테텐의 풀밭」에서처럼 신이 최초로 정원을 만들고 정원을 사랑했던 것은 그것이 질서와 복종을 의미하기 때문이다. 따라서 '그림자 정원'은 시인의 영혼, 그 일부의 또 다른 폐쇄적 의식세계이며, '그림자 정원사'는 그런 의식세계로 독자를 이끄는 그의 시인 것이다.

일반적으로 습지에서 자라는 버섯은 둥근 우산모양의 모자를 쓴 채 그늘을 키운다. 화자는 자기의식의 모퉁이로 독자를 안내한다. 시인은 "울고 싶어도 울지 못할 때, 웃지 못해 울 때"라는 상황에서 현대를 각박하게 살아가야만 하는 삶의 비애감을, "내가 누구냐라는 질문에 머뭇거리며 말 못할 때"에서는 자기 존재에 대한 상실감 혹은 정체성을 상실하는 순간을, "깨어진 거울을 사이에 두고 너와 미주 앉았을 때"에서는 자기 정체성 확인의 순간 또는 본질적 자아와 만나는 순간의 상황을 제시한다. 이 순간에 "기적이 일어나" "너와 나의 입이 하나가 된다면"이라는 가정의 순간을 화자는 기다린다. 이것이 바로 '너'와 '나'라는 두 개의 자아가 화해하여 일치되는 순간인 것이다. 이제니의 시에서 등장하는 '너'와 '나'는 별개의 인물이 아닌 바로 자기 자신이다. "깨어진 거울을 사이에 두고" 마주 앉은 '너'와 '나'다. 마치 「수레바퀴 아래서」에서 주인공 한스 기벤라트와 헤르만 하일르너가 바로 헤르만 헤세 자신이듯이 말이다.

화자는 그 순간 "소리 없는 방을 지나는 둥근 바퀴처럼", "검은 사각형을 지우는 검은 사각형처럼" "내 오랜 그림자의 끝"을 만나보고 싶은 것이다. 인간들이 선호하는 형태는 사각형이다. 집, 방, 탁자, 침대의 대부분은 사각형이며, 정원 역시 사각형이 많다. 사각형은 본질적으로 원에 생겨난 각이다. 원의 형태를 완전무결한 신의 표상으로 볼 때, 사각형은 가꾸어진 인간 의식의 표상이라 볼 수 있다. 자신의 내면의식을 상징하는 "내면에서 열리는 창문"을 통해 개체적 인간 의식이 인류 전체의 공동체 의식으로 확장한다. "너는 한 번 결혼하고 또 한 번 결혼하게 될 거야"와 "한 번은 네 자신과 또 한 번은 네 그림자"와 결혼하게 될 거라는 그림자 정원사의 말에서 우리는 자신과 자신의 영혼이 만나서 상호의 존재를 확인하고 일체화 되거나 분리되는 장소가 '그림자 정원'임을 다시금 인식한다. 그러나 아직 한 번도 결혼하지 못한 화자는 자신이 그림자인지 그림자가 나인지조차 분별하지 못한다.

화자는 "거품이 날 때까지 살아 있으라고" "녹색병에 든 내 심장을 두 번 혼"드는, 지극히 자기 의식세계에 집착하는 습성을 보인다. 그리고 "과거의 사람처럼 말하는 버릇이 있"음을 고백한다. 마치 자신의 이야기를 남의 이야기하듯, 자신의 현재를 과거 이야기하듯 말하는 현대인처럼. 화자는 자신의 실체를 좀처럼 드러내지 않으며 "작은 인공의 숲에서 검은색으로 은둔 중"임을 밝힌다. 그러면서 화자는 "너의 거짓이 우거지도록 내버려두는" 자신의 이중성에 대한 어쩔 수 없는 긍정을 취한 대신 "내 오랜 그림자의 끝을 향해 여행하기로" 한다. '너'와 '나'의 존재의 어긋남을 인식하는 지점에서 여행은 시작되는 것이다.

너는 언제나 회색의 혀로 회색의 목소리로 우리는 서로에 대해 더 이상 아무것도 묻지 않는다 오해라는 말로 이해하지 않기 위해 이해라는 말로 오해하지 않기 위해 이후로 우린 서로에 대한 질문지를 삼켜버렸지 이후로 우린 꿈에 대해서만 이야기했지 무수한 말이 적힌 백지를 간

직한 채 꿈은 반대라는 말을 괄호 속에 묶어둔 채

　새의 이름을 가진 물고기 물고기의 이름을 가진 새 구슬프다는 말은
날개 달린 짐승을 떠오르게 한다 우리는 날개와 아가미를 나누어 가진
뒤 천천히 서로로부터 멀어지고 꿈속에선 하나의 이름으로 둘을 부르
는 일에 골몰했다

　소리가 노래가 되는 온도에 대해
　소리가 노래가 되지 않는 무구함에 대해
　서로의 손과 발을 만지듯 오직 자기 자신에 대한 글만을 쓰고

　생몰 연대조차 알 수 없는 저주 받은 시인의 문장과 검은 모자를 쓴
신원미상의 그림자와 터널 속에 남겨진 내 일곱 손가락과 삼각형이 나
를 찌르는 방식과 푸른 발을 가진 새들과 나무등치의 상처와 소멸하는
별들과 환각의 꽃과

　몇 가지 오류를 거쳐 나는 입 밖으로 귀환했다 기다리는 사람은 아무
도 없었다 이후의 시간은 방부 처리된 길고 투명한 유리병의 나날 서로
의 입속말을 훼손하지 않는 대신 여분의 종이는 어둠으로 물들고 잠에
서 깨어나면 생가나지 않는 꿈에 대해서만 이야기했다

―「그늘의 입」 전문

　햇볕과 그늘이 서로 별개의 것일 수 없는 자웅동체에 해당되듯이 어
떤 사물의 배후에 존재하는 그늘은 그 사물이 있음으로 인해 성립한다.
"오해라는 말로 이해하지 않기 위해 이해라는 말로 오해하지 않기 위
해" 서로에 대해서 묻지 않는다. 오해의 모습을 한 이해와 이해의 모습
을 가장한 오해가 우리에겐 얼마나 많은가. 실상 우리는 이해나 오해가
정말 확실한 것인지도 판단하기 힘든 것이 현실이다.

　슈나이더에 의하면 물고기는 때로 새, 즉 '날아가는 물고기'로 표상

된다. 물고기의 형태가 목관악기와 비슷하다는 점에서 지하에 살고 있
는 새와 동일시되며 천상과 지상을 연결하는 의미망을 지니게 된 것이
다. 그러나 이 시에서 "새의 이름을 가진 물고기 물고기의 이름을 가진
새" 역시 새일 수밖에 없고, 물고기일 수밖에 없는 인간 존재의 불완전
한 비애를 표상하는 것이다. 하나가 그늘이면 다른 하나는 그늘을 드리
운 존재일 수밖에 없다. 따라서 "천천히 서로로부터 멀어"질 수밖에 없
고 꿈속에서나 "하나의 이름으로 둘을 부르는 일"이 가능한 것이다. 불
완전한 세상에 던져진 인간은 언어조차도 불완전하므로 입 밖으로 나
오는 소리들이 노래가 되지 못한다. 시인의 언어는 황폐하기 그지없고
환각 속에서나 "푸른 발을 가진 새들과 나무둥치의 상처와 소멸하는
별들과 환각의 꽃"은 존재한다.

이제니 시인은 무척 난해한 어법으로 자아와 자아, 자아와 타자와의
소통을 시도한다. 이러한 소통은 '나'와 '너'가 엇갈리는 지점에서 시작
된다. 그리스 신화에 나오는 키프로스 섬의 왕, 키니라스의 딸인 '미리
케'의 이미지를 차용한 「미리케의 노우트」에서도 화자는 작은 섬에 유
배되어 있는 자신을 인식한다. 부산이 고향인 시인이 30년 넘게 거제도
에서 살고 있다는 점을 착안해 보면, 미리케가 사는 섬은 시인 자신, 그
삶의 공간이 아닐까. 따라서 이 시에서의 '작은 섬'은 화자 자신의 고립,
고독과 같은 의식세계다. 인간은 불완전한 세상에 내던져져서 살아가
야만 하는 불완전한 존재로 근원적 슬픔과 비애를 간직한 섬과 같은 것
이다. "지금 섬 밖에서 배를 기다리고 있다 하"는 내 사랑을 만나기 위
해 뭍으로 가고 싶은 화자에게는 뗏목조차 없고 전갈조차도 없다. 단절
적 공간인 섬에서는 "모래 언덕이 흘러내리듯이" 삶의 비애가 화자를
덮치거나 "내가 말 걸고 싶은 사람은 이미 죽은 사람들뿐"이라는 철저
한 고독을 느끼게 된다. 유배된 화자를 감시하는 듯한 순사는 호각을

부는데 그것은 "당신을 잃어버린 뒤의 나의 열병"이 발굴해 낸 것이다. 따라서 귀가 밝아 "내 작은 흐느낌마저 듣는" 순사의 호각소리는 화자를 일깨우는 고독의 소리며 그 실체 중의 하나일 뿐이다.

시인은 구부러져서 꺾어지며 돌아가게 되는 자리인 '모퉁이'를 만난다. "모퉁이는 지나치고 모퉁이는 냉정하고 모퉁이는 어둡고 모퉁이는 발생 가능한 사건의 형태로 존재한다"(「모퉁이를 돌다」) 우리가 의식적으로 지나치고 가끔 인식하지만 곧 잊혀지고 마는 자신의 모습을 표상하는 '모퉁이'는 인간의 부끄러운 실체일 수도 있고 영혼이나 의식세계의 표상일 수도 있다. 자신을 만나기 위해 깊은 의식세계를 찾아가며 모퉁이를 돌고 있는 것이다. 그러나 이러한 고독한 여정은 재치 있는 말놀이의 과정과 함께 한다. "나는 정말 요룡이가 되고 싶어요. 요룡요룡한 어투로 요룡요룡하게"(「요룡이는 말한다」), "완두는 싫다 싫어요/ 완두는 완두 완두 하고 울기 때문에// 당신은 완고하다/ 당신은 완고한 완두콩"(「완고한 완두콩」)과 같은 구절들은 통통 튀는 리듬감을 선사하기도 한다.

두꺼운 절망의 노트 혹은 혼잣말
– 길상호, 『눈의 심장을 받았네』, 실천문학사, 2010.

1. 마른땅에 머리가 터진, 수많은 빗방울 때문에……

길상호 시인의 시에는 여기저기 다친 마음과 귀퉁이 잘려나간 골목의 풍경들이 그득하다. "구름에서 뛰어내린,/ 마른땅에 머리가 터진,/ 수많은 빗방울 때문에/ 나의 시는 겨우 싹을 틔울 수 있었"다는 고백은, 그의 슬픔의 뿌리가 어디에 있는지를 생각하게 한다. 구름의 속성은 땅에 비를 내리는 것이다. 만약 구름이 없다면, 그 구름은 존재 가치가 사라질 것이다. 시인은 여기저기 깨지고 터진 것들과 사라지고 잃어버린 것들의 외로움을 잘 안다. 오세영 시인이 시 「자서」에서 노래했듯이 "시인은 얻은 것보다 잃어버린 것에 관심을 갖는 사람이다. 만일 그렇지 않다면 시는 항상 과학의 찬가에 불과할 것이기 때문이다." 사라진 것들과 잃어버린 것들을 찾아 방황하며 슬퍼하고 안타까워하는 존재가 시인이 아니겠는가.

　길상호 시인은 절망의 풍경과 힘없는 목소리에 귀를 기울이면서도 그 속에서 스스로 견뎌가는 아름다운 삶에 대해 이야기한다. 그에게 절망은 "물이 새지 않도록" 가시로 "왼쪽과 오른쪽 살 꼼꼼히 꿰매고"(「고등어구이를 먹는 저녁」) 수압을 견디며 살아온 고등어와 같은 존재로 묘사된다. 따라서 그의 시는 자본주의의 거대한 그늘에 드리워진 우리의 현실이 혼잣말을 낳고 혼잣말이 또 혼잣말을 낳는 풍경을 그린다. '너'에게서 받은 상처가 마음을 아프게 만드는 동력이 되고 있음을 신체화된 상상력으로 보여주는 것이다.

2. 잘려나가고 녹아내린 존재

　　당신은
　　새벽 첫눈을 뭉쳐
　　바닥에 내려놓았네

　　그것은
　　내가 굴리며 살아야 할
　　차가운 심장이었네

　　눈 뭉치에 기록된
　　어지러운 지문 때문에
　　바짝 얼어붙기도 했네

　　그럴 때마다
　　가만히 심장을 쥐어오던
　　당신의 손,

온기를 기억하는
눈의 심장이
가끔 녹아 흐를 때 있네

－「눈의 심장을 받았네」 전문

'눈'은 일반적으로 순수한 생명력을 상징한다. 이집트의 미이라도 내장의 유일한 부분으로 심장을 남겨두듯이 '심장(Heart)'은 신체에 반드시 있어야 할 중심이다. 심장은 인간 속에 있는 태양의 이미지다. 또한 심장은 사람의 중심으로, 누군가를 사랑한다는 것은 그 사람의 중심으로 들어가려는 욕망이기도 하다. 즉 심장은 태양의 이미지로 빛이나 불꽃과 관련되는 것이다. 여기서 '당신'은 육체적으로든 정신적으로든 자신을 떠난, 사랑하는 사람이다. 그는 설렘과 기다림을 상징하는 "새벽 첫눈을 뭉쳐" "바닥에 내려놓"는다. 그것은 화자가 "굴리며 살아가야 할/ 차가운 심장"으로 은유된다. 다시 말해, 이는 화자가 앞으로 살아가야할 겨울의 시간으로 춥기만 한 정신적 공간을 말한다. 태양과 온기를 표상하는 '심장'은 차가운 '눈'과 결합하여 더욱 춥고 힘든 삶의 여정을 예고한다.

당신이 내게 뭉쳐준 눈을 화자는 굴려서 더 커진 눈덩이를 안고 살아가야 한다. 차가운 눈에 뭉쳐진 당신의 따뜻한 심장을 안고 살아가는 것이다. 눈뭉치를 만지면 당신이 힘들게 살아왔던 삶의 여정, 즉 "어지러운 지문"이 만져진다. 그 지문들 때문에 당신이 다시 생각나는 밤, 화자의 마음은 고독을 느끼며 바짝 얼어붙는다. 당신은 눈뭉치를 남겨두고 사라진 존재인데, 다음 연에 나오는 "당신의 손"은 실제가 아니라 화자의 상상 속 풍경이다. "그럴 때마다/ 가만히 심장을 쥐어오던/ 당신의 손"의 감촉이 느껴짐을 한 연으로 처리하며 화자가 세상에서 힘들어하거나 고독을 느낄 때마다 당신의 사랑과 그 숨결로 견뎌왔다는 의미를 강조하고 있다.

슈나이더에 의하면, '손'은 목소리가 아닌 몸짓으로, 인간존재의 내면 정서를 드러내는 데 관련된다. 융에 의하면 '손'에는 생성이라는 의미가 있는데, 무의식적 사랑을 생성하는 신체부위이기도 하다. 화자에게 심장을 만들어준 당신이 바로 내 차가운 심장을 당신의 손이 쥐어주며 감싸안고 추위를 막아준다, 당신의 온기를 기억하는 눈의 심장은 당신이 그리워지는 날에 흘리는 눈물로 인해서 가끔 녹아 흐를 때가 있음을 화자는 고백한다. 혼자 견뎌야 하는 고독 같은 것, 내면으로 삼켜야 하는 침묵의 눈물이 "눈의 심장"인 것이다. 이 시는 상실로 인한 존재론적인 고독과 허무, 혼자 견뎌야 하는 고독과 침묵의 시간들을 그려낸 시이다.

<blockquote>

오늘도 불은 들어오지 않아요. 스위치를 올리면 어김없이 차단기가 작동하지요. 너무 바쁜 전생을 살다 온 여자, 그 여자 때문이에요. 잠자리도 귀찮아 아이들도 귀찮아. 마음에 불 꺼버린 여자. 누전된 사랑을 수리해보려고 밤낮없이 일상을 돌고 돌지만, 빗줄기만큼이나 끊긴 가닥이 너무 많아요. 병원 처방전으로도 관계는 회복될 수 없어요. 서로를 잇고 있는 건 이제 두 아이뿐. 그래도 전생의 빚 다 갚지 못하면 헤어질 수 없는 게 부부라는데. 전생과 현생 잇고 있는 아이들한테는 차단기도 듣지 않아요. 빚을 독촉하는 빗방울 창문을 또 두드리네요. 술 몇 모금 털어 넣고 저도 이제 불을 꺼야겠어요.

</blockquote>

－「빚」 전문

「빚」은 부채 때문에 싸우는 부부를 형상화한 시이다. 오늘도 들어오지 않는 '불'은 가정의 따뜻함과 안식, 생명의 활력이 사라진 집안 분위기를 표상한다. 사물을 소생시키는 힘이 소멸된 가정인 것이다. "스위치를 올리면 어김없이" 작동하는 차단기처럼 가족 구성원들 사이에는 대화가 단절되어 있다. "너무 바쁜 전생을 살아 온 여자"는 그동안의 삶이 너무나 힘겨웠는지 현생에서는 모든 것을 귀찮아하고 체념적으로 살아가는, "잠자리도 귀찮아 아이들도 귀찮아. 마음에 불 꺼버린 여자"로 묘사된다. 병원 처방전으로도 회복될 수 없는 부부의 관계는 이미 심리적 상처가 극에 달했음을 알려준다.

"전생의 빚 다 갚지 못하면 헤어질 수 없는 게 부부"라고 했던가. 불교에서는 전생에 500번의 인연을 맺어야 현생에서 옷깃 한 번 스친다고 한다. 현생의 부부나 자식들은 전생에 나와 몇 천 번의 인연을 맺었던 것일까. 인연이라는 것도 하나의 빚이다. 좋지 못한 인연의 경우는 더욱 그렇다. 아이들 때문에 이혼하지 못하고 살아가야 하는 것도 현생이 지나면 그 다음 후생에 남게 될 전생의 빚이 되는 것이다. 따라서 아이들은 전생과 현생이 아니라 후생까지를 잇고 있는 것이고 전前·현現·후생後生은 그 어떤 차단기도 듣지 않고 연속적인 숙명으로 흐르는 전류 같은 것이다. 불 켜진 창, 화자의 의식을 상징하는 창문에 전생의 빗방울들이 툭툭 소리 내며 창을 두드린다. 화자는 잠자는 시간만큼이라도 빚을 잊기 위해 술을 마시고 의식의 불을 끈 채 잠이 든다. 이 시는 현대인의 경제적 피폐로 인한 정신적 불안과 소통 부재를 한 가정의 공간으로 끌어와 독백체로 풀어가고 있는 슬픈 시다.

골목길이 사라져요. 한 채의 오래된 집들도 무너져요. 아그작아그작 동네 귀퉁이를 씹으며 전진하는 포크레인 몇 대, 여기는 재개발지역이에요. 아이는 날마다 언덕에 올라 사탕을 씹기 시작했어요. 누군가 눈앞에서 사라져도 모르는 달콤한 눈깔사탕, 깔깔대는 웃음소리 위에 풀썩 뿌연 먼지가 일어요. 다리 잘린 골목이 비틀비틀 담장 뒤로 숨어보지만 금방 들키고 말죠. 아이에게 숨기 장난처럼 즐거운 놀이는 없어요. 실핏줄로 빨갛게 금 간 눈망울 굴리며 동네 구석구석 잘도 찾아내지요. 아이가 가리키는 풍경은 그대로 녹아버려요. 몇 개 남은 가로등마다 어둠이 켜져도 돌아갈 집이 없어요. 끈적끈적한 졸음을 빨다 아이는 낡은 처마 밑에 잠이 들지요. 이런 밤에는 한쪽 모서리 깨진 달이 떠요. 아이의 감은 눈을 어루만지다 달도 그만 눈이 멀어요.

— 「눈깔사탕」 전문

현대 자본주의 논리에 의해서 사라져 가는 골목의 풍경을 신체화된 상상력으로 표현한 시다. 아이가 입 속에서 아그작아그작 이빨로 눈깔사탕을 깨물어 먹듯 포크레인이 재개발 지역 동네 귀퉁이를 파내고 갉아먹는다. 시인은 이것을 씹는다고 표현한다. 이 시에서 '아이'는 순수한 존재가 아니라 자본주의의 힘의 논리 같은 부정적 존재다. 정겨운 골목을 표상하는 "달콤한 눈깔사탕, 깔깔대는 웃음소리" 위에 풀썩 먼지가 이는 풍경은 입 안에서 살살 녹다 삼켜지는 눈깔사탕처럼 재개발 지역이 철거되는 삶의 현장을 재치 있게 은유한 부분이다. 지금은 그 누구하나 신경 쓰지 않는, 소외된 공간을 바라보는 날카로운 시선이 예사롭지 않다.

시인은 현대 자본주의와 도시화의 논리에 의해서 철저하게 사라져 가는 서민들의 삶의 기반을 "다리 잘린 골목"으로 신체화한다. 이와 대립되는 "실핏줄로 빨갛게 금 간 눈망울"은 욕망의 실핏줄이 드러난 자본주의의 충혈된 눈을 의미하며, 포크레인으로 묘사되는 부정적 존재의 포악한 힘으로 은유된다. '사라져요', '무너져요', '잘리다', '녹아버려요', '깨지다', '눈이 멀다'는 어휘는 거대한 자본주의의 논리나 끝없는 욕망에 의해 삶의 보금자리마저 박탈당한 소시민들의 삶을 은유적으로 보여주는 예다. 결국 이러한 상황들은 자연공간을 다 훼손함으로써 현대인에게 "돌아갈 집이 없"게 만들 것이다. 다 녹아버리는 눈깔사탕처럼. 우리는 물질문명의 편리함이라는 "끈적끈적한 졸음"에 빠져서 너무 안락하게 사는 것이 아닌가. 모성성의 상징인 "달도 그만 눈이 멀" 듯 무분별한 개발 논리는 현대문명을 불모화시킬 것이다. 이 시는 자본

주의라는 힘의 논리에 의해 사라져가는 소시민들, 그 삶의 안식처들을
입 속의 눈깔사탕으로 알레고리화한 감각을 보여준다.

－「혼잣말 가게」 전문

혼잣말을 한다는 것은 고독하다는 반증으로, 소통 부재나 대화의 불
가능함을 의미한다. '혼잣말'과 '가게'를 합성한 '혼잣말 가게'는 고독한
내면세계를 보여주는 하나의 공간으로 인지된다. 화자는 눈발을 피해
가게로 들어온다. '눈발'은 삶의 힘겨움으로, 화자가 사회에서 입은 상
처를 의미한다. 그런데 가게 안에는 손님도 없고, 혼잣말들만 옹기종기

모여 있다. 자신만의 은폐된 공간에서 혼잣말로 고독을 달래거나 말문을 닫아건 채 가게는 화자에게 어떤 환대도 하지 않는다. 이는 13행 "어떤 대화에도 응하지 않았네"라는 표현과 같은 의미로, 자신과의 대화인 혼잣말에만 빠져 있다는 의미를 증폭시킨다. "삐걱삐걱 다리가 아픈 의자"처럼 혼잣말을 되새기다 보면 자신을 아프게 만드는 말들이나 고통스러운 순간들도 있다. "피———익 난로 위의 주전자까지"에서는 주전자 속의 끓는 물처럼 혼잣말이 화자의 속에서 증기를 만들며 더 넘쳐흐름을 보여준다. 그 넘쳐흐르는 혼잣말 때문에 화자도 결국 혼잣말이 되고 혼잣말로 밤을 지샌다. "모든 말발들이 사르르 녹아"내려 하수구로 흘러간 현대사회를 '혼잣말 가게'라는 공간 이미지로 은유한 시다.

3. 얇은 투명막 하나로 버티고 살아 온 '너'를 위하여

"절망은 끝까지 자신을 반성하지 않는다"는 김수영의 시 「절망」은 참으로 우리를 슬프게 한다. "나를 적신 빗방울들이여/ 미안하다./ 나는 아직도/ 너희들의 얼굴을 본 적이 없다"는 길상호 시인의 고백은 얼마나 더 절망적인가. 그러나 시인은 절망의 뿌리를 모두 드러내지 않는다. "얇은 비닐로 시간을 막아놓고/ 생뚱 같은 계절 피워대느라/ 그 집에는 하루 온종일/ 꽃들의 땀이 줄줄"(「비닐하우스」) 흐르는 것을 그려낼 뿐이다. 절망이야말로 어쩌면 길상호 시인에게 절실한 힘을 부여하는 것이며 그가 끝끝내 시를 써야만 하는 이유일지도 모른다. "한 쪽 남은 거처를 끌어안"(「쪽방의 노인」)는 노인의 주름진 손을 보면서 절망을 견디는 아름다운 풍경을 발견해내는 눈이 길상호 시인에게는 있다. 그가 미안해하는 것 이상으로 미안해지는 풍경이다.

치욕으로 더 푸른 나무의 반어법

― 손택수, 『나무의 수사학』, 실천문학사, 2010.

1.

    "구름 5%, 먼지 3.5%, 나무 20%, 논 10%/ 강 10%, 새 5%, 바람 8%, 나비 2.55%, 먼지 1%/ 돌 15%, 노을 1.99%, 낮잠 11%, 달 2%/ (여기에 끼지 못한 당나귀에게 대단히 미안하게 생각함)/ (아차, 지렁이도 있음)"

    손택수 시인의 「내 시의 저작권에 대해 말씀드리자면」이라는 시의 도입부다. 그의 시에 있어서의 저작권은 그에게 없다. 그의 시집 속에서 가장 많이 출연하는 나무를 비롯하여 돌과 낮잠, 논과 강 등은 그의 시가 태어나 자란 터전이니, 당연히 저작권은 그들에게 있다. 자연에게서 받은 것들을 고스란히 시적 표현으로 돌려주는 것이 시인 아니겠는가. 그러나 손택수 시인에게 나무와 강과 논은 예전의 그 순수성을 잃고 먼지에 휩싸여 있는 존재로 드러난다.

이렇게 그의 시집에는 자연친화적 요소, 그리고 그와는 상반되게도 도시와 문명에 둘러싸인 일상의 풍경이 펼쳐져 있다. "도로변 시끄러운 가로등 곁에서 허구한 날/ 신경증과 불면증에 시달리며 피어나는 꽃"(「나무의 수사학1」)을 보며, "꽃 피는 벚나무의 괴로움"(「나무의 수사학3」)을 읽어내는 시인의 시선에서 문명의 이기와 물질문명으로 인한 자연물의 변화가 빠르게 감지된다. 도시적 삶에 물들어 눅눅한 일상의 삶을 끌어안고 살아가야 하는 이들의 현실을 자연친화적 이미지와 겹쳐 놓는 그의 시세계는 우리가 잃어버린 채 살아가고 있는 것들을 새롭게 재인식하는 계기가 된다.

2.

"어딘가로 번지기 위해선 색을 흐릴 줄 알아야"(「수채」) 한다고 했던가. 그의 이번 시집에서는 낯설고 이질적인 이미지가 강하게 느껴진다. '나무'라는 자연적 소재를 도시 갓길이나 철제 기둥과 콘크리트 도로 사이에 심어 놓거나, 아파트 주변에 모내기의 현장을 옮겨놓고 '구름'과 '농장'(「구름 농장에서」), '꽃'과 '단추'(「꽃단추」), '망치'와 '붕어'(「망치」) 이미지를 병치시키며 새로운 표현을 강구하는 고투의 흔적들이 엿보인다. 시인은 삶과 죽음, 지상과 지하와 같은 극단의 상황을 나란히 병치시키며 서로 다른 사물들이 새로운 질서를 만들어가는 낯선 이미지들을 그려낸다. 그러나 이러한 이질적인 사물의 병치는 소통을 단절시키거나 억압시키지 않고 열린 소통의 가능성을 불러오며 우리의 반성을 이끌어 낸다.

내가 반하는 것들은 대개 단추가 많다
꼭꼭 채운 단추는 풀어보고 싶어지고
과하게 풀어진 단추는 다시
얌전하게 채워주고 싶어진다
참을성이 부족해서
난폭하게 질주하는 지퍼는 질색
감질이 나면 좀 어떤가
단추를 풀고 채우는 시간을 기다릴 줄 안다는 건
낮과 밤 사이에,
해와 달을
금단추 은단추처럼 달아줄 줄 안다는 것

무덤가에 찬바람 든다고, 꽃이 핀다
용케 제 구멍 위로 쑤욱 고개를 내민 민들레
지상과 지하, 틈이 벌어지지 않게
흔들리는 실뿌리 야무지게 채워놓았다

—「꽃단추」 전문

'꽃'과 '단추'라는 낯선 단어가 나란히 병치되면서 단추를 채운다는 것에 대한 새로운 이미지를 만들어낸 시다. 천양희 시인은 「단추를 채우면서」에서 "세상이 잘 채워지지 않는다는 걸" 알았다고 한다. "잘못 채운 단추가 잘못을 깨운다"는 것을. 시인 조정은 「마지막 단추를 채우는」에서 "내 혼이 몸뚱이 마지막 단추를 채우는" 순간을 노래했다. 특히, 첫 단추와 마지막 단추는 시작과 끝, 삶과 죽음이라는 극단의 의미를 갖는다는 점에서 중요하게 받아들여진다. 따라서 단추를 끼워 옷을 여민다는 것은 세상이 순조롭게 흘러간다는 것을 의미한다.

"꼭꼭 채워진 단추"는 풀고 싶어지고 "과감히 풀어진 단추"는 채워주고 싶은 게 인지상정 아닌가. 우리에겐 "난폭하게 질주하는 지퍼"가 아니라, 일정한 시간을 기다리며 하나하나 맞춰 채우는 "단추"가 필요하다. "단추를 풀고 채우는 시간을 기다릴 줄 안다는" 것은 "낮과 밤사이에, 해와 달을 달아줄 줄 안다는 것"이라고 시인은 말한다. 자본주의 현실에 물든 우리의 삶은 좀처럼 여유를 찾아보기 힘들다. 성급한 일상과 분주한 출퇴근길이 서로의 존재를 느긋하게 기다려 주지 않는다. 세상은 빠르게 움직이고 우리는 그 흐름에 적응해야 하는 것이다. 자신의 주변을 돌보지 않고 앞만 보고 달려가는 세상은 그만큼 인간을 소외시키며 인간과 인간 사이의 정신적 간격을 벌려 놓는다. 자본주의적인 경제 논리에 의해 종속적으로 살아가는 우리들의 벌어진 틈을 '단추'로 채워야 하는 것이다.

낮과 밤, 해와 달이 바뀌는 시간은 우리가 이것들을 깨달아가는 데 걸리는 시간이다. 그러므로 단추를 풀고 채우는 시간은 자연적인 시간의 흐름만을 의미하지 않는다. 지상과 지하, 삶과 죽음 사이의 시 · 공간 전체를 환기하는 것으로, 우리는 그 '틈'이 벌어지지 않게 단추를 채워야 한다. 이 세상에 존재하는 모든 사물과 사건 등이 야무진 생명들의 존재 증명이라는 사실을 시인은 민들레를 통해 보여주고 있다. 민들레가 피고 지는 시간 사이의 운명이 '꽃'과 '단추'의 병치 속에서 채워지고 있는 것이다. "무덤가에 찬바람 든다고, 꽃이 핀다"에서의 '꽃'은, 무덤이라는 죽음의 공간에서 재생한 꽃으로서 단추처럼 찬바람을 여미며 주는 존재다. "용케 제 구멍 위로 쑤욱 고개를 내민 민들레"는 단추 구멍을 채워주는 단추와 오버랩 된다. 민들레는 아픔을 거느리는 생명력, 또는 영혼의 세계라고 볼 수 있으며 시인이 소망하는 세계는 "틈이 벌어지지 않게" 이웃들의 찬바람을 막아주면서 "야무지게 채워놓"는 꽃, 즉 단추와 같은 모습이다.

아파트 화단에 떨어져 있던 모과를 주워왔다
올 겨울엔 모과차를 마시리라,
잡화꿀에 절여 쿨룩이는 겨울을 다스려보리라
도마에 올려놓고 쩍 모과를 쪼개는데
잘 익은 속살 속에서
애벌레가 꾸물거리며 기어나온다
모과 속살처럼 노래진 애벌레가
단잠을 깨고 우는 아이처럼 사방을 두리번거린다
애벌레에게 모과는 인큐베이터 같은 것
눈 내리는 겨울밤
어미 대신 자장가를 불러줄 유모의 품과 같은 것
이미 쪼개버린 모과를 다시 붙여놓을 수도 없고,
이 쌀쌀한 철에 애벌레를 업둥이처럼 내다버릴 수도 없고
내가 언제부터 이깟 애벌레 한 마리를 두고 심란해 했던가
올 겨울 나는 기필코 모과차를 마시리라,
짐짓 무심하게 아내를 바라보는데
아직도 책장 어딘가에 애벌레처럼 웅크린 태아의
초음파 사진을 간직하고 있는,
놓쳐버린 아기의 태기를 놓지 못하고 있는 모과
속을 드러낸 거죽에 검은 주근깨가 숭숭하다
수술실에서 나올 때 흐느끼는 내 어깨를 말없이 안아주던 너
칼자국 지나간 몸 더 거칠어가는 줄 모르고
바깥으로만 바깥으로만 떠돌던 날들이 있었는데
날을 세운 불빛에 움찔거리는 애벌레처럼 허둥거리는 한때
빈속에 쟁인 울음이 아리디 아린 향을 타고 흘러나온다

─「모과」 전문

겨울밤, 상실의 울음을 모과 속 애벌레와 겹쳐놓고 있는 시다. 잘 익
은 모과의 속살에서 기어 나온 애벌레는 "단잠을 깨고 우는 아이"로 은
유된다. "애벌레에게 모과는 인큐베이터 같은 것"이며, "유모의 품과

같은 것"이다. 아내가 간직하고 있는 초음파 사진 속에는 여전히 애벌레처럼 웅크린 태아가 있다. 아내에게 모과의 애벌레는 잃어버린 태아의 모습으로 남아있다. "속을 드러낸 거죽에 검은 주근깨가 숭숭"한 모과는 아기를 잃어버린 자궁 내벽의 상처를 연상시킨다. "칼자국 지나간 몸 더 거칠어지"듯 상처는 몸에 더 오래 남는 것이다. 이렇게 "아파트 화단에 떨어져 있던 모과"와 같은 존재가 실상 우리 곁에는 얼마나 많은가. 일상적 사물 속에서 삶의 진실을 발견하고 노래하는 시인의 따스한 시선이 모과의 "아리디 아린 향을 타고" 독자에게 전해진다.

　죽어가는 독수리의 부리가 부서져 재생하는 모습을 보며 아내의 상처를 들여다보는 「얼음의 문장」에서도 상실의 슬픔이 만져진다. 내가 잃어버린 것과 나를 떠나간 것들에 대한 슬픔은 마음을 더 거칠게 자극하지만 상처의 순간을 놓아줄 때, 비로소 새 살에 대한 희망이 돋는 것이다.

꽃이 피었다,
도시가 나무에게
반어법을 가르친 것이다
이 도시의 이주민이 된 뒤부터
속마음을 곧이곧대로 드러낸다는 것이
얼마나 어리석은가를 나도 곧 깨닫게 되었지만
살아 있자, 악착같이 들뜬 뿌리라도 내리자
속마음을 감추는 대신
비트는 법을 익히게 된 서른 몇 이후부터
나무는 나의 스승
그가 견딜 수 없던 건
꽃향기 따라 나비와 벌이
붕붕거린다는 것,
내성이 생긴 이파리를

벌레들이 변함없이 아삭아삭
뜯어먹는다는 것
도로가 시끄러운 가로등 곁에서 허구한 날
신경증과 불면증에 시달리며 피어나는 꽃
참을 수 없다 나무는, 알고보면
치욕으로 푸르다.

– 「나무의 수사학1」 전문

수사학은 다른 사람을 설득하고 그에게 영향을 끼치기 위한 언어기법을 연구하는 학문이다. 애초에는 그리스·로마에서 정치 연설이나 법정에서의 변론에 효과를 올리기 위한 화법의 연구였던 것이, 현대에서는 문장법에 가까운 의미로 작문법과 함께 고려되며, 철학적 문학 비평의 입장에서 사유와 표현을 함께 고찰하는 문체론적 연구로 변화되었다.

시인은 나무에게도 수사학이 있다고 보았다. 나무에 꽃이 피는 현상을 반어법으로 본 것이다. 도시가 나무에게 반어법을 가르친 것이라는 이 새로운 비유는 먼지와 배기가스에 뒤덮인 도심의 풍경에 대한 안타까움을 유발한다. 나무에 꽃이 피는 모습 속에서 우리는 나무가 도시에서의 상처와 고통을 견디며 치욕으로 더 푸르게 꽃을 피워낸다는 것을 읽어야 한다.

자연 공간에서 벗어나 도심 속으로 이동해 온 나무처럼 도시의 이주민이 된 화자는 나무에게 "속마음을 곧이곧대로 드러낸다는 것이/ 얼마나 어리석은가"를 배운다. "속마음을 감추는 대신/ 비트는 법을 익히게" 된 것이다. "악착같이 들뜬 뿌리라도 내리"기 위해 고통을 견뎌야 하는 시인에게 나무는 어느 순간 스승이 된다. 이 부분에서, 자연이라는 본질적인 공간을 떠난 화자와 나무는 동일시된다. 오염과 소음에 시달려야 하는 이 도시는 낯설기만 한 공간이며 속마음을 드러낼 수 없는 공간인 것이다. 그래서 이 도시에서는 "향기 따라 나비와 벌이/ 붕붕거리는 것"과 이제 막 내성이 생긴 이파리를 "벌레들이 변함없이 아삭아삭/ 뜯어먹는"것을 참을 수 없다. "도로가 시끄러운 가로등 곁에서 허구한 날", "신경증과 불면증에 시달리며 피어나는 꽃"을 보면 일견 환경시나 생태시로 읽을 수 있지만, 도시에 정착한 현대인들의 생존욕구, 군중 속의 고독과 단절감, 소통 부재 같은 힘겨운 삶 속에서 굴절된 심리를 내장하고 있는 시로 해석되기도 한다.

자연의 순수함을 잃어버리고 도시와 문명의 한복판에서 고통 받고 있는 나무의 속마음을 읽어내며 시인은 끊임없이 "언제부턴가 … 꽃을 마음 놓고 사랑하지 못했다"(「나무의 수사학3」)고 고백하고, "나뭇잎과 푸른 물고기에 대한 비유를 더는 쓸 수가 없"(「나무의 수사학4」)음을 고백하기도 한다. 그러나 그가 절망에만 빠져 있지 않고 이를 극복하기 위한 처절한 의식이 살아있다는 것을 다음 시에서 구체적으로 확인할 수 있다.

아파트 옆 논에 모내기가 한창이다
모난 아파트가
모내는 논 속에 담겨 있다
아파트 그림자를 품은 논물이
장화발자국 따라
깊숙이 빨려 들어간다
내딛는 발목을 물고 떨어지지 않는 힘
그 힘으로 뻐근하게 뭉친 콘크리트와 철근을 반죽한다
요술을 부리는 매매가와 전세가를
밟고 또 밟으면서 흙반죽한다
딱딱하게 굳어 있던 몸을 풀고
말랑말랑 차진 흙 속에 뿌리를 내려라

간밤에 부부싸움을 한 1205호 베란다와
융자금 갚을 생각에 잠을 설친 1305호
창틀에 내다 건 이불에도 모를 꽂는다
논물 속에 고인 아파트가 모판이다
창문이 헤 입을 벌리고
모를 받아먹는다
모처럼 만에 창문을 열어젖힌 얼굴들이
한 모 두 모 돋아나고 있다

— 「아파트 모내기」 전문

   상실의 슬픔과 삶의 비극적 뿌리에서 도심의 치욕을 견디고 다다른 곳은 자연과 친화되는 신생의 이미지와 역동적 상상력의 공간이다. "아파트"와 "논"이라는 낯선 공간 배치는 사라져가는 농촌의 풍경을 복원하는 신생의 의미를 지닌다. 아파트는 산업화가 낳은 산물로 물질적인 풍족함을 상징한다. 아파트 문화가 형성되면서 이전의 다세대 주택에서나 볼 수 있었던 정감어린 풍경은 찾아보기 쉽지 않다. 개인화, 물신화를 부추기는 산물이기도 하지만, 오늘날에는 아파트 분양권을 투기하는 사람들부터 부의 축적수단이 되고 있다. 자본주의의 상징인 아파트 옆에 논을 옮겨 놓는 시인의 의도는 지나치게 물신화된 현대 자본주의에서 탈출구를 찾아가려는 긍정적인 전략으로 보인다.

   "모난 아파트가/ 모내는 논 속에 담겨 있다"는 표현은 아파트의 외관과 속성을 비트는 해학적인 표현이다. "요술을 부리는 매매가와 전세가"를 밟고 또 밟는 과정 속에서 딱딱해진 몸이 풀어진다. 아파트를 모판으로 비유하며 "간밤에 부부싸움을 한 1205호 베란다"와 "융자금 갚을 생각에 잠을 설친 1305호"에도 모를 꽂는다. 모판에 모를 심고, 모를 키워 논에 옮겨 심는 모내기의 상황을 아파트로 옮겨 놓음으로써 "모처럼 만에 창문을 열어젖힌 얼굴들이/ 한 모 두 모 돋아나"는 절묘

한 표현을 심어놓는 시인은, 독자에게 긍정적인 희망을 예견하게 한다. "말랑말랑 차진 흙 속에 뿌리를 내"리는 과정을 보여주며 모내기하는 모습과 같은 인간적인 유대감이야말로 현대인들의 각박한 삶에 "한 모두 모 돋아나"는 웃음을 안겨줄 것임을 암시하고 있다.

"지하철이 두두두두 수천 마리 두더지 떼처럼/ 지진을 일으키며 지나가는 농장에서도/ 상춧잎 들깻잎 푸르러가는 땅은 있으니/ 지하철 천장까지 내려갔다가 깜짝 놀라/ 방울토마토 뿌리로 돌아온 지렁이를 위로하며/ 나의 일은 이 땅에서 구름을 일구는 것"(「구름 농장에서」)이다. 또, "구름 이랑 속에 씨앗을 뿌"리는 것이다. 스스로 죽어 제 무덤 위에 다시 피어나는 동백을 노래했던 「동백 사원」에서 우리는 절망과 고통의 출구가 우리 안에 있다는 것, 치욕을 견디며 살아가는 법을 깨닫게 되는 것이다.

3.

시인을 두고 흔히 자본주의에 역행한다는 점에서 자본주의 사회에서 가장 패배한 존재라고들 한다. 그러나 그로 인해 시인은 자본주의의 급소에 가장 가까이 있는 사람이기도 하다. 시가 생명과 정신을 불러낼 수 있는 것은 그러한 운명의 자리에 서있기 때문일 것이다. 손택수 시인은 이질적이고 낯선 시어의 병치를 통해 삶과 죽음, 지상과 지하, 부와 가난, 도시와 농촌의 풍경을 한 자리에서 만나게 한다. 이러한 시도는 다분히 생명 존중 사상이나 생태학적 상상력을 의도하기 위한 것만이 아니다. 그는 우리가 살아온 방식과 살아가고 있는 방식에 대해 노래하려는 것이다. "살갗 터진 나무도 꽃등을 켜들고 서선/ 올 나간 머리카락 흐린 하늘을”(「나무의 수사학6」) 미는 모습을 통해 현대인들의 깨달음을 유도하는 것이다. 흐리다는 것은 이물질이 끼어 있다는 것을 의미한다. 우리 사회에 이물질이 있음을 인식하고 흐려진 하늘을 보며 살아가는 방법, 그리고 치욕을 견뎌내며 살아가는 방법을 우리는 그의 시 속에서 만나게 되는 것이다.

두 가지 표정의 고독과 침묵에 대한 보고서

— 김요일, 『애초의 당신』, 민음사, 2011.

— 여정, 『벌레11호』, 문예중앙, 2011.

1. 말의 문을 여는 고통

문학은 고통스러운 현실을 잊게 하는 진통제일까? 프랑스 시인 아폴리네르, 소설가 알퐁스 도데, 영국 시인 윌리암 헨리와 우리나라의 조지훈, 한하운, 박재삼 시인 등 많은 시인과 작가들이 평생을 병과 치열하게 싸우면서 그 고통을 걸작으로 승화시켰다. 여기, 1990년대 전반기와 후반기에 등단하여 오랜만에 말문을 연 두 시인이 있다. 그들은 참으로 오랜 시간 많이 앓았다는 점에서 닮아 있다. 그런 점에서 두 시인의 이번 시집은, 살아 있음으로 오래 참고 견뎌야 했던 날들에 대한 솔직한 보고서인 셈이다. 자신이 왜 살아야 하는지를 수없이 되묻는 작업과 그동안 말문을 닫고 살 수 밖에 없었던 시간에 대한 기록은 그들의 실존을 증언하는 방식이다. 가슴 속에 새기고 또 새겼던 병든 언어들은 자신의 몸을 잘라내고 찢고 도려내는 가학적인 행위, 세상에 대한 절망과 환멸의 감정으로 인하여 조금씩 깎이고 부서지기 시작한다. 그들은 그 경험과 언어의 파편들을 자꾸만 만지작거리다가 몸 밖으로 쏟아내며 실존의식을 드러낸다.

시인이기에 앞서 가수이기도 했던 김요일 시인은 1994년 실험 장시 「붉은 기호등」 출간 이후 낯선 경험과 새로운 충격, 지나치게 실험적이라는 문단의 엇갈린 평가를 받았다, 또한 대학가의 한 클럽에서 보여주었던 집단 시 퍼포먼스가 스스로의 한계에 부딪히게 되면서 10여 년 가까이 펜을 놓게 된 것이다. 게다가 위암 수술과 급성 담석중으로 고통 받은 시간들이 그를 시로부터 멀어지게 했는지도 모른다. 그러나 오랜만에 시집을 내 놓으며 그는 어느 한 기사의 인터뷰에서 "가수는 목청만 찾으면 계속 노래할 수 있지만, 시인은 언제나 새로운 목청을 찾아가야 한다."는 말로 시인으로서의 존재 의미를 다시금 되새긴 바 있다. 그는 이번 시집을 통해 절필의 기간 오랫동안 떠돌았던 집시로서의 삶의 흔적들과 시와 음악을 그리워했던 시간들을 고스란히 담은, 서정적 색채를 선보인다.

김요일 시인만큼 여정 시인 역시 상당 기간 잦은 병치레와 슬럼프에 허우적댔던 고통과 절망의 순간들을 노래한다. 그러나 김요일 시인이 현실의 부조리에 대응하는 방식을 세상의 어느 곳에도 소속되기를 거부하는 집시의 자세로 보여주고 있다면, 여정 시인은 세상에 대한 모멸감을 낯설고 환상적인 이미지로 덧대어 전달함으로써 최대한 화자의 감정을 객관적으로 유지하려고 한다. 자기 자신과의 싸움에서 빚어진 어두운 감정의 파편들을 사회나 문명에 대한 비판의 감정과 오버랩시키면서 여정 시인은 끊임없이 독자의 닫힌 마음을 두드린다. 이러한 거리 조절의 방식은 공허한 이미지의 무분별한 나열이나 개인적인 고백에 머무르지 않으려는 전략으로 보인다.

오랜 방황과 유랑의 여정을 성실하게 보고하는 김요일과 여정 시인의 시집에는 자의식의 색채가 선명하게 깔려 있다. 이방인처럼 떠돌기 위해 늘 실험에 실험을 거듭하며 혁명을 꿈꿔왔던 역설의 몸짓이 자기 구원에 이르는 과정의 한 방식이었음을 보여주는 김요일 시집 『애초의 당신』, 그리고 세상으로부터 한 걸음 물러서서 자신과 세계를 더 예리하고 섬세하게 읽어내는 독특한 시선과 이미지의 오버랩을 통해 만날 수 있는 여정 시집 『벌레11호』. 외롭고 치열했던 창작의 고통과 고독한 삶의 이면, 투병의 시간들이 또 하나 목숨의 출구를 열어가는 시편들을 살펴보기로 하자.

2. 이방인 K의 슬픈 이별 선언 – 김요일, 『애초의 당신』

"기호를 잃었다 메타포도 벌레 먹었다 지긋지긋했다 상징도 의미도 죄다 쉰 냄새났다 내다 버렸다 썩어 갔다 곯아 갔다 한 10년 구린내 진동했디"(「동회 오삐는 풍라쟁이」) 긴요일 시인은 그동안 "가야 할 곳도, 가고 싶은 데도 없었네// 다 지나왔으므로/ 껍데기만 남았으므로// 하루하루가 장례였네"(「풍장」)라고 고백한다. 가야 할 곳도 가고 싶은 데도 없는 그가 "고통을 뼈대 삼아" 지은 집에는, "방부제 같은 먼지만 쌓여 가고/ 휘휘친친 거미줄 감으며/ 홀로 잠들 그물 침대를 깁고 있"(「근황」)는 자신이 보인다. 홀로 잠들 침대를 짜는 화자는 "애당초 천국이란 건 없었으니/ 이곳이 지옥일 리 없"(「근황」)다고 말한다. 이방인의 삶을 자초하며 혁명을 꿈꾸고 실험과 실패를 기획하는 역설적 행위가 아름다운 자기 구원에 이르는 과정이 시집 곳곳에 펼쳐져 있다. 시인에게 슬픈 거처는 당신의 존재와 부재에 의해 결정되는 추상적이

고 상대적인 개념이다. 시인에게 당신이란 존재가 늘 부재한 대상이라
는 점에서 그의 삶은 지옥에 더 가깝다. 그러나 애당초 그의 삶에 천국
이 없었으니 이곳이 지옥일 리도 없는 것이다. 그리움과 쓸쓸함, 적막
이 살고 있는 슬픈 거처에서는 그의 삶이 천국이냐 지옥이냐는 물음보
다 그가 '지금 여기'에 어떻게 존재하고 있느냐, 하는 실존적인 물음이
선행하게 될 것이다.

오래 전에 나는 아바나 해변의 재즈 피아니스트였네
부에나비스타 소셜 클럽 같은
유명한 악단의 멤버는 아니었지만
가끔, 취한 체게바라가 찾아와 클럽의 연주를 듣고 가기도 했었지
바다가 보이는 작고 낡은 바에선 언제나 음악이 끊이질 않았다네

석양을 칵테일 잔에 담아 마시던 이국 아가씨의 뺨이 발그레 물들 때
잘 기른 콧수염을 만지작거리며 다가가
이마에 입맞춤해 주기도 했었지 아바나에선
그렇게 사랑을 시작한다네

기분이 나면 맘보나 차차차를
제국의 거리에, 살구꽃 냄새 나는 불온한
유인물을 뿌리고 돌아온 새벽에는
슬픈 살사를 두드렸다네 오래된 건반이 부서지도록

그럴 때면 샛노란 양철 지붕 위로
푸른 달빛이었는지, 굵은 빗줄기였는지
혁명이었는지, 고백이었는지
폭포처럼 방언처럼 쏟아져 내렸었고
누구랄 것도 없이 먼저 깊고 아픈 꿈을 꾸기 시작했었지

아득히 그리운 그곳
아바나에선 모두가 시인이라네
시거든 대마초든 달디단 담배를 물고 아무 곡조나 흥얼거리지
아무도 무언가를 적지 않지만
인생을 조금 아는 사람들의 눈에선
당신 닮은 수련꽃이 몇 번이나 피고 졌다네

예전의 나는 아바나 해변의 재즈 피아니스트였네
산타루치아 해변이나 이태원의 숨은 뒷골목에서였는지도 모르지만,
차차차.

—「아바나의 피아니스트」 전문

　한때 그는 아바나의 피아니스트였고 카치올리의 음악가였다. "뼈덩뼈덩" 마른 몸으로 노래를 부르고 피아노를 연주하는 그는 시인이면서 가인歌人이면서, 늘 실험을 모색하는 혁명가였다. 그런데 그의 마음속에 체 게바라와 부에나비스타 소셜 클럽과 마틸다의 욕망이 들끓는 이유는 무엇일까. 그것은 그들이 영원히 가닿을 수 없는 그리움의 상징이기 때문이다. 인간은 지금 여기에 없는 것과 영원히 가닿을 수 없는 것들을 쉽게 놓아버리지 못하고 오래 기억하고 방황한다. 그렇다면 시인은 끝없는 방황 속에서 길을 찾아야 하는 것인가.
　쿠바 섬의 북서 해안, 멕시코만灣에 면하는 항구도시로, 카리브해海 지역 최대의 도시인 아바나. 바다가 보이는 작고 낡은 바에서 그는 연주를 하고 노래를 불렀다. 가끔 "한 잔 태양"(「낮술」)에 "취한 체 게바라가 찾아와 클럽의 연주를 듣고 가기도 했"던 아바나에선 언제나 음악이 끊이지 않는다. 모스크바, 부다페스트, 평양. 공산주의의 수도들은 아직도 구舊 소련의 어두운 그림자를 벗어나지 못하고 있음에도 아바나가 여전히 '섹시한 혁명의 도시'라는 이미지를 지니고 있는 것은 눈부신 카

리브해의 한가운데 자리 잡고 있다는 지정학적 여건 때문이기도 하지만, 무엇보다도 이곳이 체 게바라의 도시이기 때문이라고 한다.

시인은 아바나의 음악과 체 게바라, 그리고 혁명의 순간들을 기억한다. 모든 음악은 아바나를 지나야 한다고 했던가. "기분이 나면 맘보나 차차차"를 연주하며, "제국의 거리를 살구꽃 냄새"로 물들이고 "유인물을 뿌리고 돌아온 새벽에는/ 슬픈 살사를 두드렸다". 아메리카 대륙을 대표하는 아르헨티나의 탱고와 뉴욕의 재즈에서도 아바나를 발견하기란 어렵지 않았지만, 쿠바 혁명 이후 카스트로의 설교 속에 음악가들의 삶은 밑바닥으로 꺼져갔다고 한다. 그러나 어둠에 묻혀 있던 쿠바 음악은 1997년 "부에나비스타 소셜 클럽" 프로젝트를 통해 화려하게 부활했다고 한다. 마치 김요일 시인이 이 시를 통해 2003년 시단에 다시 모습을 드러내고, 신촌의 어느 한 클럽에서 시의 실험과 오래된 건반이 부서지도록 연주하던 음악을 통해 혁명을 꿈꿔왔던 날들처럼.

스페인이 지배한 카리브해 식민지들의 수도였던 아바나는 언제나 자유롭고 매력적인 춤으로 세계로의 물꼬를 텄다. 혁명이었는지 고백이었는지 모를 화자의 이야기가 때로는 푸른 달빛으로, 때로는 굵은 빗줄기로 쏟아져 내렸다. "누구랄 것도 없이 먼저 깊고 아픈 꿈을 꾸기 시작했"던 아득한 시간을 시인은 그리워한다. 그곳에 있는 사람들은 모두 "깊고 아픈 꿈을 꾸"는 시인이다. "당신 닮은 수련꽃이 몇 번이나 피고" 지듯 계절은 가고 여전히 그리움만 남았지만 시인은 아바나의 기억을 생각하며 "차차차"를 부른다. 떠올릴수록 기분 좋은 기억이었으리라. 사실, 그는 이렇게 떠나 왔었다.

철없던 계절의 뒷골목아, 안녕
뒤돌아보지 않으마

(3번테이블, 볼셰비키앉아맥주를마신다)

안녕, 쓸쓸한 머리 푼 가로수야 마른 잎들아
나는 너를 떠난다
색 바랜 청동의 영웅도, 자욱한 최루탄 연기 같은 추억도
이젠 게워 내련다 돌아보지 않으련다

(늦게떠나는바캉스처럼기대도낭만도담지않고이것저것아무거나배
낭에구겨넣고서간다)
(에릭사티도,에곤실레도이젠없다이곳엔)

푸른 피 가득한 거리를 지나
냄새나는 추억을 밟고
폭설이 퍼붓기 전에 처마의 고드름 심장에 처박히기 전에

간다, 황급히 도망가련다

(깊게팬옷을입은클라라의하얀가슴위엔반달이뜬다)
(숨이막힌다봄꿈처럼어지러이흩날리는꽃잎꽃잎꽃이파리들……)

세월이 조롱할지라도, 이제 난 꿈을 꾸련다

(지마헨드릭스의기타가부서진다)
(거리엔보르헤르트,비틀대며걷는다)

누르고 참았던 슬픈 기억처럼
울컥,
태양이 솟는다, 찬란한 비애여!

건배!

— 「우드스탁을 떠나며 —
고백컨대, 신촌의 절반은 내 것이었다」 전문

그는 신촌의 어느 한 카페 '우드스탁'을 떠나 집시의 삶으로 유랑을 했다. "철없던 계절의 뒷골목"과 이별을 고하고 절대 뒤돌아보지 않겠다는 다짐을 한 뒤 그는 떠났었다. 이 시는 그가 살아 왔던 삶을 집약해 놓은 듯이 보인다. "머리 푼 가로수", "마른 잎들", "색 바랜 청동의 영웅", "자욱한 최루탄 연기 같은 추억"으로 대변되는 그의 삶을 게워 내고, 결코 돌아보지 않고 떠난다. 그리고 그 어떤 기대도 낭만도 배낭에 담지 않고, 준비 없는 여행을 떠난다. 심지어는 자신의 배낭에 프랑스의 작곡가 에릭사티와 미술가 에곤실레도 담지 않고, "폭설이 퍼붓기 전", "처마의 고드름 심장에 처박히기 전"에 황급히 도망치듯 떠난다. 이는 더이상 세상으로부터 상처받고 싶지 않은 심정, 세상이 요구하는 어떤 막중한 존재감을 주는 발자국마저도 찍지 않겠다는 의미가 아닐까.

진정, 그가 원하는 삶은 혁명가인가, 음악가인가. 자본주의의 거대한 잎들은 그를 감싸주지 못한다. 세월이 조롱할지라도 꿈을 꾸기 위해 도망치듯 떠나는 곳은 어디인가. 그는 비애의 시간들을 태양의 찬란한 빛으로 인지하며 역설적으로 속내를 드러낸다. 그의 눈에는 지미 헨드릭스의 기타가 부서지고, 거리엔 비운의 극작가로 알려져 있는 보르헤르트가 비틀대며 걸어가는 모습이 보인다. 폐허 속에서 비상한 반향을 불러일으켰던 그는 2차 대전 중 종군하여 부상을 입고 감옥살이를 하는 등 많은 고초를 겪은 후에 귀환했으나 잃어버린 세대의 고발인 복원병극復員兵劇 「집 밖」이란 작품이 초연되기 전날에 죽은 비운의 극작가로 알려져 있다. 비애에 젖은 화자의 눈에는 그들의 모습이 자연스럽게 오버랩 되는 것이다.

"더 이상 꿈꾸지 마요 잡혀 가요/ 우리 생엔 혁명의 노래 부르지도 마요/ 모른 체 하세요 그냥 손목 잡고 걸어요/ 그 땅엔 털 한 가닥 움트지 않잖아요/ 모두 잊어요 그곳에서의 불미스러운 스캔들은 지워 버리세요/ 상식 밖의 일은 통하지 않는 곳이니까"(「소풍」). 그럼에도 불구하고 혁명에 실패한 세상의 아웃사이더에게도 사막 같은 세상을 건너 당도하고 싶은 곳이 있다. "카치올리", "아바나", "그대 레이스 치맛단 같은 하얀 해안선"(「밀향」), "낮의 햇살은 한가롭고/ 모두가 평화롭게 취해 가는 밤의 골목길이 있는 곳"(「밀향」)으로 그려지는 이 곳. 그의 시는 이렇게 그리움의 근원지에 가닿기 위한 방랑의 과정을 담고 있다.

그의 시에는 유독 뉴욕 할렘가 출신의 흑인가수 해리 벨라폰테의 '마틸다'의 애잔하고 서러운 음색이 짙게 깔려 있다. 겹겹이 쌓여 가는 그리움 때문일까. "태초의 이전부터 오신다더니/ 꽃과 바람/ 물과 불/ 하늘과 땅 어디에도 보이지 않"고 "터진 듯 쏟아 내리는 별빛 속에도 물어 오지 않으시고/ 전생의 전생에도 보이지 않으시는// 우주의 바같에 계신 당신// 모든 이즘(ism)의 프리즘인/ 처음의 줄기이자 분열의 마지막인"(「애초의 당신」) 당신은 시인이 그리워하는 그리움의 원형이면서 슬픔의 뿌리이며, 그의 삶의 움직이게 하는 힘이 아니겠는가.

자유무덤……중얼거려보았다……밤알만한신문활자들이후두두후두두쏟아지는데나는우산을뒤집어그것들을주워담았다따스한것뾰족해서손을찌르는것물컹한것신냄새가나는것닥치는대로주워담았다룰루랄라재밌었는데……야릇한신음소리가새어나왔다그리고……

시계에밥을주었다벽엔온통시계가붙어절벽였고그중엔혁명의시계도있었다째깍째깍냄새나는벽을지나서나는공중에떠있었다늘처럼혁명을생각하였다혁명을중얼거렸다바로그때

……자유무덤의문이스르르열리었다방안에가득한새벽달빛처럼슬픔감격이시작되었다……

막이오르고……여기가……어딘가……녹슨태양이여기저기……

떠있는……눈이동그란……쭈글쭈글한노인이등에업혀있었다휠휠거
리며지팡이로태양을툭툭치며……우수수비듬같은가루가쏟아지는데
너무무거웠다땅속으로자꾸발이잠긴다빠져든다……우……우……곳
곳에서……나는혼자가아니었구나나는어떤시인을생각한다독오른뱀
나는혀를날름거린다……뿌연안개속에……눈썹이하얀……쭈글쭈글
한노인을업고비틀대는사람들이보였다……자유무덤……여기는어
디……녹슨차들이껌벅이며거리를미끄러져가고수은등뒤의빌딩들백
화점과관청의깃발이나부끼는것도보였다……

      ……아아……여기는……자유도시……나는모르고자라왔구나겁
많은팽이로살아왔구나

      ……불쑥……내앞에……내밀어지는……땀이송글송글맺힌……
목장우유한병……

      신선한,

– 「자유무덤」 전문

　데뷔작 「자유무덤」에는 자신의 꿈과 자신의 삶의 행로가 압축되어
있다. "동강 난 혀들이 널브러져 있는 골목을, 비틀거리며 빠져나"와
"유령처럼 하늘을 떠다닌다." "역병의 계절,/ 살아 있는 죽음 속에/ 죽
어 가는 삶이 퍼덕"(「백야(白夜)」)인다. '자유'와 '무덤'의 결합은 전혀
어울리지 않아 보인다. 그러나 벽시계처럼 하루하루를 쉼 없이 째깍째
깍 살아야 하는 인간의 삶이 죽음에 이르러서야 비로소 세상으로부터
자유로울 수 있다는 역설적 인식, 그것이 이 시에는 깔려 있다. 화자는
밤알만한 신문 활자들이 쏟아질 때 우산을 뒤집어 그것들을 받는다. 따
스한 것, 뾰족해서 손을 찌르는 것, 물컹한 것, 신 냄새가 나는 것들을
화자는 닥치는 대로 주워 담는다. 결국 삶은 둥근 것과 모난 것들의 결
합체 아니던가.

벽을 지나 공중에 떠있으면서도 그는 혁명을 생각한다. 이 시에서의 시계는, '정신의 깨어있음'과 '영원한 운동'을 상징한다. 온통 벽에 시계가 붙어 있다는 것은, 생각이 움직이고 혁명에 관한, 혁명을 위한 모든 마음들이 움직이고 있음을 의미한다. 자유무덤, 여기서 화자가 깨달은 것은 혼자가 아니라는 것이다. 이 지상이 자유무덤이다. 나를 키워왔고, 내가 모르고 자라왔던 곳이 바로 자유도시, 자유무덤인 것이다. 결국 "유랑을 끝낸 집시들의 마지막 거처"(「카치올리로의 초대」)인 카치올리의 삶이 여기가 아니던가. "어디로든 가고 싶어 천 번 만 번은 출렁거렸을"(「묶인 배」) 삶이 바로 여기에 있다.

3. 벌레들의 집, 그리고 자객들의 은신처 – 여정, 『벌레11호』

여기 한동안 "사각의 틀 속에 갇혀 정육점의 고기마냥 걸려 있"(「고정된 사내」)었던 사내가 있다. "말라깽이가 된 태양이 시퍼런 하늘에 누워 있"(「모자 속의 산책」)던 날, "바람의 호스를 따라 항암제가" 흘렀다. "머리칼이 몽땅 빠진 나무가 사지를 비틀며 별들을 바라"본다. 거기에는 "코도 삐둘 입도 삐뚤 눈도 삐둘"인 인생이 놓여 있다. "오후의 태양은 빛을 잃었"(「인형의 방」)다. 이렇게 여정 시인이 거처하는 공간은 "벽 속"이다. "살은 딱딱하게 굳어 벽이 되고 나는 벽 속에 갇혀"(「카멜레온」) 웅크리고 있었다.

이처럼 여정 시인의 시에는 잦은 병치레와 슬럼프에서 빚어진 이미지가 선명하게 물들어 있다. 죽음의 검은 이미지를 옷으로 껴입고도 자기 주관화에 빠지지 않는 탄탄한 구성력과 비유의 방식이 독자의 마음을 울린다. 시인 자신의 투병 과정이 육화되어 그려지면서 의식과 무의식의 세계가 시적인 부력浮力을 얻어 수면 위로 떠오른다. 거기에 사회의 부조리함에 대응하는 비판과 성찰의 이미지들이 자신의 체화된 경험 속에서 더욱 구체적 이미지를 만들어낸다.

> 뇌의 실직, 입의 휴가, 귀의 출장, 오늘 하루를 굶다. 수정체를 뚫고 들어오는 계절은 침엽수만 살아남은 겨울, 겨울이다. 둥근 잎새들의 희망이 붉은 핏방울처럼 흘러내리던 가을 이후, 공장은 제대로 돌아가지 않았다. 시커먼 연기를 뿜어내던 굴뚝은, 그 왕성한 성욕은, 더 이상 타오르지 않았고 수음조차 하지 않았다. 성욕과 식욕은 '욕'이란 고리로 얽혀 함께 사그라져가고 있었다.
>
> 工具이었던 그가 공원(公園)이 되어 벤치에 앉아 있다. 공원의 망막에 비둘기 떼들이 내려앉는다. 그의 피부가 푸른빛으로 변해갈수록 모이를 위한 투쟁은 점점 심해지고 있었다. 부리로 서로의 살을 쪼고, 다리를 저는 한 녀석이 구석으로 밀려나고 있었다. 누군가 팔을 휘저어 비둘기 떼를 날려 보냈다. 그의 망막에서 사라져버린 비둘기 떼, 지고 있는 태양, 그는 여전히 움직임이 없었다. 공원 곳곳엔 새로 들어온 동상들이 추위에 절은 그 동상들이, 역사를 부둥켜안고 시퍼렇게 시퍼렇게 굳어가고 있었다.
>
> — 「망막일기」 전문

"뇌의 실직, 입의 휴가, 귀의 출장"은 현대사회의 현실과 화자가 처한 단절과 소외의 상황을 단적으로 보여주는 비유다. 생각이 마비되고, 소통이 단절되고 상대방의 말을 들어주지 않는 공복의 현실이 펼쳐진다. 눈앞에 펼쳐지는 풍경은 "침엽수만 살아남은 겨울"이다. 제대로 돌아가지 않은 공장, 성욕마저도 사라진 오늘 속에 갇힌 화자에게 세상은 여전히 "시체 썩는 냄새"(「음식환상」)를 맡아야 했던 무덤 같은 곳이었을까. 깨어있는 사람이라면 누구나 "차라리, 햇살이 내 살에 구멍을 뚫고", "서서히 죽어갈 수 있다면"(「어느 나뭇잎의 노래」)이라고 바란 적이 있지 않던가. 모이를 위한 투쟁은 점점 더 심해지고 부리로 서로의 살을 쪼는 생존 경쟁의 시대의 가혹함을 이미지화한다. "다리를 저는 한 녀석"은 제 능력과 상관없이 구석으로 밀려나 버린다. 적자생존과 약육강식의 게임법칙만 현대사회에는 존재한다. 현대사회에서 장애의 요소를 지녔다고 해서 제대로 능력을 평가받지 못하는 경우가 얼마나 많은가. 추위에 절은 날들과 어둠의 이미지는 이렇게 그의 시편 속에서 시퍼렇게 굳어가고 있다.

안구 벽의 가장 안쪽에 위치한 얇고 투명한 막으로, 빛에 의해 자극을 받아들이는 사세포가 분포하고 있는 곳이 망막이다. 시인은 빛에 의해 자극을 받아들이는, 얇고 투명한 막에 비친 세상을 투시하여 깡마른 화자의 내부와 연결한다. 장애인이라는 이유로 밀려난 후 맞이하는 공간, 시커먼 골목의 이미지들이 즐비하게 늘어선 거리는, 화자 개인의 내면화에서 몇 번 융해되어 일기의 문체로 풀어낸 것이다. 제목이 '망막일기'라는 점에서 이 시는 본래 개인의 내면 고백에 가까운 것이었으리라 짐작된다. 이처럼 현실의 부조리에 대한 문제의식을 갖고 있으면서도 정면으로 대응하기 보다는 낯설고 환상적인 이미지와 어두운 이미지를 결합하면서 텍스트의 겹을 한 겹 더 두껍게 만드는 것이 여정 시인의 시적 전략이다. 그의 화법은 말에 대한 좀 더 깊은 천착으로부터 시작된다.

혹자가 말하길, 입속은 자객들의 은신처란다. 그들이 즐겨 쓰는 무기는 '영혼을 베는 보검'으로 전해오는 자모의 검이란다. 을씨년스런 날이면 자객들은 검은 말을 타고 허허벌판을 가로질러 어느 심장을 향해 힘차게 달려간단다. 천지를 우리는 말발굽 소리 어느 귓가에 닿으면 그들은 어김없이 이성의 칼집을 벗어던지고 자모의 검을 빼어든단다.

바람을 가르는 소리 한 영혼의 목을 뎅거덩 자르고 나면 자객들은 섬뜩한 미소로 조의금을 전하고 또 다른 심장을 향해 말 달려간단다. 그날에 귀머거리는 복 있을진저, 자객들의 불문율에 있는 '귀머거리의 목은 칠 수 없다'는 조항에 따름이라.

혹자가 말하길, 자모의 검에 찔린 사람들은 귀부터 썩어간단다. 귀가 썩고 뇌가 썩고 심장이 썩고, 썩고 썩어 생긴 가슴의 커다란 구멍으로 혹한기의 바람이 불어대고 수많은 까마귀 떼의 날갯짓이 장대비처럼 내린단다. 그 부리에 생살이 뜯기고 새하얀 뼈를 갉히며 그렇게 순식간에 사라져 버린단다. 그날에 수다쟁이는 화 있을진저, 더 많은 까마귀 떼를 불러들임이라.

자객들의 말발굽소리 요란한 날이면 너희들은 하던 일을 멈추고 두 손으로 귀부터 틀어막고 묵직한 바위 뒤에 숨어 최대한 몸을 낮춰라. 그리하면 자객들이 탄 검은 말들이 너희를 비켜 가리니, 자모의 검일망정 결코 너희를 해(害)치지 못 하리라. 귀 있는 자들은 들어라. 이 말로 더불어 너희가 그날에 '복 받았다' 일컬음을 받을지니, 부디 그날에 너희에게 복 있을진저, 혹자의 말이니라.
— 「자모의 검」 전문

1998년 「동아일보」 신춘문예 당선작인 위의 시는 말의 공격성에 대해 노래한 시다. 언어에 대한 가열찬 회의를 담은 작품이다. 다른 시에 비해 유독 날카롭고 힘 있는 어조로 노래한 이 시는 사람과 사람 사이 소통의 불화, 언어가 폭력의 도구로 사용되고, 또 그러한 폭력을 낳는 사회의 구조적 모순을 야기하는 상황을 그려냈다. 칼이나 검이 환기하는 중요한 상징적 의미는 상처, 혹은 상처를 내는 힘이다. 바일레이의 말을 환기하지 않더라도, 칼(sword)과 낱말(word) 사이에는 스펠링에서뿐만 아니라 본질적인 관련성이 있다. 언어의 칼날에 찔려 피가 흐르고 멍이 들고 살이 찢기는 현실이 얼마나 많은가. 이 시는 이러한 상황에 대한 반성과 언어 사용에 대한 성찰의 의미를 진지하게 담고 있다. 혹자의 말을 인용하면서 "입 속은 자객들의 은신처"임을 표현하는 시인의 강렬한 어조가 서두를 이끈다. 그들이 즐겨 쓰는 무기는 "영혼을 베는 보검"이라고 했다. 즉, 자모의 검, 언어의 검이란 말이다. 여기서 말言은 말馬의 이미지와 겹쳐지면서 유사한 이미지를 끌어와 중층의 언어 구조를 갖게 된다.

"남의 말 다 들으면 목에 칼 벗을 날 없다"는 말은 남의 말을 가려서 들어야 한다는 것을 의미한다. 또한 "혀 밑에 죽을 말이 있다"고 했다. 말을 잘못하면 재앙을 받게 되니 말을 늘 조심해야 한다는 뜻이다. "웃느라 한 말에 초상난다."는 말처럼 농담으로 한 이야기가 사람을 죽게 하는 수도 있는 것이다. 허허벌판을 가로질러 누군가의 심장을 향해 힘차게 달려가는 말들, 그들은 이성의 칼집을 벗어던지고 감정의 칼집으로 누군가의 심장을 찌른다. 붉은 피가 흐른다.

'검'은 강철로 만들어져서 공격적이고 정복적인 정신이 표상하는 초월적 난폭성을 상징한다. 최근 인터넷의 활용이 많아지면서 인터넷 언어 피해 사례가 급증하고 있다. 지금까지 우리 사회에서 말이 갖는 공격성 혹은 폭력성은 정치인, 연예인 등을 물론, 일상생활에서도 난무하고 있다. 누군가 무심코 단 댓글이 자살을 몰고 오고, 누군가 무심코 던진 한 마디에 누명을 쓴 이들이 억울한 생을 호소하는 세상이다. 날카로운 언어의 칼날이 휘둘릴 때면 "바람을 가르는 소리"가 난다. "영혼의 목을 뎅거덩 자르고" 나서도 자객들은 아랑곳하지 않고 또 다른 심장을 향해 달려간다. 그러나 유일하게 '귀머거리'만이 그 저주를 피할 수 있다. 이 검에 베이면 누구든 귀가 썩고, 뇌가 썩고 심장이 썩지만 귀머거리에게만은 예외라는 것은 귀를 틀어막고 모른 척 듣지 말라는 것을 의미한다. 귀 있는 자들은 "두 손으로 귀부터 틀어막고 묵직한 바위

뒤에 숨어 최대한 몸을 낮춰"서 자객의 칼날을 피해야 한다. 제멋대로 난무하는 언어 남용의 문제를 낱낱이 고발하며 비판하고 있는 시다.

> 뿌지하방에서 꿈틀댄다. 12시를 향해 기어가는 시침 위에서 꿈틀댄다. 꿈틀대자마자 결핵약을 먹는다. 10개의 환약들이 식도를 타고 꿈틀댄다. 나는 10개의 환약들에 끌려다닌다. 수정체를 뚫고 급습하는 벌레 1호, 실내화를 신은 발로 밟아 죽인다. 책상 위를 기어 다니는 벌레 2호, 책상 위에 놓인 『죽음의 한 研究』를 번쩍 들어 쳐 죽인다. 벌레 3호는 볼펜심으로 쿡 찍어 죽인다. 벌레의 주검 앞에 냉소를 던진다. 입안에서 「헌화가(獻花歌)」가 꿈틀댄다. 철쭉꽃이 피어난다. 참꽃이 아닌 그 개꽃이 피어난다.
>
> 밥그릇에 담겨 꿈틀댄다. 밥알들이 꿈틀꿈틀꿈틀꿈틀꿈틀꿈틀꿈틀꿈틀꿈틀꿈틀댄다. 식탁 위를 달려가는 벌레 4호, 입안에 든 숟가락을 번개같이 빼내어 쳐 죽인다. 오물오물 씹히는 밥알들이 벌레 4호 같다. 콩나물이 꿈틀댄다. 파김치가 꿈틀댄다. 그 사이로 지나가는 벌레 5호, 젓가락으로 집어 들어 그 사이에 끼워 죽인다. 벽이 꿈틀댄다. 의자가 꿈틀댄다. 가만히 방바닥에 드러눕는다. 방바닥에 가만히 있던 벌레 6호, 드러눕는 등짝에 짓눌린다. 나도 몰래 죽인다. 살갗 위를 기어 다니는 벌레 7호, 8호, 9호, 이리저리 뒤척이며 꾹, 꾹, 꾹, 눌러 죽인다. 천장이 꿈틀댄다. 몇 켤레 구두가 내 머리 위에서 꿈틀꿈틀꿈틀꿈틀꿈틀꿈틀꿈틀꿈틀꿈틀댄다.
>
> 벌레 10호, 잠을 뚫고 들어와 꿈속을 기어 다닌다. 투명한 재떨이를 들어 가만히 엎어놓는다. 서서히 죽인다. 죽은 벌레 10호를 재떨이에 담아 한 번 더 태워 죽인다. 꿈속에서도 꿈틀댄다.
>
> — 「벌레 11호」 전문

화자는 결핵약을 먹는다. 그는 반지하방, 마치 이상의 소설 「날개」에 나오는 공간 같은, 햇빛도 제대로 들지 않은 방에서 꿈틀댄다. "반지하방"이라는 공간과 "12시"라고 하는 시간적 배경, 그리고 "꿈틀댄다"는 구체적 행위는 삭막하고 열악한 그의 삶과 벌레의 이미지 속에서 자살과 폭력이 난무하는 현대사회의 풍경을 더욱 실감나게 드러내는 장치다. 융에 의하면, 벌레는 생명을 파괴하는 본능적 충동의 세계를 상징한다. 벌레가 지하의 세계와 관련되며, 저급한 생물의 1차적 단계를 암시한다는 점 때문이다. 여기서는 화자 역시 벌레이며, 결핵약조차도 나의 몸속을 기어 다니는 벌레로 그려진다. 죽음이 죽음을 쳐 죽이는 행위, 볼펜심으로 잔인하게 쿡 찍어 죽이고, 입안에 든 숟가락을 번개같이 빼내어 쳐 죽이고, 젓가락으로 집어 들어 그 사이에 끼워 죽이는 등의 행위는 생명을 경시하는 우리 사회의 문제를 보고하는 것이다. 그러나 아무 죄책감 없이 입안에서는 노인이 수로부인에게 절벽의 꽃을 꺾어다 바쳤다는 「헌화가(獻花歌)」의 한 구절이 새나온다. 이런 그로테스크한 이미지의 사용으로 시인은 더욱 현대사회의 문제를 노출하는 것이다.

　모든 것은 꿈틀댄다. 마치 최인호의 소설 「타인의 방」에서, 방안의 물건들이 모두 움직이기 시작했다는 대목과 유사한 이미지다. 벽과 의자 등 꿈틀대는 것은 모든 존재의 살아있음에 대한 표현이다. 이러한 환상적이고 몽환적인 이미지는 더 사실적인 감각을 선사하기 위한 전략적 장치이다. 이 시에서 주로 반복되는 "꿈틀댄다"는 이미지와 "꾹, 꾹, 꾹"이라는 행위 묘사는 삶과 죽음의 극단적 상황을 재현한다. 특히 "꾹, 꾹, 꾹"에 각각 콤마(,)를 찍고 있다는 점은 벌레를 죽이는 장면의 사실성을 살리기 위해 표현한 전략으로 보인다. "꿈틀꿈틀꿈틀꿈틀꿈틀꿈틀꿈틀꿈틀꿈틀댄다."는 띄어쓰기를 무시한 어법은 벌레 1호에서 11호까지의 번잡한 등장과 꿈틀거리는 벌레가 많다는 것을 의미한다. 시인은 사회에 대해 늘 문제의식을 갖고 있었던 것이다. "투명한 재떨이를 들어 가만히 엎어 놓는" 행위는 투명해서 안에서 볼 수 있다

는 장점을 이용해 벌레가 죽어가는 과정을 하나하나 지켜보겠다는 잔
인한 사회상을 그려내고 있다.

세상을 얼마나 이해해야 할까. 아버지가 친딸을 성폭행하고, 잔인하
기 그지없는 살인사건이 난무하면서 죽음에 대한 인식이 무뎌지고 있
음을 지적하지 않을 수 없다. 「죽음의 한 研究」로 또 한 번 죽이고 속으
론 아무 일 없었다는 듯이 「헌화가」를 부르는 오늘의 사회상을 화자는
몇 겹의 이미지를 통해 보고하고 있는 것이다. 여전히 "태양이 빛을 잃"
고. "달은 너무 멀리 있다."(「인형의 방」) "쪘거나 구웠거나/ 삶았거나
볶았거나/ 피가 없는 모든 음식에/ 시체 썩는 냄새"(「음식환상」)가 난
다. 항암제를 맞았을 때처럼.

이렇듯 그의 시에서 이렇게 숫자가 들어가는 글들의 대부분은 현대
사회의 모습들을 그린 작품이다. 체외수정에 대한 부정적 시각을 다룬
「아기 5호」와 사랑은 재산목록이라고 노래한 「애인13호」 등은 삭막한
'나'의 자화상이면서 현대사회의 자화상을 그리고 있는 작품들이다.

여기 또 다른 사내가 자신의 귀를 잘랐다. 고흐처럼 웃고 있는 한 남
자가. "내 몸만큼의 어둠을 끌어안고"(「쥐며느리」) 그는 자꾸 낮은 자
세로 웅크린 채 울음을 견디고 있다. 이렇게 이미지와 이미지들이 벌레
처럼 살아 꿈틀거리는 삶 속에서 화자는 현대인들의 아픈 실존을 적나
라하게 드러내는 것이다.

텅 빈 세상에 가득 찬 황금,
그 비극적 일대기

— 최금진, 『황금을 찾아서』, 창작과비평사, 2011.

최금진의 시집 『황금을 찾아서』를 읽는다. 좀 더 정확히 말하면, 그의 가난한 가족사의 내력과 여마살의 자서전을 읽는다. 그리고 그가 직설적인 어조로 들려주는 자본주의 사회의 모순, '황금'을 얻는 경쟁에서 낙오된 이 시대 사람들의 자화상을 다각적인 측면에서 살펴본다. 불행한 가족사와 어두운 유년기, 가난 때문에 소외받고 고통 받은 이들의 표정을 담아왔던 첫 시집 『새들의 역사』(2007) 이후 4년 만에 펴낸 이번 시집에서도 시인은 여전히 세상에 대한 적개심과 부정 의식에 젖어 있다. 부조리한 세상을 향해. 꼿꼿하게 안테나를 세우면서 그는 우리 시대 사람들이 서 있는 자리를 깊이 파헤친다. 더러운 바닥의 삶을 더 깊숙이 응시하면서 시인은 자본의 논리가 절대적인 지배력을 갖고 있는 현실에서 절망하거나 죽음을 맞이하는 이들의 삶을 핍진하게 그려내고 있다. 역설적이게도 우리의 힘겨운 삶이 한편으론 처절한 아름다움을 느끼게 하는, 치열한 삶의 현장임을 암시한다. 즉, 이번 시집에는 현실의 고통을 끌어안고 우울한 삶을 살아가는 자들의 삶이 결국 황금의 시대에 대응하거나 그것을 넘어서려는 몸짓으로써 실존을 더욱 두텁게 하는 과정이 되고 있음을 인식하게 한다.

"아픔도 고통도 다 가라앉고, 그것을 다시 손으로 휘휘 저었을 때, 다시 수면 위로 떠오르는 추억들은 결국 시가 될 수밖에 없다고 생각한"다는 시인의 고백에서 그의 시의 근원지가 얼마나 어두웠을까 되짚어본다. 시인은 이미 스스로의 존재가 "가난한 아버지와 불행한 어머니의 교배로 만들어"(「웃는 사람들」)졌다고 말한 바 있다. 시인에게 가난은 유전적으로 대물림되는 지독한 유전자인 셈이다. "열성인자를 물려받고 태어난 웃음"조차도 어딘가 일그러져 있는 것은 가난이라는 유전자로 인해 생긴 우울증과 분노, 슬픔과 죽음의 이미지가 달라붙어 있기 때문이다. "평생 과부로 살다가 지금도 과부로 사는/ 우리 엄마"와 "요절한 아버지"(「나는 만화책이다」), 그리고 "전부 구멍뿐"(「나는 날아올랐다」)이었던 가난한 집안 탓에 일찍부터 삶의 그늘에 눈을 뜬 시인의 삶, 그 궤적을 따라가다 보면, 새들처럼 "바람 부는 허공을 헤매고"(「소설의 발생」) 있을 그를 만나게 된다. 시인은 탯줄이 없이 불안정한 가족사를 끊어진 연들처럼 떠도는 별로 그리면서, 바닥에 닿지 못하고 아직도 허공을 떠도는 새들을 자신에 비유하지 않았던가. 그의 시는 이렇게 불안정한 삶과 불우한 가족사를 이야기하는 것에서 출발하는 것이 마땅하다.

내 나이 열아홉에
순정만화 여주인공의 벗은 몸과
천로역정 만화에 나오는 천국과 지옥을 두루 통달했다
스무살엔 교육대학에서 페스탈로치를 패스하고
춥고 배고픈 자취방 이불 속에서 판타지를 넘어섰으니

다른 어떤 책보다도 나는 만화책을 사랑하게 되었다

그중에서도 내가 가장 열등감을 갖고 좋아한 것이 코믹인데
그건 유탕 처리된 라면처럼 상할 염려가 없고
우리 엄마 말씀처럼
불공평한 세상을 너그럽게 사는 "유머"의 교본이기도 하니까
듣거라, 불감증에 빠진 세상의 모든 연인들아,
잠들기 전에 벌써 내일을 걱정하는 우울한 가장들아
누구나 하나쯤 성경처럼 머리맡에 두고 암송할 유머를 기억해 두거라
평생 과부로 살다가 지금도 과부로 사는
우리 엄마 말씀이니라

요절한 우리 아버지는 가끔 거울을 보다가 미친 듯이 웃기도 했다는데
그것은 진실로 삶을 비웃는 자의 통쾌한 풍자는 아닐지라도
스스로 웃으면서 물로 들어간 자의
힘센 표정이 아니겠는가
사랑스럽고 눈물 나게 열등한 바로 그 얼굴이
인생의 전편과 후편에 매번 등장할 수밖에 없는
아비의 얼굴이고, 어미의 얼굴이고 또한
바로 자신의 모습이라는 것을
뒤늦은 사랑처럼 뜬금없이 직장을 때려치우고서야

혼자 돌아서는 어두운 골목 끝에서
세상 가장 무서운 공허와 마주치는 사람아
서둘러 다음 페이지를 넘겨놓고
뻔한 결말과 대면할 때
냄새나고 누런 네 입에
웃음을 가르치라, 웃음이 가장 맛있다
야간 노동자인 달이 따라 웃는다
배고픈 공장 유리창들이 입을 덜컹거리며 웃는다

그러므로 듣거라

누구든 자신을 즐겨 읽지 않는 자는 벌이 천 배!
웃지 않는 자는 벌이 만 배로다!
– 「나는 만화책이다」 전문

　웃음이란 마음의 가장 진솔한 순간을 대변하며, 사람의 마음을 표정
변화나 소리로 나타내는 방식의 하나가 아닐까. 웃음은 마음의 긴장이
무너진 자리에 즐거움과 여유, 대상을 비판하거나 조롱할 수 있는 심리
적 거리가 생길 때 나온다. 그러나 이 시에서 웃음은 슬픔의 또 다른 변
이현상으로 나타난다. 불우한 유년기를 거쳐 춥고 배고팠던 청년기에
이르는 화자의 성장통과 "사랑스럽고 눈물 나게 열등한" "아비의 얼굴"
과 "어미의 얼굴"이 "바로 자신의 모습이라는 것을" 안 삼십대의 어느
길목, "세상의 가장 무거운 공허"를 만나며, 화자는 "웃음"이라는 행위
속에서 슬픔을 역설적으로 드러낸다. 나이 열아홉에 "순정만화 여주인
공의 벗은 몸"을 보고, "천로역정 만화판 버전"에 등장하는 천국과 지
옥을 통달하면서 화자는 인간이라는 존재의 실체를 일찌감치 경험한
것이다. 17세기 영국의 작가이며 침례교 설교가인 존 번연의 작품 중
하나인 『천로역정(天路歷程, Pilgrim Progress)』은 등장인물의 이름을
수다쟁이, 게으름, 허영, 그리스도인 등으로 짓는 우화 형식의 종교 소
설이다. 그리스도인(Christian)이 멸망을 앞둔 장망성을 떠나 하늘나라
로 여행하는 내용을 다룬 만화에서 화자는 삶의 천국과 지옥을 두루 다
녀온다. "스무 살엔 교육대학에서 패스탈로치를 패스하고", "춥고 배고
픈 자취방 이불 속에서 판타지를 넘어"서면서, 다른 어느 책보다 만화
책을 사랑하게 될 수밖에 없었던 이유를 전한다. 화자는 그 젊음을 이
미 존재의 허망함과 공허함에 저당 잡히고, 순수한 열망과 환상적인 꿈
을 아픈 현실 앞에 내준다.
　그는 늘 자신에게 부족한 "코믹"에 열등감을 갖는다. "코믹"은 "유탕

처리된 라면처럼 상할 염려가 없고", "불공평한 세상을 너그럽게 사는 '유머'의 교본이기도 하"면서, 엄마의 말씀이기도 하다. 라틴어 '축축한 것'을 뜻하는 'umor'에서 유래한 유머는 기분 좋을 때 습기, 즉 체액이 증가한다고 믿었던 그리스인들의 생각이 반영된 말이다. "불감증에 빠진 세상의 모든 연인들"에게, "잠들기 전에 벌써 내일을 걱정하는 우울한 가장들"에게 유머를 기억해 둘 것을 당부하는 것은 스스로에 대한 당부이기도 하다. 화자에게 '유머'는 현실을 잊어버리기 위해서이기보다는 현실을 받아들이며 살아가기 위해서 필요한 것이 아니었을까. 요절한 아버지가 미친 듯이 웃으며 용기 있고 당당하게 자신의 삶을 져버린 그날과 '유머'를 재차 강조했던 어머니의 말씀은 화자 인생의 전편과 후편에 매번 등장한다. 실업의 현장에서 만나게 되는 절망, "세상의 가장 무서운 공허"와 마주치면서 화자는 그런 모든 말들이 자신을 향해 던져지는 말임을 깨닫는다. '더러운 바닥'에서 견디기 위해서는 "코믹과 판타지와 순정 만화의 대본들을 복권처럼 펼"쳐야 한다. "야간 노동자인 달"도 나른하게 웃고, "배고픈 유리창들"도 덜컹거리며 웃을 수 있는 힘은 잠자기 전 머리맡에 두고 새기는 '유머'에 있다고 믿는다.

다단계라는 말 속에 길게 나 있는 계단을 올라가요
계단의 끝엔 피라미드 꼭대기가 보이고, 달이 보이고
피라미드 안에는
평생 황금만 생각하며 눈 깜박이는 미라들이
달고 시원한 보름달을 훔쳐 먹어요
서울로 가요, 남산에 뜬 달은 커다란 은쟁반
누군가 쟁반에 한가득 은덩이를 썰어 내온다고 생각해봐요
지방엔 먹고 살 것이 많지 않으니까
겨울엔 종일 팬티를 입고 앉아 혼자 화투를 치고
땡을 잡은 사람을 생각하며 웃는 연습을 해요

발가락이 가려운 오후엔 방바닥이라도 후벼파요
파라오의 황금덩어리라도 발견되었으면 좋겠어요
누런 양은냄비에 끓여온 누런 라면을 먹을 때
황금을 씹으면 이렇게 찰진 맛이 날까요
고진감래의 수많은 계단을 혼자 걸어간 친구는
댓 냥짜리 금별이라도 목에 걸었을까요
혹은 지하 셋방에서 반쯤 미라가 됐을지도 모를
돈뭉치처럼 두 주먹을 움켜쥔 친구여
제발 그 텅 빈 손바닥은 펴 보이지 말아요
피라미드 다단계, 그 높은 계단을 향해 걸어가보면
다이아몬드, 루비, 싸파이어의 고위급 애칭을
매달처럼 주렁주렁 목에 걸게 될지도 몰라요
고생 끝에 낙이 온다잖아요
인내는 쓰나 그 열매는 달다잖아요
도굴범처럼 몽상을 캐고 있는 지하 셋방에서
세상 꼭대기로 통하는 계단까지
적금을 붓듯 차곡차곡 현기증을 쌓아올려요
자고 나면 머리맡에 새로 쌓일 수익금만 암송해요
아무것도 돌아보지 말아요, 달이 환한 밤이잖아요
　　　　　－「다단계 피라미드 사업을 추천합니다」 전문

　　황금의 논리가 지배적인 세상에서 낙오된 사람들이 "평생 황금만 생
각하며 눈 깜박이는 미라들"로 은유되어 있다. "다단계 피라미드 사업"
과 고대 이집트의 피라미드, 그리고 고대 이집트의 최고 통치자였던
'파라오'를 행간에 끌어들여 "파라오의 황금덩어리"를 꿈꾸는 삶들을
해학적으로 풍자하고 있다. 다단계 끝, 피라미드 꼭대기엔 욕망덩어리
로 표상되는 '달'이 떠 있다. 자본주의 사회의 계급 구조를 보여주는
"다단계 피라미드" 꼭대기에 있는 '달'은 "커다란 은쟁반"과 "파라오의
황금덩어리"로 은유되어 있다. "황금"을 얻기 위해, 돈을 벌기 위해 지

방 사람들은 저마다 서울로 간다. 지방엔 일자리가 없기 때문이다. 지방엔 먹고 살 것이 없고, 서울엔 먹고 살 것이 풍부하다는 자본주의의 논리가 확연하게 드러난다. "고진감래의 수많은 계단을 혼자 걸어간 친구"가 "댓 냥짜리 금별이라도 목에 걸었을"지, "지하 셋방에 거처를 두고 혹은 지하 셋방에서 반쯤 미라가 됐을지도 모를" 일이다. 수많은 계단을 끝까지 올라가, "다이아몬드, 루비, 싸파이어의 고위급 애칭이라도" 목에 걸게 될지도 모른다는 희망이 오늘도 "한 끼 밥도 못 먹고", 서울의 자하 셋방에서 "꿈의 광맥을 캐고" 있을지 모른다. "인내는 쓰나 그 열매는 달다"는 믿음을 진리삼아 "세상 꼭대기로 통하는 계단을 올라가"는 사람들의 모습 속에는 "금광이 있으면 좋겠다"고 생각하며 매일 같은 일상 속을 맴도는 화자도 끼어 있다. 지상과 천상을 공간적으로 잇고자 했던 피라미드, 영혼의 불멸을 숭배했던 고대 이집트인들의 정신적 사고방식은, 현대인들에게 황금에 대한 숭배로 변형·왜곡되어 나타나는 것이다.

"쩔쩔매며, 굽실거리며/ 두툼한 돈뭉치를 한번이라도/ 멱살처럼 움켜잡아보고 싶은 자들에게"(「로또를 안 사는 건 나쁘다」) 시인은 "다단계 피라미드 사업"을 강력 추천한다. "질풍은 사그라지고, 로또만 남은 사내"(「소년들을 위한 충고」)는 "왜 사느냐,를 왜 로또를 사느냐,로 이해해도 무관"(「로또를 안 사는 건 나쁘다」)한 시대다. "로또를 안 사는 사람들은 심각하게 죄질이 나"쁜 사람들이라고 단정적으로 말하는 이유는, 무엇을 간절히 빌어본 적이 없는 사람들이기 때문이다. "독거노인으로 살다 죽을 것 같은 노후"(「원룸 생활자」)가 걱정되는 시인의 요즘 관심사는 '돈'이다. 아니 어쩌면 세상이 시인에게 갖는 관심사가 '돈'인지도 모른다. "내 이름의 '金'자도 왠지 거부(巨富)의 돌림자 같기만 하"(「황금을 찾아서」)다고 말하지 않았던가. "저녁 별들은 황금빛을 쩔

렁거리며 빛”나고, “금지옥엽 길러서 금의환향하는 자식 생각과/ 적어
도 금전 걱정은 없어야겠다는 새해의 새로운 각오를 파묻어둘” 곳을 찾
게 되는 것이다. “희망은 결국 자기암시일 뿐이라는 캄캄한 결론을 베
고”(「원룸 생활자」) 그는 “오늘도 사람들이 나무숲처럼 만들어낸 빽빽
한 웃음의/ 그 컴컴한 터널 속을 걸어가야 한다”(「오늘의 일과」) ‘질풍
노도’가 아닌 “질풍로또의 시기를 피시방에서 컵라면으로 때우는 소년
들”(「소년들을 위한 충고」)을 위한 충고도 잊지 않는다.

> 폭설과 안개가 번갈아 몰려오는 춘천
> 그 토끼굴 같은 자취방을 오가며
> 대학을 졸업하면, 나는 아이들에게 길을 가르치는 사람이 되고 싶
> 었다
> 은백양숲에선 길을 잃어도 행복했다
> 은백양나무 이파리를 펴서 그 위에 빛나는 시를 쓰며
> 세상에서 길을 잃었거나, 스스로 길을 유폐시켰던 자들을 나는 그
> 리워했다
> 길들을 함부로 곡해했고 변형시켰으며
> 그중 어떤 길 하나는 컵에 심은 양파처럼 길게 자라
> 달까지 가닿았다, 몇 번이고 희망은 희망에 속았다
> 달에 들어가 잠시 눈 붙이고 난 어느 늦은 봄날
> 눈을 떠 보니, 나는 마흔이 넘은 사내가 되어 있었다
> 몇번의 사랑도 있었으나
> 길에서 나누는 사랑, 그건 길짐승들이나 하는 짓거리였던 것
> 안녕, 길에서 하는 인사를 나누며
> 내비게이션으로도 찾아갈 수 없는 절벽을 몇 번이고 눈앞에 두었
> 었다
> 누군가 정해놓은 노선이 사람들을 실어나른다, 그리고
> 사람들은 체포당한 것처럼 길에 결박된다
> 풍찬노숙의 삶을 긍정도 부정도 하지 못하고 다시 막차를 놓쳤을 때
> 나는 알게 되었다, 더는 가고 싶은 길도, 펼쳐보고 싶은 지도도

　　남아 있지 않다는 것을
　　이 허무맹랑한 길로 다시 돌아오기까지 마음은 늘 고아와 객지였
　으니
　　엄마, 엄마아, 쥐새끼처럼
　　울고 있던 어린 나에게 따귀라도 올려붙였어야 한 건 아니었는지
　　낡은 담장에 길 하나를 간신히 괴어놓고 서있던 늙은 벚나무에선
　　꽃들이 와르르, 와르르, 무너져내리고
　　길을 잃기로 작정한 사람에게 신은 더 많은 길을 잃게 하는 법
　　제 몫의 길을 모두 흔들어 떨어버린 늙은 벚나무는 이제 말이 없고
　　요람에서 무덤까지, 길에서 길까지
　　지상에는 길들이 흘리고 간 흙비가 종일 내리는 것이다
─「길에서 길까지」 부분

　　"폭설"과 "안개"에 갇혀 대학을 졸업하고 아이들에게 길을 가르치는 교육자의 꿈이 있었기에 숲에서 길을 잃어도 행복했을까. 그는 빛나는 시를 쓰면서, "폭설"과 "안개"로 덮인 "세상에서 길을 잃었거나, 스스로 길을 유폐시켰던 자들을" 그리워했다. 그러나 그는 몇 번이고 희망에 속아 "길들을 함부로 곡해"하고 "변형"시키면서 어느덧 마흔이 넘은 사내가 되어 있는 자신을 발견한다. "절벽을 몇 번이고 눈앞에 두"고, "풍찬노숙의 삶"을 사는 동안, "더는 가고 싶은 길도, 펼쳐보고 싶은 지도도/ 남아 있지 않"음에 늘 "고아와 객지"로 지냈다. "낡은 담장에 길 하나를 간신히 괴어놓고 서있던 늙은 벚나무에"서 "꽃들이 와르르, 와르르, 무너져 내리"는 모습을 본다. 그리고 "길을 잃기로 작정한 사람에게 신은 더 많은 길을 잃게 하는 법"이라는 말을 곱씹으며, 흙비가 내리는 "길에서 길까지"의 풍경을 바라본다. "요람에서 무덤"인 "길에서 길"이 죽음과 삶이라는 이질적인 상황의 반복임을 깨닫는 순간, 사랑하고 이별하는 길 위에서 늙은 벚나무를 조용히 응시한다. 욕망을 떨쳐버린 자는 침묵한다.

"사는 건 줄기차게 도망을 하는 것이다"가 "우리 가문의 가훈이다"(「바퀴라는 이름의 벌레」)라 하지 않았던가. "늪의 유전자를 안고 태어난 사람들"(「늪 가이드」)이 "출세한 가문의 자제들 몫"(「루저(Loser)」)을 부러워하면서 "어둠이 만든 행간의 의미를 되풀이해서 읽"(「소설의 발생」)는 것이 주변부를 살아가는 현대인의 삶이다. "다행이라고 믿어봤자 다, 소용없"는 현실임을 그는 안다. "돈밖에, 집밖에, 먹고사는 것밖에 모르는 이 착한 짐승"(「범우주적으로 쓸쓸하다」)이 어른이라는 낡고 헐렁한 옷을 입고 지상을 맴돌고 있을 것이다. 여전히, "셋방, 여름 이불, 잠옷이랄 것도 없는 추리닝"(「오래된 그릇」)을 껴입고서 말이다.

최금진 시집, 『황금을 찾아서』에는 황금을 찾은 사람들보다는 황금을 찾지 못한 사람들의 세계가 더 많이 그려진다. 현대인들은, 단단하게 빛나는 세계를 상징하는 '황금'이 하늘에 감겨져 있다고 믿는다. 그래서 지상과 천상을 연결하는 피라미드를 건축하는데, 그의 시에 나오는 주인공들은 이 피라미드를 세우는 데에 동원된 노동자나 기술자들이며 그들은 대를 이어서 좌절하는 비극적 인물들이다. 현대를 살아가는 속물들의 본성을 들춰내는 시를 쓰고 싶다는 그의 다짐이 행간에 반어와 역설로 들어 차 있다. 그러나 반어와 역설이 아니라면 감당하기 힘들 만큼 자신도 이 타락한 세계에 깊이 들어와 있다고 말하지 않았던가. 감당하기 힘들 정도의 날들이 지나갔다고 여겨지는 날은 평화롭고 쓸쓸하다고 한다. 그렇기 때문에 다시 오지 않을 '절망'과 그 절망에서 탄생하는 '기교'의 순간을 꿈꾸는 건지도 모르겠다. 이렇듯 세상을 향한 그의 비판과 풍자의 정신은 은백양숲에서 나온 생생한 목소리로 그 숲의 고독함과 비극적인 삶을 독자들에게 이야기 해주고 있다. 황금을 찾아가는 우리들의 힘든 어깨를 꼬옥 감싸주면서 말이다.

제4부

현대시조, 그 전통과 진화의 한 지평

형식의 변주와 풍경의 현상학

- 윤금초론

1.

　요즘과 같은 포스트모던 시대에는 맛과 멋을 동시에 갖추어야 빛을 본다고 한다. 우리 고시조가 현대시조로 진화된 지금, 우리는 현대시조의 새로운 미래를 진단하기보다 시조의 '맛'과 '멋'이 어떤 것인가 하는 반복적인 물음만 던지고 있다. 이는 좀처럼 형식적 자율성을 허용하지 않는 시조를 여전히 고전적 양식 범주에 가두는 요인이기도 하다. '맺고 푸는 시가 형식'인 시조가 다양성과 복잡성이 공존하는 현대사회의 징후들을 무리 없이 소화해내는 임무를 수행한다는 것은 쉽지 않은 일이다. 그것은 시조가 갖는 정형의 제약과 구속, 자연 사물에 기댄 지나친 정서 표출, 그리고 동일성의 원리를 충실히 따르는 언어적 부담감에서 자유롭지 못하기 때문일 것이다.

고전적 정서와 현대적 감각을 아우르는 현대시조의 그 아스라한 틈새에 미세하게 균열을 내면서 평시조, 엇시조, 사설시조, 그리고 이들의 혼합형인 '옴니버스 시조'라고 하는 형식적 실험으로 현대시조의 지평 확대에 적극적으로 나선 윤금초 시인의 공적은 오늘날 시조가 살아남아야 하는 당위성을 명백하게 보여주고 있다. 김학성의 말대로 사설시조 형식 구조의 특성은 "정형 속의 가변성"에 있으며, "형상의 연쇄적 병치를 통해 말을 확장해가는 엮음의 재미"에 그 맛이 있다 할 것이다.

이런 점과 아울러 현대시조단에서 윤금초 시조미학이 갖는 위상은 다양한 서정의 재료들을 알맞게 익혀내는 노련함과 새로운 시조 형식의 가능성을 갱신하고자 하는 올곧은 문학정신을 겸비한다는 점에서 독보적이라 할 수 있다. 전통성과 역사성의 재조명, 서정적 풍경들에 기댄 내면의 형상화, 자연 사물에 대한 반성적 인식과 정신적 가치, 현실에 대한 비판과 풍자 등에 이르는 다양한 시詩적 재료들을 시조라는 정형의 그릇에 보기 좋게 담아내는 시인의 상상력은 그간 시조시단의 배경을 이루고 있던 자연 사물 류의 소재들을 자연스럽게 확산시키면서 새로운 세계를 바라보고 읽어내는 시안詩眼의 힘을 실어주기에 충분하다.

이처럼 변화와 형식 실험으로 새로운 시조미학의 지형을 만들어가고 있는 시인은 '평시조'와 '사설시조'를 불문하고 여러 빛깔의 언어 풍경을 어루만지면서 제한이나 구속이 아닌 변화와 가능성의 공간으로 시조를 재인식하고 있다. 우리 민족의 고유성과 습속을 현대적이고 감각적인 사유와 접목시키고 자연의 언어를 세공하여 미학적 풍경을 그려내려는 시인의 고독한 시적 작업은 시조가 "현대시의 한 양식으로서 살아있는 문학양식이 되어야 한다."는 그의 문학적 시각에 부응하는 길이다.

2.

　윤금초 시인의 말처럼 모든 창작 행위는 "자신의 예술적 소양과 지식을 총체적으로 집약하여 표현하는 정신노동의 결정체"이다. 이 말은 서정시가 단순한 감정의 산물이 아니라 시인의 경험과 상상의 풍경 속에서 융화되어 재현된 산물임을 의미한다. 시인은 다양한 경험에서 쌓아 올린 서정에 불을 켜고 상상과 접목하는 부단한 과정을 겪고 난 후 비로소 대상과의 거리를 확보하고 성찰적 자아와 만나는 성숙한 통로 하나를 만든다. 이처럼 현실을 응시하는 예리한 시선과 내면의 결을 어루만지는 섬세한 손길은 자신을 고스란히 드러내는 시인의 진솔한 정신과 선명한 시작詩作의 풍경이 아니겠는가. 기억을 현재에 복원시키고 재현하면서 다채롭게 선보이고 있는 풍경 속으로 들어가 보자.

몸 낮출수록 우람하게 다가서는 저 산빛

떡갈나무 잡목숲 흔들고 오는 문자왕 그의 호령 중원 고구려비 돌기
등 휘감아 도는데 들리는가, 산울림 우렁 우렁 일렁이는

찾찾찾찾자되찾자… 기찻소리, 하늘의 소리.
　　　　－「중원, 시간여행」(『주몽의 하늘』, 문학수첩, 2004) 전문

　이 시에서 시적 화자는 기차 여행 중 스치는 창밖의 풍경들을 잽싸게 붙든다. 떡갈나무 잡목 숲을 흔들면서 오는 문자왕의 호령 소리와 "중원 고구려비 돌기등 휘감아 도는" 소리는 속도를 감지하지 못할 만큼 빠르게 지나가지만, 이미 기억이 되는 풍경들은 산울림으로 더욱 넓게 퍼지면서 현재 화자의 마음 문을 두드린다. 중장의 "산울림 우렁 우렁 일렁이는" 시간들은 종장의 "찾찾찾찾자되찾자"에 수렴되면서 "하늘의 소

리"를 되찾고자 하는 시적 화자의 다부진 바람을 보여준다. 중장이 길어진 형태의 이 시는 마치 중원을 가로질러 가며 시간 여행을 하는 기차의 모습과 기차 소리, 고구려에서 현재까지 이어지는 긴 시간을 행 구분 없이 잇고 있다. 또한 "찾찾찾찾자되찾자… 기찻소리, 하늘의 소리."에서의 말줄임표와 어휘의 반복은 시간 여행이 계속 이어지고 있다는 현장감을 제공한다.

이 작품에서 역사와 전통에 기댄 시적 형상화는 단순한 언어의 조탁을 넘어서는, 현대시조의 소재 확장, 현실을 응시하는 예리한 시선과 만남으로써 깊은 의미를 되새기게 한다. 그의 시의 주요 골격인 역사와 전통에 기댄 서정의 세계는 위의 시 외에도 「안부」, 「주몽의 하늘」, 「해일」, 「백악기 여행」, 「빛살무늬 바람」, 「남도석성」, 「바람」, 「잠적」 등에 이르는 다양한 풍경들 속에 고스란히 담겨져 있다.

이렇게 역사와 만나는 상상의 공간들은 그림이나 조각품, 소설 작품 등의 소재들을 차용하여 이미지를 만들어가는 시작詩作 과정으로 이어진다. 「현상과 대비」, 「빛의 누적」, 「대치와 현상학」, 「사유와 운동」, 「연역과 귀납」, 「굴레와 해방」, 「질료와 정신」, 「대상과 공간」, 그리고 이중섭의 그림들을 스케치한 풍경의 연작들 등에서 보이는 회화적이고 지적인 이미지들은 화려하고 날렵한 붓 터치로 생동감 넘치는 공간을 만들어 낸다.

들녘을 쏘다니는 야생마 그것처럼
툭 툭 짧은 붓놀림의 신들린 색채 분할.
억압된 격정의 불길, 활활 솟아 물결친다.

노란 보리밭이랑 까마귀떼 푸득이는,
꿈틀 꿈틀 나울치는 눈부신 풍광 속에

스스로 목숨을 끊고 문빗장을 거는구나.
　　　　　─「질료와 정신─고흐의 '귀를 자른 자화상'」
　　　　　　　　　　　　　　（『땅끝』, 태학사, 2001) 전문

　　광기를 다스리기 위해 다시 그림을 그리기 시작했다는 고흐, 자신
의 귀를 자른 후 1889년 그렸다는 그림을 소재로 차용한 시인은 그의
그림을 "툭 툭 짧은 붓놀림의 신들린 색채 분할"로 읽는다. 그것은 "억
압된 격정의 불길"이기에 크고 강렬한 움직임과 평온하고 안정감 있는
두 공간을 모두 보여준다. '억압'과 '격정'은 시적 화자가 갈망하는 현재
와 미래의 공간, 즉 스스로에게 갇힌 순간과 그 순간을 벗어난, 그야말
로 자유로운 '야생마'처럼 뛸 수 있는 들판을 말하는 것이리라. 그런 면
에서 '억압'과 '격정'은 어둠과 밝음의 색채 분할이며, 마음의 진폭인 것
이다. 시인은 그러한 풍경 속에서 끊임없이 변하는 내면의 욕망을 드러
내려고 한 것이다. '몸'은 갇혀있지만, '정신'은 자유로운 "노란 보리밭",
"까마귀떼"의 질료와 "꿈틀 꿈틀 나울치는 눈부신 풍광"의 정신세계가
고흐의 끝없는 예술혼과 결합되어 빚어진 시인의 상상력은 이 시에 활
력과 생동감을 부여한다.

　　이처럼 붓 끝에서 일어나는 상상력들로 다양한 이미지를 불러 모아
화폭의 공간에 오롯하게 담겨짐으로써 정신을 어루만지고 있는 시편
들이 있는가 하면, 다음 시편들은 철저하게 현실 문제에 고민하고 갈
등하는 시인의 사유를 내면화한다. 문학의 궁극적인 목적, 그 중에서
도 시가 인간의 정신적 풍요를 위해 할 수 있는 중요한 작업 중의 하나
는, 마음을 터놓고 현실을 이야기하는 일일 것이다. 제목에서도 암시
하듯이 「엘니뇨, 엘니뇨」와 「인터넷 유머」 연작 등은, 현실에 대한
직설적인 어조보다는 풍자적이고 유머러스하며 비유적인 언어들이
줄기를 이루면서 내면세계와 접속되고 있다. 다음 작품은 주제와 소

재 면에서 현대시조의 고루한 옷을 또 한 겹 벗겨내고 있는 시인의 모
습을 발견하게 한다.

들끓는 적도 부근 소용돌이 물기둥에
우우우 높새바람, 태평양이 범람한다.
엘니뇨 이상 기온이 내안 가득 밀린다.

날궂이 구름 덮인 심란한 나의 변방.
이름 모를 기압골이 상승하고 소멸하는…
엘니뇨 기상 이변이 거푸 밀어닥친다.

바닷가재, 온갖 패류, 숨이 찬 산호초에
우리 친구 물총새 끝내 세상 뜨는구나,
저마다 세간을 챙겨 브룽브룽 뜨는구나.
　　　　　　　　　－「엘니뇨 엘니뇨」(『땅끝』, 태학사, 2001) 전문

　이상 기온인 엘리뇨 현상을 시적 소재로 차용하여 현대의 환경 문제
에 민감하게 반응하고 있는 시다. 지상에 존재하는 생물들의 아픔 속에
서 결코 인간도 안전할 수 없다는 인식을 내비치고 있는 시인의 통찰력
은 우리에게 반성적 사유의 깊이를 경험하게 한다. 엘리뇨 영향은 "들
끓는 적도 부근"에서 시작되어 "내안 가득 밀"리고, 정체불명의 기압골
의 상승과 소멸을 거듭하면서 "엘니뇨 기상 이변이 거푸 밀어닥"치는
어지러운 '나의 변방'을 지난다. 그리고 "바닷가재, 온갖 패류"들이 있
는 바다의 공간으로 이어진다. 시인은 마지막 수 '바다'의 공간에서 죽
어가는 어패류들을 '우리 친구'라고 이름 부르며 친구가 친구를 떠나보
내는 자연, 그 소멸되어 가는 자연 속에서 인간 역시 사라져 가고 말 것
이라는 무언의 암시를 주고 있다. 또한 시인은 환경문제를 은밀하게 비
판함으로써 환경문제가 결국 산업화 시대에 인간이 던진 부메랑이라

는 자기반성적 인식을 내비치고 있다.

시인의 비판적 시각이 격정적이지 않고, 감정이 고조되지 않음에도 이 시가 절절한 감상적 사유와 깊이 있는 천착을 보여주고 있는 이유는 "세상 뜨는구나", "저마다 세간을 챙겨 브릉브릉 뜨는구나"와 같이 유머와 재치를 겸비한 시어들이 감각적으로 어우러져 있기 때문이다. 이러한 시인의 에스프리esprit는 「인터넷 유머」 연작에서 더욱 구체적이고 극명하게 나타난다.

"앞산도, 저 바다도 몸져누운 국가부도 위기"의 심각성을 인식하지 못하는 정부를 "이튿날 대중 대통령, 긴 한숨 내쉬며 언제 디카프리오 (빚갚으리오)."라고 풍자하는 「인터넷 유머 1-IMF, 정축 국치」, "항간에 나도는 정치서적 베스트셀러"를 정치인들에 빗대어 "이방원, 이 소문 듣고 놀고 있네, 놀고들 있어!"라고 풍자한 「인터넷 유머 2-베스트셀러」 등에서 시인은 정치적 현실을 풍자적이고 우회적으로 다루면서 현실세계에 대한 깊은 사유의 흔적들을 보여주고 있다.

다양한 인식의 각도를 통해 새로운 형식적 · 의미론적 탐색을 시도하고 있는 이러한 시인의 시작詩作 과정은 시의 본령인 서정의 풍경들이 쌓아온 경험과 상상의 세계가 빚어낸 풍경의 소산이라 할 수 있다. 시인은 지나온 시간을 더듬어 그 속에서 민초들의 삶을 어루만지고, 한의 정서를 풀어내는가 하면, 결 고운 자연의 무늬들을 뽑아내고, 율동감 있는 언어와 탄탄한 구성력으로 활력 넘치는 감성을 선사하기도 하면서, 겹겹이 두른 결들을 섬세하고 정갈하게 쓸어내리고 있다. "날줄 씨줄 잉아귀로/ 한세월 자개수 놓듯// 우리네 사랑의 의미,/ 몇 겹으로 풀어 낼까."(「내재율1」) 고민하면서 지속적으로 보여준 서정의 결들은 역사와 만나거나 현실을 예리하게 풍자할 때, 자연과 선조들의 삶을 어루만질 때도 그것이 곧 인간의 문제임을 놓친 적이 없다. 시인은 "간밤 어둠 저리 내몰고/ 역성혁명 일으키"(「꽃의 변증법」─미선나무를 위한 판타지)고 있는 것이다. 그는 "모반의 칼도 없이/ 잎 먼저 꽃등 켜 들고/ 예고편 봄 나팔"을 불고 "우윳빛 살갗 비비며/ 어녹이치는 뜰"을 지나, "담록색 목도리 두르고 폴카폴카 춤추는 이 한낮."(「숲 2」)의 풍경을 만나러 가는 것이리라.

이러한 시적 변화는 최근에 상재한 시집, 『무슨 말 꿍쳐두었니?』(책 만드는집, 2011)에서 한층 더 심화된다. 이 시집에는 사라져가는 토박 이말과 방언들을 끌어들여 미학적으로 형상화하고, 현대시와 현대소 설의 일부를 패러디함으로써 구체적이고 선명한 이미지의 색채를 선 보이고 있다. 강신재, 김선우, 김승옥, 박민규 등의 텍스트를 패러디하 고 인용하는 과정을 꼼꼼하게 보여주고 있는 이 시집은, 보다 깊은 자 의식의 세계를 들춰내면서 웅숭깊은 서정의 가락을 들려준다. 또한 윤 금초 시인은, 사설시조와 옴니버스 시조의 양식 안에 자유로운 사상과 이미지를 담아내면서 현대시조가 형식적 안정성에 안이하게 갇히지 않고 새로운 양식적 확장을 통해 현대성을 획득할 수 있는 방안을 모색 하기도 한다.

그는 이미 『땅끝』, 『주몽의 하늘』, 『이어도 사나, 이어도 사나』에서 형상화한 새롭고 다양한 시도들로 인하여 의미 있고 개성적인 화법을 구사하였다는 평가를 받아 왔지만, 이번 시집이 변주하는 다양성의 시 조세계는 기존에 보여주었던 감각의 활달함과 사유의 진폭을 확대함 으로써 보다 웅숭깊은 자의식의 세계를 드러내는, 의미 깊은 진경이라 고 할 수 있다. 그는 전통성과 역사성의 재조명은 물론, 자연 사물의 미 세한 움직임에서 반성적 인식을 이끌어낸다. 정신적 가치를 발견하려 는 시인의 자의식은, 내면에 머물러 있지 않고 현실에 대한 비판과 풍 자를 통해 내면 바깥을 응시하려는 객관적 시선을 지녔다. 윤금초 시인

은 다양한 독서와 지식의 행간에서 얻은 구체화된 이미지와 일상적인
풍경 속에서 재발견된 이미지들과 내면의 밑바닥을 드러내는 고백의
방식 등을 오래 시간 하고픈 말 꿍쳐 왔던 시간만큼 풀어낸다.

　　　　1
몸이 당최 만연체여서
군말이나 섬긴 건지,
분외(分外)의 접미사를
날것 이냥 부린 건지
이 뭐꼬!
저작이 굼뜨고
잇몸 죄 헐었을라.

　　　　2
삼킨 눈물 밥상머리
수사(修辭) 또한 부식되고
살 비늘 검불같이, 뚝 뚝 지는 조사(助辭)같이
아하, 저
뼈·꾸·기·처·럼
딸꾹질하는 저녁에.

　　　　3
내 혀는, 그의 입속에, 비굴하게 갇혀 있고*
사는 일 죄만 같아
들러붙은 치석인가.
바람 든
잇바디 사이
달카거리는 틀니.

* 김선우 시 「만약 내 혀가 입속에 갇혀 있길 거부한다면」 일부 차용.
　　－「슬픈 틀니」(『무슨 말 꿍쳐두었니』, 책만드는집, 2011) 전문

"틀니"에 "슬픈"이라는 감정을 드러내는 수식어가 결합되어 있는 이 시는 제목부터가 우울한 인상을 준다. 이 시는 단순히 틀니에 대한 속성을 통해 슬픈 자아의 내면을 드러내는 것에 그치지 않는다. 나태해진 자신에 대한 반성과 더불어 게으른 창작과정에 대해 반성하는 시인의 자의식이 깊이 배어 있다. 이 시는 "만연체", "접미사", "조사", "수사" 등의 이미지로 시적 화자의 내면 정서를 표현해내면서 "틀니"의 속성을 겹쳐 놓는 시로 서정적 색채가 짙게 묻어난다. 총 세 수로 이루어진 이 시는 첫 수에서 긴장감이 떨어진 자신을 반성하며 자책하고 있으며, 둘째 수와 셋째 수에서 그 이미지를 확장하고 있다.

시인은 긴장감이 사라져서 축 늘어진 몸과 게으른 생활을 만연체로 비유한다. 그래서 굳이 하지 않아도 될 말들과 분수를 지키지 못한 말들을 내뱉은 것인지 스스로에게 반복하며 자문하는 듯하다. "저작이 굼뜨고 잇몸 죄 헐었을라." 염려하는 목소리가 그것이다. 눈물을 삼킨 밥상머리에는 수사가 없다. 슬픔이 걸러지지 않은 탓이다. 아무리 감추려 해도 감출 수 없는 것이 슬픔일까. "살 비늘 검불"과 "뚝 뚝 지는 조사(助辭)"에 비유되는 눈물을 삼킨 밥상머리의 딸꾹질하는 저녁이 그려진다. "뻐·꾸·기·처·럼"에 찍힌 가운뎃점은 딸꾹질하는 형상을 그대로 표현해 내려는 의도적 전략이다. 김선우의 시 「만약에 내 혀가 입속에 갇혀 있길 거부한다면」의 일부를 패러디한 셋째 수의 초장에서는 말해야 할 곳에서는 말 한 마디 하지 못하고, 하지 않아도 될 말들을 쓸데없이 했던 혀가 비굴하게 갇혀 있음을 고백한다. 그 비굴함으로 인해 사는 일이 죄만 같다. 틈새가 벌어져 "바람 든/ 잇바디 사이"에는 "달각거리는 틀니"가 있다. 무료하게 일상을 보내는 자신을 돌아보며 벌어진 삶의 틈새를 시인은 일상의 삶 뿐 아니라, 창작과정에 대한 반성으로 이끌어내고 있는 것이다.

산은 그에 묵상에 잠겨 뿌연 안개 걷어낸다.
다리풀 그리 팔고 가풀막 오른 질경이야
누군들, 겨울에 언 빵을 씹어보지 않았을까.*

잔 강물 물비늘이 반짝인다, 은어 떼로
가진 것 다 내주고 넉넉한 잎새 질경이야.
무슨 말 꿍쳐두었니? 눈빛 형형한 질경이야.

마른 풀 나지막이 숨죽여 서걱거린다.
어지러워 어지러워라, 쓸쓸한 세상 뒤꼍에
강물이 먹구렁이처럼 먼 산모퉁이 굴러 간다.

* 이외수 소설 「칼」에서 인용.

－「무슨 말 꿍쳐두었니?」
(『무슨 말 꿍쳐두었니』, 책만드는집, 2001) 전문

화자는 산이 묵상에 잠겨 안개를 걷어내고 강물 물비늘이 은어 떼처럼 반짝이는 풍경 속에 잠겨 있다. 화자는 잎새 질경이에게 "무슨 말 꿍쳐두었냐?"고 묻는다. 그러나 대답 대신 오는 것은 "마른 풀 나지막이 숨죽여 사각거"리는 모습과 끝내 침묵하며 "먹구렁이처럼 먼 산모퉁이 굴러"가는 모습뿐이다. 화자의 물음이 결국 침묵으로 갈무리되는 것은 화자가 자연 속으로 스며들었음을 의미한다. 묵상에 잠긴 산과 물비늘 반짝이는 강물은 가진 것 다 내주고도 넉넉해지는 자연의 아름다운 모습이다. 진정한 깨달음의 삶이란 나지막이 숨죽여 서걱거리는 것이요, 먹구렁이처럼 먼 산모퉁이로 굴러 가는 것이리라. 오랜 시간 참았던 침묵의 소리들이 풀어낸 것이 형형한 절경이었음을 전하며 독자로 하여금 삶의 의미를 되새기게 한다.

　이처럼 윤금초 시인의 시는 구어체의 능란함과 풍요로움 속에서 다

른 텍스트와의 교섭을 자연스럽게 이끌어내며 선명하고 구체적인 사상의 흐름과 안정된 구성력을 보여주고 있다. 자연 사물과 일상적 풍경 속에서 삶의 의미를 발견하는데, 결국 오래 참고 침묵하는 것이 진정한 깨달음에 이르는 길임을 알게 되는 과정을 시인은 다양한 형식과 내용의 변주 속에서 형상화한다.

3.

시인은 "조지고, 비비틀고, 직신작신 할퀸 세월."(「청맹과니의 노래」 – 사동(私僮) 짓소리)들을 풀어내어 전통과 현대가 만나는 고즈넉한 공간에 담고, "텁텁한 뚝배기 술에 육자배기 신명"(「해남 나들이」)나는 우리 시조 한 가락을 노래하고 있다. 자신의 시집 『이어도 사나, 이어도 사나』(고요아침, 2003)에서 시인은 서구 시학에 대한 무분별한 신봉이 '시체 사랑하기'와 다를 바 없음을 지적하면서, 시조의 건강한 멋을 은근히 자랑하고 있다. 압축과 저장으로 긴 시간을 순간에 가두는 디지털화 시대에 '말 부림'의 시조가 살아남기에는 열악하다는 시인의 순수한 지적과 고백 역시 시조가 현대적 장르로 자리매김해야 하는 당위론과 증언의 방식이라 할 수 있다.

우리에게 현대시조는 "몸 낮출수록 우람하게 다가서는 저 산빛"(「중원, 시간여행」)이어야 하리라. 시조의 자수를 따지기보다는 그 안에 담는 내용이나 가락이 중요하다고 생각하여 「내재율」이라는 제목을 지었다는 시작詩作 배경처럼 그는 시조문학이 외형에 제약을 받는 닫힌 문학이 아닌 열린 문학이기를 바란다. 이러한 형식 실험과 의미의 생생함이 전달하는 다양한 빛깔의 시어들은 시인의 내면과 자연이 빚어낸 산물이다. 웅어리진 내면의 원기를 회복하고 건조한 삶에 활력을 줄 수 있는 현대시조의 새로운 활로는 '지금 - 여기' 고민하고 갈등하는 문제들에 대한 관심에서 비롯되어야 할 것이다.

　"자네는 시조 쪽에 호흡이 가까우니 시조를 한번 써보게."라고 했다는 시인 박목월의 말과 고산 윤선도에 대한 동경, 혹은 일종의 의무감에서 시조를 택했다는 시인의 진실하고 소박한 고백은 오늘날 우리 시조시단을 이끌어 가는 그가 존재하는 이유일 것이다. 시인은 우리에게 삶에 대한 끊임없는 물음과 시조에 대한 열정으로 새로운 현대시조의 미학을 이어가야 할 책임감을 넌지시 이야기해주고 있다.

우리 시의 뿌리, 현대시조의 위상

1. 전통성과 현대성의 갈림길에 서서

우리는 시조시단 안팎에서 '왜 시조인가'라는 질문을 자주 접한다. 이는 그만큼 전통적 양식으로서의 시조가 현대사회의 조건에 들어맞은 장르인가를 의문시하는 견해들이 적지 않음을 의미한다. 아직도 시조를 음풍농월의 사대부 시가나 고전으로만 인식하는 경우가 그것이다. 그런 이유로 시조는 자유시에 비해 상대적으로 소수의 창작자와 소수의 독자가 누리며 지금까지 이어 왔다.

현대시조는 전통적 양식을 고수하면서도 동시에 전통을 뛰어넘어야 한다는 딜레마를 안고 있다. 이러한 갈등과 고민을 딛고 현대시조는 우리 고유의 양식이라는 특수성을 견지하면서 꾸준한 자기 갱신의 과정을 거쳐 새로운 모습을 만들어 왔다. 현대시조 100년을 기념했던 지난 2006년의 여러 행사와 세미나 등을 통해 현대시조의 위상을 확인했고,

최근 민족시의 전통성을 통해 한국시의 정체성을 자각하고자 하는 한국 문학 내부의식이 확산하면서 시조에 대한 가치가 새롭게 조명되고 있기도 하다. 현대시조가 지속적으로 보여준 근대적 변형은 전통을 계승하면서도 소재의 다변화와 인식의 새로움을 꾀하는 개성적 표현과 담론의 형상화이다. 3장 6구라는 정격의 형식은 무작정 길어지면서 산문화되어 가는 자유시의 한계를 극복하는 실례가 된다. 고도의 압축과 긴장, 절제된 언어 미학은 시조 고유의 특징이다. 비교적 자유로운 배경 위에서 시상을 전개하는 자유시에 비해 일정한 질서 안에서 시상을 전개하는 시조의 미학은 언어를 최대한 배제하는 데 있다.

에즈라 파운드Ezra Pound는 중국 한시와 일본의 하이쿠에서 많은 영감을 받아 단 두 행의 「지하철 정거장에서」라는 시를 낳았다고 한다. 시인은 단 두 행 안에서 '얼굴들'과 '꽃잎들'의 대립이 빚어내는 대구법을 구사하고, 시인의 감정을 절제하면서 고도의 긴장과 압축미를 선보였다. 한편, 현대시조는 일정한 규칙과 질서 안에서 고도로 압축미를 보이며 말을 최대한 줄이는 데서 시조미학의 의미를 계승한다. 압축미에 긴장감을 실었던 일본의 하이쿠가 있다면, 우리에겐 맺고 푸는 시가 형식인 시조가 있다.

전통계승과 현대적 변용이라는 끊임없는 갈등과 고민 사이에서 현대시조의 위상을 정립하려는 시조시단의 값진 결실은 『네 사람의 얼굴』(문학과지성사, 1983), 『다섯 빛깔의 언어풍경』(동학사, 1995), 『갈잎 흔드는 여섯 악장 칸타타』(창작과비평사, 1999)와 같은 시집에서 확인할 수 있다. 형식과 의식의 바구니에 담긴 윤금초, 박시교, 이우걸, 유재영 시인의 감각을 시작으로, 박기섭, 이정환, 이지엽, 김연동, 박권숙 시인이 이어가는 언어 미학의 계보들, 고정국, 오종문, 이달균, 이재창, 전병희, 홍성란 시인 등이 노래하는 여섯 악장 칸타타에 이르는 현대시조의 흐름은 당대 시조의 표현과 미학적 새로움을 입증하는 소중한 질료이면서 동시에 현대시조의 오늘을 탄탄하게 세워 준 디딤돌 역할을 한다.

이 세 시집에 담긴 미학적 새로움을 발견하면서 그동안 우리의 현대시조가 고민했던 흔적을 찾아내고, 전통의 양식으로서의 시조가 현대적으로 변용되는 과정을 짚어보고자 한다. 새로운 감각과 개성적 표현, 형식의 변주와 다층적 의미망들이 각각의 방식에 따라 표현되는 양상을 살피는 일은 오늘의 현대시조에 이르는 그간의 역사적 계보를 정리해 보는 일이 된다.

2. 그늘 속에서 길 찾기

1) 형식의 변주와 내면 풍경의 현상학
 ─『네 사람의 얼굴』윤금초 · 박시교 · 이우걸 · 유재영

1983년 문학과지성사에서 간행된 『네 사람의 얼굴』에는 네 사람의 각기 다른 표정들이 담겨 있다. 윤금초 시인이 시조의 형식과 소재를 적극적인 의미에서의 통제 기제로 활용하면서 현대시조의 저변을 확장하려 했다면, 이우걸 시인이 추구하는 시학은 일상적 사물을 객관적 상관물로 취하면서 결국 내면 의식을 탐구하는, 이른바 의미화의 측면이라는 새로움이다. 한편, 박시교 시인은 존재의 허무를 통해 세상의 본질에 대한 탐구를 지속적으로 형상화하면서 내면과 연결하고 있다. 유재영 시인은 자연 사물에 대한 섬세한 묘사와 언어의 탄력을 선보이며 표현의 아름다움을 추구하는 전범을 제시한다.

그리움도 한 시름도 발묵(潑墨)으로 번지는 시간

닷되들이 동이만한 알을 열고 나온 주몽
자다가 소스라친다, 서슬 푸른 살의(殺意)를 본다.

하늘도 저 바다도 붉게 물든 저녁답
비루먹은 말 한 필, 비늘 돋은 강물 곤두세워 동부여 치욕의 마을 우
발수를 떠난다. 영산강이나 압록강가 궁벽한 어촌에 핀 버들꽃 같은 여
인, 천제의 아들인가 웅신산 해모수와 아득한 세월만큼 깊고 농밀하게
사통한, 늙은 어부 하백(河伯)의 딸 버들꽃 아씨 유화여, 유화여. 태백산
앞발치 물살 급한 우발수의, 문이란 문짝마다 빗장 걸린 희디 흰 적소
(謫所)에서 대숲 바람소리 우렁우렁 들리는 밤 발 오그리고 홀로 앉으면
잃어버린 족문 같은 별이 뜨는 곳, 어머니 유화가 갇힌 모략의 땅 우발
수를 탈출한다.
말갈기 가쁜 숨 돌려 멀리 남으로 내달린다.
– 윤금초, 「주몽의 하늘」 부분

윤금초 시인은 「사물놀이」, 「개펄」, 「주몽의 하늘」 등에서 시조의 외
형적 변화를 시도하고 있다. 사설시조, 평시조, 엇시조, 양장시조의 혼
합형인 '옴니버스 시조'라고 하는 형식적 실험으로 현대시조의 지평 확
대에 적극 나선 윤금초 시인의 공적은 현대시조의 당위성을 명백하게
보여준다. 김학성의 말처럼 사설시조 형식 구조의 특성은 "형상의 연
쇄적 병치를 통해 말을 확장해가는 엮음의 재미"에 있다. 이런 점과 아
울러 현대시조단에서 윤금초 시조미학은 전통성과 역사성의 재조명,
서정적 풍경들에 기댄 내면의 형상화, 자연 사물에 대한 반성적 인식과
정신적 가치, 현실에 대한 비판과 풍자의 수법에서 발견할 수 있다.
평시조 한 수와 사설시조 두 수로써, 옴니버스 시조 형태를 취하고
있는 「주몽의 하늘」은 고구려의 '주몽신화'를 끌어와 서술성과 서정성
이 결합한 탄탄한 구성과 의미망을 만들면서 새로운 시조미학으로 나
아간다. 이 시는 "닷 되들이 동이만한 알을 열고 나온 주몽"이 "서슬 푸

른 살의(殺意)"를 보는 첫 수를 시작으로, 갖은 위기를 극복하고 "광활한 북만(北滿) 대륙에 펼치는" 고구려의 새벽에 이르는 영웅의 일대기를 사설조로 들려준다. 한 시대를 보낸 역사적 풍경들을 시적 소재로 활용하여 현재와 접목하거나, 고전시가의 한 대목을 종장에 처리하거나 다채로운 소재들을 빌리는 시작詩作 방법은 「사물놀이」와 「엘니뇨, 엘니뇨」에서 구체화한다.

「사물놀이」는 속요의 한 부분을 빌려 독립된 시조 한 수처럼 배치하여 사물놀이의 현장감을 살리고, 정읍사의 여음을 종장으로 끼워 놓은 참신한 발상이 돋보인다. 「개펄」 역시 평시조와 사설시조가 혼합된 형식에 민요의 한 대목을 빌리고 있다는 점이 특징이다. 「주몽의 하늘」이 역사적 인물을 빌려 서사시의 성격을 강하게 띤다면, 「사물놀이」와 「개펄」은 노래로서의 형식을 시조에 접목하면서 민초들의 삶의 풍경을 형상화한다. 또한 이상 기온인 엘니뇨현상을 시적 소재로 써서 시대와 환경의 문제에 민감하게 반응하고, 역사적 공간과 타 장르 형식과의 결합을 통해 지속적으로 실험을 모색하고 있는 시적 전략은 그림이나 조각품, 소설 작품 등의 소재들을 가져와서 이미지를 만들어가는 시작詩作 과정으로 이어진다.

이처럼 윤금초 시인이 다양한 인식의 각도를 통해 새로운 형식적 · 의미론적 탐색을 시도하고 있었다면, 박시교 시인은 세상의 본질을 허무와 공空으로 파악함으로써 결국 삶이 쓸쓸함이나 허망함으로 귀결되는 것이라는 의미를 전달한다. 그러나 세상에 대한 이러한 허무의식은 다분히 절망적인 세계로 치닫지 않고 "보다 크고 깨끗한 삶에의 다짐"으로 이어지는 점에서 허무를 뛰어넘어 허무를 내 것으로 인식하는 시인의 시 정신을 읽을 수 있다.

죄다 돌아간 뒤 쓸고 있는 한 마당 정적
그런 정적 갈볕처럼 잔잔하는 젖어오는 때
무시로 가슴 톺던 아픔도 그렇게는 여물리라

어느 날 늦은 귀로에 문득 생각된 죽음
죽음 한 끄나풀로 저승 난간 동여매면
놀 밖엔 온몸의 피가 물파래쳐오던 것

윈밤을 뜬눈 밝힌 이유야 모른다 치고
한 소절씩 잃어가는 내 뜨겁던 노래여
노래여, 허공을 쌓은 이승만한 바람이여

– 박시교, 「무미 9」 전문

　시인은 인간의 허무와 무의미 사이에 자리 잡은 이미지들을 차례로 배치함으로써 오랜 체험과 고심 끝에 얻어낸 허무의 본질을 드러낸다. 그 무엇으로도 채울 수 없는 빈자리에 대한 그리움과 열망은 비어있는 내부에 가라앉은 의식세계를 들여다보게 한다. 작고한 임홍재 시인을 추모하고 있는 「바람집 1」에서 시인은 세상을 "더없이 크고 공허한 바람집 한 채"(「바람집 2」)로 인식한다. "내 곁을 아주 떠난/ 친구"에게 미처 한 소절 노래조차도 장만하지 못하고, 그의 몫의 빈 잔에 한 잔의 바람만 채워야 하는 허무한 마음을 서정적으로 승화하고 있다. "헛말처럼 날리는 바람집 한 채"는 그대를 떠나보낸 빈 마음이다. "망연히 그저 섰을 뿐/ 헛말만 흩뿌릴 뿐" 어떤 행동도 취하지 못하고 망연자실한 화자의 내면풍경을 시인은 「무미」의 연작을 통해 이미지화 한다. "불러서 따뜻한 이웃들 모두 떠난 빈자리"(「무미1－빈 잔」)를 그 무엇으로도 채우지 못하는 장면을 시간의 반추를 통해 구체적 이미지로 형상화하고 있는 것이다. "가서 오지 못하는 것/ 이 세월뿐이 아"니라는 인식의 깨달음은 흘러가는 강물을 보면서 우리의 마음도 흘러가는 것이라고 노래한 「너의 강 1」에서 구체화된다. 저무는 강가에 앉아 "흐르는 세월"을 보면서 눈물어린 시간을 떠올리는 「너의 강 2」 역시 시인의 허무시의 계보를 잇고 있다. 이렇듯 박시교 시인은 허무와 무의미를 통한 존재 확인의 성찰에 천착한다.

　박시교 시인은 시조의 전통성을 유지하는 가운데, 자연의 정서를 인간의 내면으로 이해하는 정적인 이미지를 그려낸다. 반면 이우걸 시인은 일상의 풍경에 대한 통찰과 직관을 통해 인식을 확장하는 신선한 감각을 보여준다. 그는 지극히 일상적 풍경에서 얻은 소재들을 시인의 내면을 표현하는 객관적 상관물로 대치하면서 날카로운 인식의 세계를 열어간다.

　　　쳐라, 가혹한 매여 무지개가 보일 때까지
　　　나는 꼿꼿이 서서 너를 증언하리라
　　　무수한 고통을 건너
　　　피어나는 접시꽃 하나

– 이우걸, 「팽이」 전문

　이 시는 때리지 않으면 돌지 않는 팽이의 속성을 통해 우리 삶의 방식을 읽어내고 있다. "무지개"와 "접시꽃"이 우리가 욕망하는 지점이라면 "무지개"와 "접시꽃"이 보일 때까지 우리는 계속 돌고 돌아야 한다. 단시조의 형식 안에 시인이 내포하는 담론은 다분히 팽이의 속성과 우리 삶의 어법을 연결하는 것에 머물지 않고 '파학성애'라고 불리는 '마조히즘masochism'의 성격을 삶의 방식에 빗대는 데까지 나아가고 있다. 초장 "쳐라"의 짧은 음보와 쉼표처리는 짧고 강렬한 권력의 언어를 강조하기 위한 효과로 보인다. 중장에서 "나"와 "너"의 행위가 병치되면서 우리 사회의 권력 관계를 꼿꼿이 증언하고 있다.

또한 「방」이라는 시에서 그는 그리움에 철없이 눈을 떴을 때 말없이 창을 열어주었던 '방'과 중오에 철없이 눈을 떴을 때 말없이 커튼을 드리워 준 '방'의 이미지를 대구를 통해 보여줌으로써 자신의 삶을 성찰하고 사유하게 하는 공간이라는 의미를 만들어 낸다. 세수의 행위를 통해 죄스럽기만 한 생을 씻어내는 「세수」에서도 복잡한 자의식의 공간을 보여주고, 어두운 시대를 살아가야 하는 힘겨움을 형상화한다. 「변기」라는 작품에서도 "변기를 아시나요, 짐승의 아가리 같은/ 엉덩이를 받쳐 드는 저 백색의 질 속에서/ 오늘의 욕망이 피고/ 그 욕망이 지는 것을"이라고 노래하며, "변기"를 전통적 의미로 해석하지 않고 후기 자본주의 사회에서 들끓는 현대인의 욕망을 감각적으로 묘사했다. "제 가진 전신으로 한 하늘을 건져내려고", "바다를 건져내려고"(「빈 배에 앉아」) 애쓰는 등대의 노고를 읽어내기도 하고, "짓밟혀서 돌아오는 어두운 사내를 위해"(「섬」) 누군가 몰래 두고 갔을 테라스의 불빛을 섬으로 읽어내는 놀라운 상상력으로 독자를 압도하기도 한다.

그의 시에는 일상적 소재들이 빈번히 등장한다. 시인은 이러한 일상적 소재들의 본질과 속성을 파악하는 것보다는 그것으로부터 파생되어가는 의식세계에 더 관심을 갖는다. 이렇게 의식세계를 좇아가는 이우걸 시조의 미학은 반복과 대구, 병치의 기법 속에서 활달한 감각을 펼치는 가운데 얻어진다. 시조의 외형이나 언어의 표현에 지나치게 매달리지 않고 의식의 흐름을 따라가는 이우걸 시인에 비해 유재영 시인은 아름다운 이미지의 형상화에 부단히 신경을 쓴다.

> 작자 미상 옛 그림 다 자란 연잎 위를
> 기름종개 물고 나는 물총새를 보았다
> 인사동 좁은 골목이 먹물처럼 푸른 날

일곱 문 반짜리 내 유년이 감겨 있는
그 여름 흰 똥 묻은 삐딱한 검정 말뚝
물총새 붉은 발목이 단풍처럼 고왔다

텔레비전 화면 속 녹이 슨 갈대밭에
폐수를 배경으로 실루엣만 날아간다
길없는 길을 떠돌다 되돌아온 물총새
— 유재영, 「물총새에 관한 기억」 전문

유재영 시인은 소재를 하나의 이미지나 생각으로 처리하는 현대적 감수성과 표현력을 지니고 있다. 이 시는 물총새라는 시적 소재를 시인의 상상력과 이미지로 잘 형상화한 작품이다. 첫 수가 물총새 그림에 관한 기억이라면 둘째 수는 시인의 유년과 뒤섞여 좀 더 내면의 결합이 이루어진 세계에 대한 묘사이다. "먹물처럼 푸른 날"의 인사동 골목과 "단풍처럼 고왔"던 물총새 붉은 발목이 직유에 의해 처리되면서도 식상하지 않는 것은 그 이미지의 비유 속에 선명한 주제의식을 내포하고 있기 때문이다. 시인이 구사하는 이미지 속에서 빛이 고왔던 한때의 시간을 오래 환기하게 한다. 셋째 수에 등장하는 물총새는 현재의 물총새이다. 산업화로 말미암아 훼손된 자연과 분주한 삶 때문에 아무도 찾아보지 않는 갈대밭은 "녹이 슨" 것으로 묘사된다. 맑은 강물 대신 폐수를 배경으로 실루엣만 날아가는 형상을 '기억'이라는 방식을 통해 대립적으로 구성하면서 시인은 이 시대 잃어버린 아름다운 풍경에 대한 회의에 젖어 있다. 마지막 수 종장의 길 없는 길을 떠돈다는 역설적 표현에서 시인은 안주할 곳 하나 없이 떠도는 오늘의 현실을 곱씹게 한다. '기억'이라는 장치 속에 감각적으로 승화된 이미지의 표출 방식은 유재영 시인의 매력이다.

　"녹슨 배경 하나 비스듬히 버려"(「월포리산조」)진 자리에 "4악장쯤서 가로 접혀 있"는 바다를 그려 넣는 시인의 감각적 표현이 밤하늘 하얀 달로 떠오른다. "목 잘린 바람들이 우우우 달려온다"(「북풍권」), "밤새 벌레 울음이 기둥처럼 하얗고"(「가을 손님」), "갈대꽃 하얀 바람 목이 쉬는 저문 강"(「다시 월정리에서」)과 같은 섬세한 표현력은 유재영 시인의 시적 분위기를 한층 고취시킨다.

이렇게 네 사람의 표정은 개성과 분위기에 따라 각각 다르다. 하지만, 이들의 작업은 형식과 내용 면의 획기적인 실험을 동반하면서, 현대시조의 실질적인 변화를 보여 준 사례라는 점에서 의의가 있다. 현대시조의 발전에 이바지한 초기의 결실은 다섯 빛깔의 언어 풍경을 보여 주는 계기가 되었으며, 현대시조의 오늘을 있게 한 의미 있는 기억이 되고 있다.

2) 상처를 치유하는 역동적 상상력
─『다섯 빛깔의 언어 풍경』
박기섭 · 이정환 · 이지엽 · 김연동 · 박권숙

1995년 동학사에서 간행된『다섯 빛깔의 언어 풍경』에는 삶에 대한 깊은 통찰의 흔적이 고스란히 담겨 있다. 박기섭 시인이 고통의 내부를 어루만지며 낱낱이 발기는 생의 잔뼈를 드러냈다면, 이정환 시인은 참신한 소재의 활용과 반복을 통해 처절하리만큼 아픈 자리지만, 재 속에서도 제 그림자가 불씨로 일 수 있다는 역동적 상상력을 보여준다. 한편, 이지엽 시인은 기하학적 상상력을 동반하여 사물을 재해석한 감각을 선보였으며, 김연동 시인은 생의 쓸쓸한 노정 속에서 실존을 되묻는 과정을 짚어보았고, 박권숙 시인은 역사와 신화적 소재를 차용하여 고적한 서정의 아름다움을 형상화한다.

박기섭 시인의 시에는 고통의 흔적들이 곳곳에 배어 있다. 그러나 그의 시에는 고통스러운 내부만 있을 뿐 출구가 없다. 수척한 목숨의 길섶에 놓인 저문 강의 풍경, 집단 살해된 꽃의 가혹한 시취, 포장집 낡은 석쇠에 누운 꽁치 한 마리, 가을이 깊어질수록 상처만 깊어가는 산, 쪼개진 수박 사이로 드러난 죄의 씨앗, 구한말의 저항시인 황매천의 비장했던 일생을 그린 시에서 우리는 그가 그려낸 고통의 현장을 적나라하게 만난다.

> 포장집 낡은 석쇠를 발갛게 달구어 놓고
> 마른 비린내 속에 앙상히 발기는 잔뼈
> 일테면 시란 또 그런 것, 낱낱이 발기는 잔뼈
>
> ― 가령 꽃이 피기 전 짧은 한때의 침묵을
> ― 혹은 외롭고 춥고 고요한 불의 극점을
> ― 무수한 압정에 박혀 출렁거리는 비애를
>
> 갓 딴 소주병을 정수리에 들이부어도
> 미망의 유리잔 속에 말갛게 고이는 주정(酒精)
> 일테면 시란 또 그런 것, 쓸쓸히 고이는 주정
>
> ― 박기섭, 「꽁치와 시」 전문

시인은 포장집 낡은 석쇠를 달군 뒤 꽁치를 올려놓고 외롭고 춥고 고요한 불의 극점을 견디는 꽁치의 삶을 우리 생에 비유하면서, 결국 시란 무엇인가에 대한 스스로의 정의를 내린다. 이 작품은 첫 수와 셋째 수가 유사한 방식으로 대구를 이루고 있으며, 마지막 음보 처리가 두 번씩 반복됨으로써 운율을 형성한다. "발기는 잔뼈"의 반복과 "고이는 주정"의 반복, 둘째 수의 "침묵을", "극점을", "비애를"에서처럼 일정한 방식의 종결어미로 맺는 부분에서도 연속적인 리듬감을 느낄 수 있다.

둘째 수는 구체적으로 시가 되는 것들, 말하자면, 춥고 배고팠던 기억,
외롭고 고통스러웠던 비애의 순간들이 "가령"과 "혹은"이라는 부사어
를 첨가함으로써 감정 절제의 효과와, 시의 정의에 대한 구체성을 환기
하는 효과를 준다.

　이렇게 시인은 고통스러운 순간들을 낱낱이 발기고, 유리잔 속에 말
갛게 혹은 쓸쓸히 고이는 주정처럼 삶을 견디는 과정이 시가 될 수 있
음을 구체적 비유로 전달한다. 시의 기능은 세계의 슬픔과 조화시키는
것이라는 A.E. 하우스만의 말과, 서릿발의 열기熱氣 속에, 도배지의 희
미한 무늬 속에, 제단의 뒷벽 위에, 피어나지 않는 불꽃 속에 시는 존재
한다고 했던 M. 아널드의 말처럼 시는 그렇게 어두운 이면을 들추며
존재하는 것임을 시인은 비유와 반복을 통해 보여주고 있다. 절망에 자
복하지 않고, "차디찬 치욕의 한때"를 버티고 있다.

　　　1
　　폐차 직전의
　　다 낡고 찌그러진

　　그런 길섶의
　　그런 살풍경일지라도

　　뉘인들
　　어쩌겠는가
　　홍매(紅梅) 불켜든 날에

　　　2
　　속의
　　속뜰로부터
　　화알활 피어오른

불은 때로
꽃무늬
처절하리 만치 아픈

이 봄날
저 갈매빛 산둥성
상흔으로 찍힌 꽃무늬

- 이정환, 「불의 흔적」 부분

시인은 "불의 흔적"을 본다. 그는 뜨겁게 타올랐다 재가 된 풍경 속을 더듬는 존재이다. 이정환 시인은 그 재가 된 풍경 속에서 처절하리만큼 아팠을 삶의 흔적을 슬픔과 고통 같은 일차원적인 감정으로 처리하지 않는다. 그의 시의 매력은 적은 언어로 감정을 최대한 제거하는 데 있다. 다 낡고 찌그러진 살풍경한 세상은 "홍매 불켜든 날"로, 처절하리만치 아픈 불의 흔적은 "상흔으로 찍힌 꽃무늬"의 이미지로 대치된다. 이렇게 불의 흔적을 역동적 이미지의 힘으로 형상화한 대목에서 시인의 감각은 활활 타오른다. 현무암에 뚫린 구멍처럼 화자의 가슴에도 숭숭 뚫린 구멍은 속앓이의 흔적이다. 속앓이로 인해 패인 곳곳에 그대 눈물이 괴어 있다는 표현은 용암 분출 후의 구멍 숭숭 뚫리는 현무암의 이미지를 인간의 내면으로 끌어들이는 시인의 전략이다.

이정환 시인은 시적 대상의 외관을 섬세하게 매만지며 그것을 인간의 삶으로 밀착시킨다. 또한 그는 유장한 리듬감을 선사한다. 「불의 흔적」 첫 수 중장의 "그런"의 반복과 「자목련 산비탈」의 "자목련 산비탈", 「별사」의 "말없을 그대", 「천년」의 "눈빛으로 천년", 「산 밑에 와서」의 "빈 집", 「벽」의 '고요' 등의 반복과 유사 문장 구조의 대구는 시의 활기와 긴장감을 가미하며 어두운 시의 분위기를 활달하고 역동적으로 읽게 하는 의도적 장치로서 기능한다.

　이정환 시인이 자연의 침묵과 정적인 분위기 속에서 새로운 역동의 긴장을 불러일으켰다면, 이지엽 시인은 세상을 도형으로 인식하는 기하학적 상상력을 통해 우리 삶의 여러 각도를 지적인 시각으로 읽어낸다. 그의 시「떠도는 삼각형」연작은 세상을 기하학적인 도형의 체계로 재해석한다. 삼각형의 빗변은 "아르르 졸음이 밀려 그만 눈을 감는 오후"로, 모서리는 "모나고 모난 오기"로, 수직은 "온 뜨락 햇살이 모여 아침 내내 반란"인 풍경으로 대치된다. 이렇게 이미지와 내면의 결속을 통해 보여 준 기하학적 상상력은「떠도는 삼각형」연작과「튕겨져 나오는 공을 보면」의 연작에서 이미지와 내용의 결속을 통해 구체적으로 드러난다.

　　　양쪽으로 갇혀 있다
　　　모반의
　　　깊은 늪에

　　　목에 칼집을 씌우고 허위자백을 강요하는 너는 누구냐 어둠을 몰고 와서 뜨락 안팎 가득 부려 놓고 흰 벽마다 검은 페인트를 박박 문지르고 있는 너는 검은 얼굴 검은 손의 너는 누구냐 지하실 감방에 맥없이 나를 가둬 놓은 멋대로 체력을 휘두르다 가 버리고 해가 떠도 오지 않는 너는 위대한 백성의 이름으로나 들먹거리는 너는 너는 누구냐 어느 나라의 위대하고 고귀한 족속이냐

　　　놓아 줘 놓아 놓아 줘
　　　약봉지에 쌓여 점점 파멸되어가는 나는
　　　흰
　　　알약
　　　　　　－ 이지엽,「떠도는 삼각형 6─괄호에 관하여」전문

  "괄호에 관하여"라는 부재가 붙은 이 시는 군사독재체제가 횡행했던 1970~1980년대 사회를 알레고리화 한다. "검은 손"으로 대치되는 정체불명의 존재에게 "나"는 일방적으로 추궁당하는 존재이다. 사방이 단절된 지하방에서 허위자백을 강요당했던 시대적 상황을 안정되지 못하고 떠도는 이미지와 사방이 모가 난 삼각형의 이미지 속으로 끌어안는 시인의 감각이 돋보인다. 숫자, 문자, 문장, 수식의 앞뒤를 막아서 다른 글자 열과 구별하는 문장 부호 괄호는 철저하게 "나"의 손발을 묶고 외부와 차단한다. 세 번 반복되는 "너는 너는 누구냐"와 "놓아 줘 놓아 놓아 줘"의 진술은 "검은 얼굴", "검은 손"을 대하는 "나"의 방식이다. 문장 부호 "괄호"를 양쪽으로 갇혀 있는 모반의 깊은 늪으로 표상하며 허위자백을 강요하는 고문 현장을 드러내는 이 시에서 공간을 도형으로 인식하는 상상력을 발견할 수 있다.

  시인은 모두 삶의 공간을 삼각형으로 인식한다. 삼각형의 꼭짓점들은 모두 "나"와 연결되어 있다. 그러나 그것은 안주하지 못하고 부유하는 존재들을 표상하는 "떠도는 삼각형"이다. "견고하게 잠궈진 문"에서 태어나는 눈물처럼 그것은 슬픔의 근원지이기도 하고, 그믐달 돋던 그날의 풍경이 머무는 곳이기도 하고, "발이 아픈 내 그림자"가 드리워진 곳이기도 하다. 시인에게 삼각형은 "모나고 금간 가슴들 부딪쳐 온 강기슭에 여직도 연이 되어 떠도는 슬픈 꿈 하나"(떠도는 삼각형 · 1)이다. 그러나 시인은 「일어서는 바다」와 「튕겨 나오는 공을 보면」의 연작을 통해 재생과 부활의 가능성을 보여주는 것으로 회복의 의지를 표출한다. 이지엽 시인이 세상의 부조리와 슬픔을 기하학적 상상력에 의존하여 표현하고 있다면, 김연동 시인은 시조의 전통성을 유지하면서 내면으로 승화하는 방식을 취하고 있다.

위장한 시대 같은 미궁 속을 달린다
파행 그 자국들은 문신처럼 남겨 둔 채
바퀴로 구르는 운명
몸으로 내딛는다

눈 뜬 밤을 지켜 점멸하는 불빛들,
찢겨진 허상들이 어둠 속에 무너져도
별빛을 곁눈질하며
추월산을 넘는다

피 흘리는 하늘 아래 철망 쓴 장벽처럼
통곡마저 삼켜 버린 차단된 길 있다 해도
이 시간 가야만 하는
거역할 수 없는 노정

— 김연동, 「밤의 고속도로」 전문

　“밤”과 “고속도로”의 상징은 시대를 “위장”, “문신”, “파행”으로 인식하는 시인의 생각과 결합하면서 거역하거나 돌아갈 수 없는 운명임을 환기한다. 대상의 실체를 지워버리는 “밤”의 속성은 거짓으로 위장된 세상을 보여준다, “살아 눈뜬 자의 절망”을 지켜내지 못했던 1980년 광주의 5월, “봄꽃이 피어서 지는 찰나”를 지켰는지 생각해 보게 하는 「노을」은 불의의 현실을 인식하면서도 어쩔 수 없이 무너져 내려야 하는 젖은 내면을 반성하게 한다. 절망의 원인은 제대로 보지 못하고 지키지 못하고, 시간을 흘려보냈다는 것에 있다. “바람이 스칠 때마다 굽이 닳는 신발짝”, 그는 “바닥난 신발 한 짝을 멍에처럼 끌고”(「신발」) 지름길 하나 없는 먼 길을 떠나는 것을 운명으로 받아들인다.

　김연동 시인은 세상을 은유하는 방식이 진지하다. 절망의 뿌리를 드러내거나 밖으로 향하는 미세한 균열 하나도 허락하지 않는 데서 현실의 답답함을 여과 없이 드러냄을 알 수 있다. 그래서 그의 시는 길에서 출발해서 길에서 끝난다. 시작도 끝도 없는 길 위를 걸어가는 선형적 구조를 띤다. 이지엽, 김연동 시인이 부조리한 삶의 현장을 날카롭게 보고하고 있다면, 박권숙 시인은 비교적 섬세한 서정의 결을 보여주고 있다.

물살의 흐름을 견딘 맑은 어깨의 돌들이
꽃잎 같은 햇빛을 뿜어 올리고 있었다
떠난다 봄날 남천강 갈래진 물길 따라서

바다가 시작되는 강여울을 휘돌아
청둥오리떼 놓치고 간 지난 겨울의 하늘빛을
세상의 문 밖 너머로 밀어내고 밀어내고

강물에 가을달이 일렁이는 서늘한 밤
우리가 모천으로 돌아올 때쯤 모랫벌엔
은비늘 돋친 달빛을 흠뻑 풀어 놓아다오
— 박권숙, 「문·7-연어」 전문

강을 거꾸로 거슬러 오른다는 '연어'의 이미지와 출입을 표상하는 '문'의 이미지를 접목하면서 생의 근원을 그리워하는 정서를 표출하고 있다. 살면서 우리는 오랜 시간 문을 찾아 떠돈다. '문'은 삶이 시작되는 곳이기도 하고, 삶이 끝나는 곳이기도 하다. 우리는 삶의 문과 죽음의 문 사이에서 무수하게 많은 문을 만난다. 문을 넘나드는 일이야말로 삶을 사는 일이다. "세상의 문 밖 너머로 밀어내고 밀어내"지만, 모천으로 돌아올 때쯤 은비늘 돋친 달빛을 받으며 문 안으로 돌아올 수 있다. 무엇인가에 의해 문밖으로 밀려나는 것은 죽음을 새로운 삶을 예비하는 순간으로 이해하는 윤회의 정신으로 인식한 시인의 의도이리라. 박권숙 시인은 형식적인 측면에서 전통적 질서를 잘 고수하고 있다. 그러나 역사적 인물이나 이야기 혹은 신화적 요소를 끌어와 시조 가락에 들여앉히는 역량을 보여줌으로 내실을 튼튼하게 짜는데 주력한다. 혜경궁 홍씨惠慶宮洪氏의 자전적自傳的 회고록懷古錄인「한중록」을 시적 소재로 빌린「한중록―단오」, 녹두장군 전봉준을 끌어 온「문·1―서풍 앞에서」, 단종의 슬픔을 담은「적소의 밤」등은 이러한 그의 역량을 뒷받침하는 작품이다.

이처럼 이들이 보여준 시조 세계는 전통적 율격을 고수하면서도 현대적 소재를 자유롭게 구사하고 있다는 점에서 실험적이다. 시조가 정격의 형식을 지녔다고 해서 언어의 운용이 불가능한 것이 아니라는 인식을 확연하게 보여주고 있는 실례다. 특히 역사나 신화 속 내용을 소재로 차용하거나, 알레고리의 쇄신과 시적 리얼리티를 살리고 있는 작품들에서 우리는 형식에 갇힌 언어가 아니라 언어가 형식을 만드는 아름다운 시조미학을 만날 수 있다.

3) 감각의 리얼리티와 알레고리의 미학

－『갈잎 흔드는 여섯 악장 칸타타』
고정국 · 오종문 · 이달균 · 이재창 · 전병희 · 홍성란

1999년 창작과비평사에서 간행한 6인 시조집『갈잎 흔드는 여섯 악장 칸타타』에는 급변하는 사회 속에서 시 쓰기에 대한 갈망과 고심의 흔적들이 담겨 있다. 또한 1980년 민주화의 물결에 출렁였던 5월 봄날의 거리와 사회 밑바닥을 떠돌며 힘겹게 생을 짜던 노동의 시간을 이명처럼 담고 있다.

당초 너의 길은 낮은 데로 뚫렸어라
흉흉한 돌담뿌리 해거름이 서러운 날
채석장 아득히 오는 釘소리로 우는 새야.

살아도 막장 같은 굴뚝이나 후비는 짓
대쪽 같은 목소리 담벼락에 찢겨나고
피묻은 詩語만 흘리는 날갯짓 그 행적이여.

한 생애 절반쯤은 누명쓰고 사는 세상
詩人은 언제부터 굴뚝새를 닮았던가
추녀 밑 배고픈 日月에 돌이끼만 쪼아라.

– 고정국, 「굴뚝새」 전문

이 시는 채석장의 이미지와 굴뚝의 이미지를 대치하면서 생의 절반쯤은 누명 쓰고 사는, 살아도 막장 같은 생에 대한 환멸을 시 쓰기의 과정으로 빗대어 말한다. 화자에게 버거운 일상과 시 쓰기의 고행은 "釘소리로 우는 새"의 울음처럼 힘겁다. 그래서 자꾸 화자의 가슴에 내못으로 박히며 흉흉하고 서럽고 아득한 세상의 막장으로 밀어 넣는다. "살아도 막장 같은 굴뚝이나 후비는 짓"은 그만큼 실존의 의미를 발견하지 못하고 절망하는 화자의 심정을 표출한다. 시인은 한 생애 절반쯤을 누명 쓰고 살아야 하는 세상에 대해 적개심을 드러낸다. 그만큼 자신의 본성을 숨긴 채 가식적으로 살아가는 오늘의 현실을 곱씹게 한다.

중심에 편입되지 못하는 은벽진 삶을 "막장 같은 굴뚝이나 후비는 짓"이라고 표현한 데서 현실에 대한 그의 태도를 짐작할 수 있다. 대쪽 같은 목소리는 소통되지 못하고 담벼락에 부딪혀 찢긴다. 찢긴 시어詩語에서 피가 뚝뚝 떨어지고 우리는 아무 잘못도 없이 누명을 뒤집어 쓴 채 살아가야 한다. 그저 구석에서 돌이끼만 쪼는 것이 모두가 조용해지는 일이다. 시인은 "남도땅 노숙의 별"(「민달팽의 詩」)을 바라보며, "쓸쓸히 기우는 처마로 소주잔을 건"(「중년의 처마」)네고, "가끔은 도시 전체를/ 싹 쓸어버리고 싶"(「소나기」)다는 생각을 정형의 율격 안으로 끌어들인다.

> 나무와 나무들이 근심에 찬 표정을 짓고, 종일 불편해하며 흐르는 하
> 천들이, 별들이 왜 침묵하는 밤이 계속되는지.
>
> 가로수가 죽어가는 일은 서글픈 일이다. 앓는 물소리를 듣는 일은 괴
> 로운 일이다. 하늘을 올려다보는 일은 더욱 미칠 일이다.
>
> 언제부턴가 모두 앓기 시작한 기관지염, 그 위에 은밀히 쌓여가는 연
> 기 한점의 질량, 이 땅에 어떤 병으로 깊어지는 것일까.
>
> — 오종문, 「오늘의 양심」 전문

지극히 역설적인 "오늘의 양심"이란 제목이 가슴을 뜨끔하게 한다. 근심에 찬 나무와 불편한 기색을 내비치는 하천들, 별들의 침묵, 앓는 물소리 등에서 시인은 오염된 환경으로 인해 피해 받는 자연환경의 심각성을 감각적으로 열거하고 있다. 사물에 감정을 부여하는 의인화의 기법은 환경파괴의 현장성을 살리기 위한 의도적 장치로 보인다. 첫 수가 희생당하는 자연 풍경을 열거하고 있다면, 둘째 수는 "서글픈 일이다", "괴로운 일이다", "미칠 일이다"와 같은 추임새를 넣고 있다. 첫 수에서 자연 풍경의 감정 변화를 일렬로 나열하고, "~은 ~일이다"라는 주술구조를 반복하는 것은 리듬감을 살리는 요소임과 동시에 환경의 오염으로 모두가 앓기 시작한 시간이 계속되고 있음을 보여주는 형식적 장치이다.

"모두 앓기 시작한 기관지염", "연기 한점의 질량"에서 우리는 시인이 자연환경에 국한된 문제에서 우리 모두의 문제로 확장하고 있음을

알 수 있다. 다소 직접적인 표현들을 통해 시인은 양심조차 잃어버린 오늘의 현실을 날카롭게 지적하고 있다. 오종문 시인은 "고된 노동의 체벌 끌어안고 밤 새"(「북 치는 반달곰에게」)는 노동자의 어깨를 두드리며, "쿵쿵쿵 빛이 무너"지고 "연거푸 넘어"(「계엄령의 밤」)지는 어둠의 횡포가 광주를 핏빛으로 물들이던 그날을 기록한다. "세상은 얼마나 많은 법칙을 숨기고 있는 걸까?" 그의 시 쓰기는 이런 의문으로부터 시작된다.

1

거리엔 랩처럼 세월이 지나간다

어제같은오늘오늘같은 내일은 행나무잎새같은하루또하루길을 잃은 리듬과빛깔들이바퀴들이구름들이언약들이…

조국은 랩송을 부르며 도시를 질주한다

2

새로운 시인들은
오늘도 랩詩를 쓴다
하지만 나는
랩詩를 쓰지 못한다
우리들 때 이른 퇴장, 쓸쓸한 세대 교체?

먼 훗날 그대들의 랩송도 흘러가면
두만강 푸른 물처럼 눈물 젖은 사랑이 될까
연인들 가슴 무너지는 고전이 되어 남을까
　　　　　　　　　　　　 － 이달균, 「나는 랩詩를 쓰지 못한다」 전문

이 시는 랩詩를 쓰지 못한다는 화자의 입장을 드러내며, 형식과 내용 면에서 동시에 숨 가쁘게 흘러가는 세상을 비판적으로 인식하고 있다. 미국 뉴욕의 흑인과 스페인계系의 젊은이 사이에서 1970년대 후반부터 유행했던 랩 문화는 음악의 한 장르가 되었다. 이달균 시인의 실험은 랩 형식을 그대로 옮겨온 데 있다. 두 파트로 처리된 이 시에서 단연 눈에 띄는 것은 음악의 랩처럼 띄어쓰기가 되어 있지 않은 대목이다. 랩처럼 빠른 시간이 지나가는 거리에는 어제 같은 오늘과 오늘 같은 내일이 반복되어 흐른다. 시인은 랩의 빠르기를 그대로 시의 형식 안에 옮겨 놓으면서 랩처럼 빠르게 흘러가는 현대사회의 속도감을 재현한다. 띄어쓰기 없이 반복적으로 처리하는 어휘, 그리고 말줄임표는 지속적으로 흐르는 시간과 랩의 속성을 결합한 결과이다.

첫 번째 파트가 랩처럼 빠르게 흘러가는 시간을 랩의 형식을 빌려 구사하고 있다면, 두 번째 파트에서는 랩詩를 쓰는 새로운 시인들과 랩詩를 쓰지 못하는 화자의 병치를 통해 순식간에 잊혀가는 풍속에 대한 유감을 표출한다. "때 이른 퇴장", "쓸쓸한 세대 교체"는 이러한 현상을 직접적으로 증언하는 부분이다. 랩송도 흘러가면 "가슴 무너지는 고전"으로 남을까 하는 부분에서 시인은 과거를 무시한 채 빠르게 흘러가는 사회적 분위기를 지적한다. "지워진 길 위의 생애"(「낙타」), "좌판 위 마른 북어의 정물처럼 차갑게 누워/ 가슴을 짓밟고 가는 구두소리를 듣는"(「북어」) 처절한 삶의 현장도 그가 시적 소재로 자주 차용하는 재료이다. "저무는 가내공업 같은 내 영혼의 한 줄 시"를 쓰기 위해 그가 취한 소재들에서 보는 것은 문명의 이기 속에서 소외된 자들의 모습이다.

금남로 걷다보면 생각난다, 민주주의여

푸른 하늘 죄 없어도 떨려오는 가슴 아래
오늘은
너에게 안부를 묻는다
머나먼 그리움의.

생각나지 않느냐, 지울 수 없는 함성들이
잊혀지지 않는구나, 떠나갔던 친구들이
사람이
사람으로 태어난
그 인식의 죄업 끝에.

오월이 돌아오면 가슴이 뛴다, 민주주의여
너는 지금 어느 땅 밑 숨죽여 누웠느냐
철쭉꽃
장미꽃 팬지꽃
모두 만발한 이 봄날에.
— 이재창, 「年代記的 몽타주 12」 전문

5 · 18민주화운동은 군사정권의 장기 독재와 억압 체제에 대한 민중적 저항 투쟁으로 우리에겐 늘 살아 있는 과거이다. 수많은 사람의 가슴에 상처를 남기면서 역사에 기록되었던 1980년 5월 광주에서 있었던 폭압적 기억은 지울 수 없는 트라우마trauma가 된다. 1980년 광주 금남로의 현장을 몽타주의 기법으로 형상화한 이 시는 아직도 팽팽한 긴장감을 자극하며 과거의 상처를 돌이킨다. 그날의 "함성들"과 떠나갔던 "친구들"은 여전히 여기 남아 역사를 증언한다. "너에게 안부를 묻는다/ 머나먼 그리움의."라든가 "생각나지 않느냐, 지울 수 없는 함성들이", "잊혀지지 않는구나, 떠나갔던 친구들이"에서 보여주는 도치는 잊을 수 없는 그날의 상처를 들추며 강하게 후려치는 리듬감을 느끼게 한다. "이제는 일그러진 영웅을 용서하는 산"(「年代記的 몽타주 24−무

등에 관하여」)에서처럼 시인은 지나간 시간을 용서하고 그 죄마저도
어머니처럼 안아주는 무등산의 넓은 마음을 보여주며, "우리는 숙명처
럼 가슴이 따뜻"(「저물 무렵 그리움의 詩 1」－격포에서)하다는 것을 증
언한다.

> 책상 위엔 뒤적이던
> 서류와 재떨이가 있고
>
> 치욕과 몸부림과
> 질퍽이는 시간이 있고
>
> 거대한 허공이 있고
> 추락하는 구름이 있고.
>
> 끝내 마무리 못한
> 한 줄 시 죽음이 있고
>
> 날 보는 어쩔 수 없는
> 눈빛의 무덤이 있고
>
> 저물녘 새들의 슬픈
> 지저귐도 마구 있다.
>
> － 전병희, 「저승의 거울」 전문

'거울'하면, 거울에 비친 자신의 모습을 보고 사랑에 빠졌다는 나르
시스가 떠오른다. 사물을 대칭적으로 보여 주는 '거울'은 이상의 시에
서처럼 자기 성찰의 한 방편으로 등장하여 일상에 매몰된 채 망각한 자
기 본연의 모습을 보여주기도 하지만, 위의 경우처럼 "저승의 거울"이
라는 매개물을 통하여 시 쓰기의 과정을 보여주는 경우는 흔치 않다.

저승의 거울을 '엄경대'라고 한다. 생전에 지은 선악의 행적을 그대로 보여준다는 '엄경대'에는 한 줄 시에 대한 고심과 열망의 흔적, 그리고 꿈을 이루지 못한 순간이 고스란히 비친다. 끝내 마무리 못한 한 줄 시의 죽음 앞에 날 보는 어쩔 수 없는 눈빛의 무덤, 그 무덤 주변을 맴도는 새들의 슬픈 지저귐도 보인다. 이 시집에 실린 전병희의 시들은 주로 그리움과 아쉬움의 정서를 표출하는 경우가 많다. "지금껏 건네지 못한// 눈에 갇힌 목소리"(「그 소녀」)에 대한 아쉬움과 "우라질 저녁 겨울새가 날아간 곳"(「그리움에 대하여」)에 대한 그리움에 뒤척인 시간들이 있다.

단비 한번 왔는갑다 활딱 벗고 뛰쳐나온 저년들 봐, 저년들 봐. 민가에 살림 차린 개나리 왕벚꽃은 사람 닮아 왁자한데,

노루귀 섬노루귀 어미 곁에 새끼노루귀, 얼레지 흰얼레지 깽깽이풀에 복수초, 할미꽃 노랑할미꽃 가는귀 먹은 가는잎할미꽃, 우리 그이는 솔붓꽃 내 각시는 각시붓꽃, 물렀거라 왜미나리아재비 살짝 들린 처녀치마, 하늘에도 땅채송화 구수하니 각시등굴레, 생쥐 잡아 팽이눈 도망쳐라 털팽이눈, 싫어도 동의나물 낯두꺼운 윤판나물, 허허실실 미치광이 달큰해도 좀씀바귀, 모두 모아 모데미풀 한계령에 한계령풀, 기운내게 물솜방망이 삼태기에 삼지구엽초, 바람둥이 변산바람꽃 은밀하니 조개나물, 봉긋한 들꽃 산꽃 두 팔 가린 저 젖망울.

간지러, 봄바람 간지러 홀아비꽃대 남실댄다.
                          – 홍성란, 「봄이 오면 산에 들에」 전문

사설시조는 평시조에서 추구하던 우아미와 숭고미 대신에 골계미를 추구한다. 정서의 부조화, 표현의 사실성 등과 같은 특유의 기법이 사설시조에 있다. 사설시조에 나타난 내용상의 뚜렷한 특징은 비판성, 해

학성, 본능 발현성, 유락성 등이다. 사설시조에 이러한 특성이 내재하는 데는 형식의 완화와 작가 층이 주로 서민층이라는 데에서 비롯된다. 홍성란 시인의 사설시조는 봄이 오는 산과 들의 풍경을 해학적으로 표현한 언어미학이 돋보인다. "활딱 벗고 뛰쳐나온 저년들 봐"라고 하는 다소 비속한 표현을 취하고 있는 초장과 가는 귀 먹은 할머니의 이미지를 "가는 귀 먹은 가는잎할미꽃"으로 표현한다거나, "우리 그이는 솔붓꽃", "내 각시는 각시붓꽃"이라고 하는 부부애를 드러내는 표현, "왜미나리아재비 살짝 들린 처녀치마"라는 성적 이미지, "달큰해도 좀씀바뒤"에서처럼 미각의 대립을 드러내는 표현, "봉긋한 들꽃 산꽃 두 팔 가린 저 젖망울"과 종장의 "홀아비꽃대"에서처럼 성적 분위기를 몽근 느끼게 하는 대목에서 해학적 정서를 맛볼 수 있다. 반복과 대립, 이미지의 유사적 표현 등을 연결하여 사설조로 풀어가는 것은 마치 민요의 한 가락을 연상시키며 시에 리듬감과 생동감을 부여한다.

그런가 하면, 「한강 부근 에피그램」이라는 시를 통해 한강 부근의 상판과 교각 사이의 틈을 주시하며 금 간 시간을 짚어내기도 하고, "앙상한 노숙의 나무 몇 채"(「겨울 공원에서」)의 시린 목을 부드럽게 어루만지기도 한다. 또한 「낙뢰」를 "지상에서 맺지 못할// 너와 나 만나서// 푸른 깃 부딪치며// 서러운 밤 포효"하는 이미지로 형상화하며 강렬한 이미지를 단수로 선보이는 탁월한 감각을 보여준다.

1970년대 후반에서 1980년으로 향하는 이들의 시선은 역시 현실의 문제에 많이 기대 있다. 많은 항쟁의 경험을 가진 우리의 현대사와 모순된 계급 구조의 현장이 정형의 율격 안에서 완전히 자리를 잡은 듯하다. 거칠게 삐져나온 삼각형의 모서리가 비교적 안정된 시상을 담고 있는 시조의 양식에 담기면서 우리는 새로운 세대의 감각과 시적 리얼리티를 추구하고 있다 할 것이다.

3. 현대시조의 출구

현대시조가 걸어온 만만치 않은 여정 앞에서 우리에게 남은 과제는 여전히 왜 시조인가라는 물음에 답하는 일일 것이다. 1960년대 후반부터 1980년대 등단한 시인들의 작품을 통독하면서 파악한 시인들의 다양한 시적 경향과 특징은 현대시조 발전을 위한 노력의 소산이라 할 수 있다. 현대시조의 기류는 보편적 소재를 참신한 감각과 형식으로 갱신하고 이를 통해 내면과 현실이 교감하는 가운데 만들어진다. 그들 작품의 저변에 흐르는 시적 담론들이 어떠한 전략으로 형상화되고 있는가를 밝히는 일은 시조시단의 현재에 대한 반성과 성찰, 더불어 현대시조의 미래를 견고하게 끌고 가는 동력動力이 된다.

『네 사람의 얼굴』에 들어 있는 서로 다른 표정들은 분명히 시조시단의 획기적인 출발이 아닐 수 없다. 시대의 고민과 역사에 대한 증언, 상호텍스트성을 수용하면서, 부조리한 현실의 모순과 억압에 대해 예민한 촉수를 들이밀고 있는 윤금초 시인의 시 정신은 사설시조와 같은 다양한 형식 안에서 구체적으로 드러났다. 이우걸 시인은 사유의 공간으로 일상을 들어 앉혀 대상에 대한 깊은 응시를 보이며, 날카로운 직관력을 발휘하는 감각을 보여주었다. 한편 박시교 시인은 인간의 허무에 대한 탐구에 심취하면서 생의 본질에 가닿고 있다. 그의 시는 허무의 밑바닥에서 끌어 올린 새로운 삶에의 다짐을 내비치고 있다는데 특징이 있다. 언어표현과 이미지를 직조해내는 탁월한 능력의 소유자인 유재영 시인은 오늘의 시조 문법을 섬세한 감각으로 갱신하고 있다.

이지엽, 이달균, 박기섭, 김연동, 고정국, 전병희 시인처럼 고단한 현실의 이면을 내면과 결속시키거나, 불온한 거리의 풍경을 은유하고 알레고리한 시들, 실존에 대한 지속적인 고민을 형상화한 시들, 박권숙 시인의 경우처럼 역사적 인물이나 신화적 소재를 편입시킨 시들이 시조 시단에 아름답게 자리매김했다. 또한 민중시의 면모를 보여주는 시들이 시조의 가락에 담겼다. 현실에 응전하려는 움직임들이 끊임없이 이어져 왔지만, 좀 더 구체성을 띤 시적 표현들이 주목을 받았고, 시대적 감수성과 밀접한 관계를 유지하고 있었다. 홍성란, 이정환 시인이 선보였던 반복을 통한 시적 리듬의 성과와 오종문, 이재창 시인의 민중 지향의 시들은 모두 서정성과 결합된 의식의 탐구이며 시대에 대한 문학적 대응이며, 타 장르에 대한 형식적 대응이라는 점에서 의의가 있다.

객관적 묘사와 감정의 절제미, 적은 언어가 직조해내는 미학적 새로움은 과감한 형식 실험과 지나친 산문화 경향을 보여주는 자유시와 대응되는 지점에서 발견할 수 있다. 자유로운 형식 아래 각각의 개성적 표현들을 구사하고 있는 자유시가 언어의 자유를 허용하면서 창작의 지평을 넓혔다면, 시조는 일정한 질서 안에 한정된 언어를 구사하는 가운데 현실세계와 내면의식을 결속하고 다양한 감각과 언어 표현으로 시상을 전개하고 있다는 점에서 가치가 있다. 장르를 넘나드는 활발한 교섭과 시대에 대한 무수한 고민이 정형의 양식으로 오롯하게 빛나는 지점에 민족의 자존과 열정이 있을 것이다.

풍경의 언어, 언어의 풍경

1.

　현대시조의 언어가 다양해졌다. 자연의 움직임을 섬세하게 포착하거나, 흔들리는 나무숲에 기대어 상처를 위로받으려 했던 언어들은 이제 서서히 일상적인 삶의 질서에 편입한다. 일상 속에서 언어들은 우리 경험의 무수히 많은 세부적 내용들과 차갑게 혹은 뜨겁게 몸을 섞는다. 이 기억들은 종종 우리가 보고, 듣고, 만지는 실제적 지각들을 바꾸어 놓는다. 이 실제적 지각은 우리에게 과거의 이미지들을 떠올리게 하며, 지속적으로 새로운 의미를 낳는다. 시인은 기억의 회복을 통해 현재를 치유 또는 반성하기도 하고, 현재를 구성하는 여러 빛깔의 생의 방식들을 가깝고 선명하게 끌어오기도 한다. 기억에 이끌린 지각의 언어들은 굴곡진 길들을 적시고, 불 꺼진 문과 창을 두드리며 '붉은 비'로 흐르거나 정오의 마당에서 바람으로 스치거나 움직이는 파도 자락으로 서서히 밀려온다. 그리고 말랑한 기억 세포들은 번식과 변형을 거듭하며 존재를 향한 새로운 인식을 끌어낸다. 기억의 기둥을 붙들고 '지금 여기'의 존재를 각성하는 몇몇 작품들을 읽는 것은 서로의 짓무른 상처를 닦아 주는 위안의 시간이 될 것이다.

   2.

   시인은 지나간 시간을 불러내 현재를 다독이기도 하고, 예리한 시선으로 시야를 흐리는 현재의 순간들을 포착하기도 한다. 모래 속을 맨손으로 뒤적여 까칠한 말들을 찾아내고 울음을 삼킨 그늘의 삶들을 둥글게 껴안으려는 몸짓들은, 시인의 경험과 만나 구체적 형상을 띤다. 시조의 정형을 보존하면서도 일상의 소소한 풍경들과 그 속에 담긴 넉넉지 않은 살림살이를 정리해내는 작업들은 현대적 장르로서 시조의 푸른 내일을 예감케 한다.

> 늦은 밤 안산 역 주변 붉은 비가 내린다
>
> 외몽골 깊은 초원 걸어온 만삭의 여자
>
> 둥근 배 꽉 끌어안고 몇 개 길을 건넌다
>
> 골목 끝 낡은 옥탑 여자의 게르에는
>
> 등록증 없이 낳을 아이의 옷이 두 벌
>
> 단속에 걸린 남편이 쓸고 쓸던 미래가
>
> — 강현덕, 「붉은 비가 내린다」 전문

불법체류한 여성의 삶을 섬세하게 담아낸 이 시는 늦은 밤, 안산역 주변을 무대로 하고 있다. 귀가 시간을 훌쩍 넘긴 "늦은 밤"이라는 막연한 시간적 배경은 "붉은 비"와 결합되면서 암담하고 우울한 분위기를 연출한다. '죽음'과 '생명'이 뒤섞인 '붉다'는 색채 이미지는 시적 화자가 응시하는 막연한 미래이면서, 슬픔의 동력이면서 바깥세상을 향해 발버둥치는 생명의 원형이다. 그것은 흘러내리는 '비'의 속성과 결합되면서 슬픔과 기쁨이 공존하는 "만삭의 여자"의 젖은 내면을 비춘다. 그 여자는 "외몽골 깊은 초원"을 걸어 한국에 체류한 여성이다. 그녀가 건너야 할 "몇 개 길"은 등록증 없는 아이를 낳아야 하는 그녀 삶의 비애를 함축한다. "골목 끝 낡은 옥탑"은 여자의 '게르'이다. 유목생활에 편리하도록 만들어진 '게르'는 정착하지 못하고 떠돌아야 하는 그녀의 불안정한 삶의 공간이다. "단속에 걸린 남편이 쓸고 쓸던 미래"는 안락한 시간을 기약하지 못한다. 마지막 종장의 마무리가 미완결의 형태로 종결되는 것은 그렇게 불안정하게 출렁거리는 삶을 함축적으로 드러내는 효과를 준다.

강현덕 시인이 바라보는 곳은 고개도 들 수 없고 허리도 펼 수 없는, 천정이 낮은 구석진 곳이 많다. 또한 떠나간 기억의 뒷모습을 바라보기만 하는, 멍한 눈빛도 시인의 것이다. 멀어진 시간 속에는 그림자처럼 늘 따라다니는 "아버지의 낡은 신발"(「신발」)이 놓여 있고, "합격을 했다는데/ 발령서가 안"오는 풍경을 "볕 좋은 날"로 아이러니하게 그려내는 방식은 세상을 바라보는 안목과, 자아와 타자의 저문 시간들을 끌어안을 줄 아는 포용의 언어를 되새기게 한다.

목마른 허덕임으로 바다는 널브러져

잔기침 삭이더니 미열로 몸부림이다

색바람 그예 와서는 잠시 수굿해지고

파삭한 은모래가 못살포* 흔적 덮었다

아리고 쓰린 날들 바람만 웅웅대다

절벽과 절벽 사이로 돌아서서 흐느낀다

못내 겨워하며 떠나버린 그 자리에

그렁한 사랑 같은 가을파도 밀려와

모슬포 가장자리는 늦몸살로 또 앓는다

* 제주도 서남단 끝자락에 있는 바다로 과거 사람들이 '못살포'라고 불렀을 정도로 생활환경이 열악했지만 지금은 자리돔과 방어의 어획으로 명소가 되었다.

– 박희정, 「모슬포 바다」 전문

이 시는 제주도 서남단 끝자락에 있는 바다, '모슬포'를 배경으로 하고 있다. 과거 사람들이 '못살포'라고 불렀을 정도로 열악했던 생활을 끌고 온 바다는 시인의 기억 속에서 여전히 '몸살'을 앓고 있다. '목마름', '허덕임', '잔기침', '삭임', '미열', '몸부림'은 모슬포를 배경으로 연명했던 사람들이 겪었을 고단한 일상을 은유적으로 드러낸다. 미열로 몸부림쳤던 바다의 흔적은 모래로 쉽게 덮어지는 것이 아니다. "아리고 쓰린 날들"은 바람으로 떠돌다 보이지 않는 절벽 사이로 돌아가서 흐느낀다. 아무도 들여다보지 않는 상처의 흔적을 덮는 모래와, 모래조차도 버거운 바닷가 어민들의 삶은 가을 파도로 여전히 몸살을 앓는다. 모슬포 바다의 파도자락은 어민들의 거친 숨결이면서 까칠한 모래의 삶인 것이다. 시인은 한 고비 넘기고 또 "늦몸살을 앓는" 바다의 모습을 보여줌으로써 지독한 몸살을 앓고 난 후의 잔잔하고 푸른 '바다'를 예감케 한다.

"흔적을 지우다 생긴 저 한 줄의 둥근 지문"(「타이어」)은 몸부림치다 깊어진 상처의 골이며, 모래밭을 뒹굴다 절벽 뒤에 숨어 우는 과정을 증명하는 상징적 단서가 된다. 박희정 시인은 시적 대상과의 거리 조절에 부단히 신경을 쓴다. 서정의 풍경을 성실하게 그려내면서도 대상과의 일정한 거리를 유지하는 것은 그만큼 현실을 객관적으로 바라보면서 상처받은 영혼들을 위로하기 위한 전략적 행위이다. 이러한 위안의 언어들은 과거와 현재를 잇는 한 올 기억으로 인하여 섬세한 관찰을 서두를 것이다.

3.

앞의 시들이 현실과의 적절한 거리 조절을 통해 굴곡진 생의 형식들을 폭넓게 끌어안고 있다면 다음의 시들은 기억이 부르는 다양한 색채들이 내면을 물들이면서 밀착된 거리를 형성하고 있다. 이때의 '기억'은 다양하게 변형되어 내면을 보다 견고하게 가다듬는 은유의 방식들을 선보인다.

> 그 정오 부글거리는 햇빛과 그늘 사이
> 화덕이 놓쳐버린 게 한 마리 거리만큼

불안한 옆걸음질로 유년기는 멎어있다

기둥 아래 게가 들면 집이 무너진다고
마사 흙을 체 치시던 아버지 웃음 사이
게워낸 거품바다도 꼭 그쯤서 멎어있다

세월을 벽돌 삼아 내가 지은 시간의 집
갑각의 그리움으로 기우뚱거릴 때마다
기억의 기둥뿌리를 파고 있는 그 정오

— 박권숙, 「게」 전문

　　이 시에서 시인은 과거의 '정오'와 현재의 '정오'를 교묘하게 겹쳐 놓는다. 시적 화자에게 정오는 '햇빛'과 '그늘'이 공존하는 시간이다. 밝거나 어두운 기억 사이에는 불안한 옆걸음질로 유년이 멎어 있다. '햇빛'과 '그늘'을 오가는 유년의 시간은 마사 흙을 치던 아버지의 웃음 사이에서 게워낸 거품 바다의 형상을 함께 끌고 온다. '그쯤서'라는 말이 상기하듯 시인은 '햇빛'과 '그늘'이 엇갈리는, 혹은 공존하는 그 지점에 멎어 있다. 그것은 화자의 현재를 지탱하는 단단한 몸을 지닌 그리움이며, 오랜 세월, 벽돌을 쌓아 만든 시간의 집인 것이다. 시인은 이 시간의 집에서 쉽게 벗어나지 못한다. 정오에 "기억의 기둥뿌리"를 파고 있는 것은 그리운 것들이 불러낸 기억의 근원에 닿고픈 화자의 정서를 담고 있다. "기억의 기둥뿌리"를 파는 것은 시적 화자에게 또 다른 존재 방식을 형성해가는 역동적 힘일 것이다.

　　박권숙 시의 미학은 과거와 현재의 자연스러운 공존 속에서 끊임없이 과거에 몰두하며 자아를 형성하는 근원적 뿌리에 닿고 싶은 화자의 몸짓을, 옆걸음질 치는 '게'의 속성에 빗대고 있다는 데 있다. 어느새 기억의 기둥뿌리를 파다 보면, "어둠이 키워낸 것"이 "물의 하얀 뼈"라는 것을 비로소 아는 시간이 올 것이다. 아픔이 키워낸, 보다 견고해진 삶을 만나는 것은, 현재의 자신을 보다 따뜻하게 감싸는 위안의 시간이 될 것이다. 이렇게 정오를 무대로 과거를 잇는 '그리움'은 또 다시 이해완의 시에서 발견된다.

> 탁자 위, 장미꽃에 벌 한 마리가 찾아왔다
>
> 꼭꼭 닫아둔 유리창 어디에도 빈틈은 없었지만, 용케도 들어와 얼씬대고 있다 어쩌면 꽃의 유언을 듣고 있는지 모른다 그것이 사실이라면 장미는 유리컵 속 한 모금 물로 연명해 가면서도 벌이 올 때까지 버티고 버텼을 것이다 그랬을 것이다 그날 밤 어머니도 정말 그랬을 것이다 오지 않는 자식을 기다리며 뜬눈으로 자정을 넘겼을 것이다
>
> 감겨도
> 감겨줘도 자꾸만
> 다시 뜨던
> 어머니의 눈
>
> — 이해완, 「수묵담채 14」 전문

시인이 주시하는 풍경은 탁자 위에 놓인 장미꽃이다. 꼭꼭 닫아둔 유리창 빈틈을 노리며 용케도 들어왔을 '벌'은 화자의 기억을 물어 나르는 기능을 한다. 유리컵 속 한 모금 물로 연명하는 '장미'는, 순간 벌을 기다리는 존재로서 생명력을 얻고, 화자의 기억 속 '어머니'의 존재와 연결한다. "오지 않는 자식"과 "뜬눈으로 자정을 넘겼을" 어머니의 대비적 상황 설정은 장미에 찾아 든 벌의 풍경과 자연스럽게 오버랩 된다. "감겨도/ 감겨져도 자꾸만/ 다시 뜨던/ 어머니의 눈"은 시적 화자의 반성적 사유의 시간을 이끌어 낸다. 소소한 일상을 예리하게 관찰함으로써 이해완 시인은 단순한 기억의 복구에서 벗어나 현재를 반성하는

새로운 계기를 제공하고 있다. 즉, 시인에게 기억은 현재 삶을 반성하는 도구이면서 현실을 자각하게 하는 자양분으로서의 역할을 한다.

　박권숙 시인의 시와 이해완 시인의 시에서 시간은 '정지'되어 있다. 객관적인 시간은 지속적으로 흐르지만, 유일하게 화자의 시간만이 과거의 그곳에 멈춰 있다. 그만큼 '기억'은 시적 화자의 의식을 지배하면서 새로운 이미지를 만들어 낸다. 이러한 새로운 이미지의 재생산을 통해 우리는 보다 견고해진 언어의 세계를 만나는 것이다. 다음의 시는 이미지의 병치를 통해 그리움의 원형을 드러내고 있다.

오늘은
텅 빈 바다에
하늘이 잠겨 버렸다
철렁 내려앉은 해
내 품에 묻어 두고
만장을 세운 파도가
무릎 꺾으며
쓰러진다

마지막 순간까지
불빛을 던지기 위해
등대처럼 살아온
아버지 가슴 안고
멍이든 생애를 펴며
온몸을 뒤척이는 바다

곡 하듯
해조음 울고
상여꽃빛 노을이 지고
포말이 자지러지며

마지막 조문을 했다
살아서 품었던 바다
봉분보다
작은 바다

— 김강호, 「아버지의 바다」 전문

　이 시는 '바다'에 잠겨 버린 '하늘'과 철렁 내려앉은 '해'의 이미지 병치를 통해 아버지에 대한 그리움을 토로하고 있다. 시간을 암시하는 '오늘은'에 '은'이라는 보조사가 붙음으로써 오늘의 이 슬픔이 지금까지와는 변별되는 다른 방식의 슬픔임을 암시한다. 이때 슬픔은 각각 다른 형상을 띠며 지속적으로 화자의 내부에 눈물 자국을 낸다. 아버지가 떠난 "텅 빈 바다"에 '하늘'이 잠기자, 화자는 "철렁 내려앉은 해"를 가슴으로 품는다. '하늘'은 '해'를 받쳐주는 상징적 공간이지만, 아버지를 상징하기도 한다. 해는 텅 빈 바다의 공간에 잠겨버림으로써 비로소 지고, 어둠만이 적막한 분위기를 형성한다. 그것은 화자가 아버지의 죽음을 재인식하는 과정인 것이다.

　첫 수가 '바다'와 '하늘', '해'의 비유로 아버지에 대한 그리움과 슬픔을 표현하면서 아버지의 죽음을 쉽게 받아들이지 못하고 방황하는 화자의 내면을 묘사하고 있다면, 두 번째 수는 아버지의 삶을 떠올리며 뒤척이는 바다에 화자의 감정을 이입하고 있다. '해조음' 울고, '상여꽃빛 노을'이 지는 풍경 뒤에는 마지막 조문을 마친 화자가 있다. 화자는 "만장을 세운 파도가 무릎을 꺾"거나 "포말이 자지러지"는 파도의 움직임을 통해 아버지의 죽음을 만난다.

　살아서 품었던 바다가 봉분보다 작다는 인식은 하늘이었던 아버지의 삶이 죽음 앞에 무력하게 무너질 수밖에 없다는 인식으로 이어진다. 이는 그만큼 아버지의 부재가 시인에게 절실하다는 것을 의미한다. 이 시가 아버지에 대한 그리움을 노래하면서도 감정을 직설적으로 노출하지 않는 것은 '바다'와 '해'의 은유가 시적 대상과의 거리를 적절하게 유지해주고 있기 때문이다.

　다음 시는 세상이 던져주고 간 상처의 기억 속에 사로잡혀 시간이 흐른 지금도 치유되지 않고 내면의 상처로 이어지는 구체적인 시간을 그리고 있다. 자신을 받아들이지 않는 세상에서 화자는 여전히 허우적대는 고독한 존재인 것이다.

한때는 널
매듭 없는 대나무라 믿었다
대금이나 피리처럼 안으로만 감춘 소리
너에게 기대 울던 날 울음들이 새나왔다

애초부터
세상 향해 떨기만 한 기억들
흔들리는 악보 위에 새 몇 마리 그려 넣고
허공을 움켜쥔 손만 골목 끝에 서있었다

고백건대
술 마시고 내 발치에 토할 때면
댓잎 같은 비수가 내 몸에도 돋아나고
아무도 찌르지 못한 고함들만 날 향했다

아찔한
방뇨의 기억, 직립의 악기여
자살한 음악들이 축 늘어진 전깃줄
쓸쓸한 자위 자국엔 약솜 같은 눈 내린다
— 박성민, 「전봇대에서 듣다」 전문

기억들에 사로잡혀 비틀거리는 화자는 아직도 세상에 섞이지 못하고 괴로워했던 심정을 고백하고 있다. "한때는 널", "애초부터", "고백건대", "아찔한"으로 이어지는 시상 전개는 여전히 과거를 떠도는 화자의 내면을 암시한다. 화자는 전봇대에 기대 울던 숱한 날들을 떠올린다. "대금이나 피리처럼" 안으로만 감춘 소리는 화자의 울음으로 새나오며 도시를 물들인다. "애초부터/ 세상 향해 떨기만 한 기억들"을 고백하며 "흔들리는 악보"에 그려 넣은 새 몇 마리와 "허공을 움켜진 손"은 어디에도 안주하지 못하고 골목 끝에 전봇대로 서 있다. "흔들리는 악보"와 "허공", "골목 끝"처럼 불안정성을 표상하는 시어들은 화자의 정서 변화를 함축적으로 보여준다.

술 마시고 전봇대 발치에 구토를 할 때마다 화자의 몸속에 돋았던 비수의 시간은 "아무도 찌르지 못한 고함들"과 맞서야 했다. '전봇대에 기대 울던 기억'과 '세상 향해 떨기만 했던 기억', 그리고 '화자를 향해 달려드는 고함을 그대로 받아야 했던 기억', '아찔한 방뇨의 기억들'은 "자살한 음악들이 축 늘어진 전깃줄"로 수렴되면서 스스로 목숨을 끊은 무수한 소리와 축 늘어진 공간을 함축한다. "쓸쓸한 자위 자국"을 덮으려는 약솜 같은 눈을 멀거니 바라보고 있는 것이다.

세상에게서 받은 상처를 내면으로 끌고 온 화자가, 고백하듯 발화하는 방식은 오히려 더 깊은 상처의 아픔을 스스로 치유하고픈 의도적 전략이리라. "이렇게 살아 있음이 부끄"러운 날들을, "깔수록 자꾸 눈물 나는 미안한 80년대"의 현실에 비유하고 있는 「마늘」에서도 사회가 낳은 부정적 이면들을 자신의 상처로 아파하며 고통 받는 시인의 정서를 읽을 수 있다. 박성민 시의 미학은 사회적 아픔을 내면화하는 과정 속에서 고백적 방식으로 기억을 재구성함으로써 독자와 한층 더 가까워지는 방식으로 현실을 인식하게 하는 데 있을 것이다.

4.

서정시에서 '기억'의 현상들은 개인적 체험에 관여한 기억 작용이거나, 타인과 체험을 공유하겠다는 시인의 욕망으로 인하여 더욱 견고한 짜임을 보인다. 이러한 시인의 욕망은 때로 개인의 체험을 뛰어 넘는 대과거까지 나아가기도 한다. '기억'은 단순한 개인적 회상 작용을 통해서가 아니라 인식의 반복과, 선행하는 어떤 사건과의 유사성을 인식하는 데에서 비롯된다. 이 말은 공공의 기억, 또는 개인의 기억이 끊임없이 타인과의 공유 속에서 존재한다는 사실에 근거한다는 것을 말한다. 과거는 우리가 걸어왔던 시간이며 서로가 함께 공유한 시간이기 때문이다.

위의 시들에서 '기억'은 과거의 상처를 회복하고 현재의 모습을 각성하게 하는 도구로서 보존되어 있다. '기억'이 다분히 개인적 체험에 기댄 회상의 형태를 띠지 않고 시인의 인식의 차원과 맞닿아 있다는 점에서 위의 시들은 지극히 감상적인 시각에서 비껴서 있다. 안산역 주변, 불법 체류하는 삶을 밀도 있게 그려내고 모슬포의 아픔을 섬세하게 포착하는 데서 우리는 시조의 방향성을 예감한다. 또한 일상 속에서 자연스럽게 과거와 현재를 잇는 시인의 상상력을 통해 우리는 구멍 난 내면을 기우는 서정의 풍경을 깊이 있게 들여다 볼 수 있다. 과거를 견뎌온 시간의 힘이 현재에 어떤 방식으로 뿌리 박혀 있는지를 살피는 일은 존재하는 것들을 향한 지속적인 관심의 원천이 되는 것이다. 존재를 향한 끊임없는 물음과 인식은 현대시조의 밝은 미래를 향한 대안이 될 것이다.

'기억'의 재현과 고통의 출구

1.

　시인은 시적 대상에 대한 자료의 결핍과 부재의 조건 속에서 끊임없이 자신을 표현하는 존재들이다. 문학이 언어로 표현된 예술이라는 점에서 현실 변화에 따른 그들의 민감한 반응을 직접적으로 유도하며 독자와 소통할 수 있다는 장점이 있다. 그들은 비유와 상징, 알레고리의 방식을 통해 시대의 부조리와 물화된 욕망, 소외의 단면들을 때로는 직접적으로 때로는 우회적으로 표현하면서 독자와 소통한다. 치열한 역사적 사건들이 즐비했던 열망과 고뇌의 20세기는 그 시대의 문학 작품 곳곳에 스며들어 있다. 현실에 대한 냉정한 거리 유지는 곧 현실에서 삶의 진정성과 올곧은 가치를 찾으려는 하나의 전략이다. 그것은 결국 우리가 존재해야 하는 이유를 묻는 방식으로 나타난다. 샤르트르의 말처럼 문학은 그 사회적 현실이나 역사적 상황에 대해 스스로를 구속하는 것이기 때문이다. 우리는 이러한 구속을 내적 결핍과 부재를 견디는 소통의 전략으로 인식한다.

허무로 둘러싸인 오늘의 현실은, 물질의 풍요와 소비문화의 범람으로 온갖 감정들을 뒤섞어 놓았다. 사람들이 아닌, 사물들에 의해 둘러싸인 세계는 거대한 콘크리트 구조물과 같다. 내부로 더 깊이 빠져들수록 우리를 둘러싼 고독의 두께는 한층 더 두꺼워지고, 그럴수록 우리는 점점 작아지는 벌레처럼 몸을 말아야 한다. 시인은 이 물질의 풍요가 끌고 온 고독과 소외, 정서 불안, 파편화된 삶의 단면들을 말랑한 이미지의 비유로 자연스럽게 시의 형식 안에 담는다. 잃어버리고 잊어버린 존재들에 대한 되새김은 시인을 비롯해 우리 모두 나눠 가져야 할 몫일 것이다.

지면을 통해 만나게 되는 다음의 몇몇 작품들은 지나간 역사에 대한 기억이나 재현 또는 물화되고 모순된 현실과 맞닥뜨리는 순간 갖게 되는 가치관의 혼란 등을 우회적으로 전달하고 있다. 역사는 기억에 의해 재현되고 현재를 증언하며 새롭게 구성한다. '기억'은 현재를 움직이는 근원적 장치다. 우리는 '기억'의 재현 속에서 시대의 모순과 부조리한 사회의 단면을 날카롭게 보고한다. 정형의 양식이라는 점에서 일정한 언어의 제약이 따르는 시조에서도 이제 현실 문제를 이야기하는 것은 자연스럽다. 그럼, 이 자연스러움 속에 내재된 부자연스러운 상징의 숲으로 들어가 보자.

2.

우리는 아팠던 과거일수록 오래 기억한다. 언어는 과거 이 자리에 아픔과 상처가 있었음을 증명하는 흉터와 같다. 문학은 현실을 반영한다는 여타 리얼리즘의 이론들을 끌어오지 않더라도 문학은 충분히 현실 참여적이다. 시대의 아픔과 고통, 지나간 역사에 대한 증언, 진정성에 대한 고민은 우리가 살아가는 동안 끊임없이 부딪혀야 하는 문제이기 때문이다.

날선 시선들로 교전하는 거리 위에

짓밟혀 피 흘리는 일그러진 우리 우상

누리고 다지던 자리 무너지고 있나니,

댓잎처럼 푸른빛을 꿈꾸던 시간에도

진창의 풀잎 위에 찬바람 일으키고

그늘 속 시린 손마저 매섭게 뿌리쳤네

돌아보면 그리운 길, 그 푸르던 전설까지

이 시대 불문율로 몰아가는 벼랑 끝에

한 발짝 물러설 곳도 앉을 곳도 이제 없네
— 김연동, 「무너지는 우상」(『서정과 현실』, 2010 하반기호) 전문

"댓잎처럼 푸른" 열망으로 "누리고 다지던" 자리가 "이 시대 불문율로 몰아가는 벼랑 끝"에서 가차 없이 무너져 가는 현실을 재현한다. 무너지는 우상의 이미지는 "짓밟혀", "피 흘리는", "일그러진", "무너지고"와 같은 '우상'을 수식하는 거친 시어들의 결합 속에서 자연스럽게 만난다. "날선 시선"들이 "교전"하는 "거리"의 풍경은 찬바람 지나가는

살풍경한 도심의 이미지와, 작년 여름의 뜨거운 현장을 증언한다. 누리고 다지는 동안 꿈꿔왔을 푸른 댓잎의 욕망이 다른 누군가에 의해 처참하게 짓밟히고, 우리는 피 흘리는 우리의 우상을 바라보면서 그가 지나왔을 자리를 더듬어 본다.

이러한 되새김은 곧 화자가 지켜주지 못하고 믿어주지 못했던 미안함과 반성으로 이어진다. "진창의 풀잎 위"에 "찬바람" 일으켰던 존재와 "시린 손 매섭게 뿌리쳤"던 주범이 바로 우리이기 때문이다. 무너져가는 우상에 대한 안타까운 심정과 지켜내지 못하고 외면했던 스스로에 대한 반성은, 마지막 수 초장의 "돌아보면 그리운 길"이라는 단어 속에 함축되어 있다. 그리운 기억과 그를 둘러싼 "푸르던 전설"까지도 "이 시대 불문율로 몰아가는 벼랑 끝"에서 이미 존재감을 상실한다.

"한 발짝 물러설 곳도 앉을 곳도" 없는 벼랑의 시간은 우리가 직면한 현실을 어떻게 인식하며, 어디에서 출구를 찾을 것인가, 하는 문제와 겹쳐진다. 무너진 우리의 우상을 기억하며, 지도자를 잃고, 방향 감각을 상실한 이곳은 인간의 기본적인 권리와 의무조차도 내던지고 살아갈 수밖에 없는 현실을 보게 한다. "한 발짝 물러설 곳도 앉을 곳도 이제 없"는 벼랑 위에 선 시간은 네거리에 서서 어디를 향해 발걸음을 옮겨야 할지 모르는 소시민의 모습을 안타깝게 바라보고 있다.

> 신도시 도로 옆 공원이 들어선 자리
> 언젠가 새마을운동 표지석 세워졌다
> 무심히 지나쳐 갈 뿐 눈여겨보지 않았다
>
> 세 잎의 문양 문신으로 배어나는
> 늦저녁 부는 바람, 산책로 함께 걸어
> 기억을 거슬러 가면 아버지가 떠오른다

외진 섬에 혁명처럼 다가온 새마을 운동
깡마른 몸 하나로 꼿꼿하게 일어섰던
그 땀의 흔적 감싸듯 도시의 밤 바라본다

방바닥 등진 겨울 뼈마디가 아린다
사백만 미취업시대 바람은 현(絃)을 울리고
네거리 어디를 향해 발걸음을 옮겨야 할까
  ─ 김윤숙, 「네거리에서」(『시와문화』, 2010 봄호) 전문

네거리에 선 화자의 모습은 갈피를 잡지 못하고 삶의 기로에 놓인 오늘의 현실을 반추하게 한다. 이 작품의 출발은 신도시 도로 옆에 들어선 공원을 산책하다, 그간 무심코 지나쳤던 새마을운동 표지석을 보고 아버지가 살던 시대를 떠올리는 것에서 비롯된다. 과거 아버지에 대한 기억과 현재를 잇는 "새마을운동 표지석"은 신도시의 분위기와 함께 시의 주제의식을 부각시킨다. 신도시는 공해가 없는 안락한 공간 시설 및 환경을 추구하는 도시 개발 측면과, 낙후지역인 위성도시의 인구 및 산업시설 분산을 목표로 하는 개발도상국의 형태로 구분된다. 화자에게 새마을운동은 "외진 섬에 혁명처럼" 다가와서 "깡마른 몸"으로 일으켜 세운 땀의 흔적이 여전히 축축하게 젖어 있다.

시인의 걱정은 단순히 새마을운동의 기억을 빌려, 깡마른 몸으로도 꼿꼿하게 일어섰던 아버지의 젖은 땀을 그리워하는 것에 있지 않다. 문명의 발달로 재개발이 유행처럼 번지고 있는 요즘, 곳곳에서 일어나는 신도시의 열기는 과거 새마을운동에서 일으켰던 그 시절 아련한 기억을 지나 '사백만 미취업시대'라 불리는 오늘의 현실을 비판하는 데 있다. 갈수록 심해지는 빈부의 격차를 비롯하여 실업률 증가 등의 문제들은 개발 후유증으로 우리 사회가 고스란히 떠맡고 있는 문제들이다. 화

자가 서있는 네거리는 목표 하나 없이 방향을 상실한 소시민의 모습을 그리는 상징적 의미를 지닌다.

마치 일제 식민지 시절 박해받는 민중을 노래했던 조선의 시인 임화의 「네거리 순이」를 연상케 한다. 「네거리 순이」는 화자인 오빠가 종로 네거리에서 방황하고 있는 누이동생 순이에게 하소연하는 독백체 형식으로 쓰여 진 작품이다. 다소 선동적이며 격정적인 호흡과 호소력 있는 목소리로 계급투쟁 의식을 강하게 드러내면서도 이데올로기적 성격에 서정성을 가미하고 있다는 점에서 의미 있는 작품으로 평가되었다. 그런데, 이러한 방향상실과 현실 비판 의식이 현실에 대한 적개심으로 강하게 드러나지 않고 서정적으로 승화되는 지점에 김윤숙 시의 장점이 있다.

외진 섬에 혁명처럼 일던 새마을운동의 후유증은 우리에게 안락하고 편안한 생활 대신 뼈마디 아린 겨울과 실업의 고난을 안겨준 것이다. 문명의 발달 앞에서 개인의 행복과 안위, 욕망을 저당 잡힌 우리의 현실은 대상의 부재 속에서 살아남아 오늘을 바라보며, 과거로부터 끌고 온 개인의 체험을 드러낸다.

누군가 날 지켜본다
고요하고 투명한 방
울다 잠든 간밤에는
벽에 기대 꿈을 꾸며
이마에 소름처럼 돋는 빗소리를 들었다

기침처럼 널 보내고
밤새 비는 쏟아지고
빠져나간 머리카락
아침마다 쓸어모은다

등뼈를 따라 내려오는 거미줄이 내 몸인 방

반어법처럼 웃는 밤엔
추억에도 피가 돌지만
돌아오리란 믿음도 조약돌로 말라가고
희망은 덧니 같은 것, 시리게 저리는 것

그 날 나는 죽었다
철장 속에 나를 두고
빗방울은 식은땀처럼 더욱더 굵어진다
혼자서 울음이 되는 빗소리를 듣는다
— 박성민, 「삼십 센티미터 자에 내리는 빗소리」
(『시조21』, 2010 상반기호) 전문

30cm 자의 크고 작은 눈금을 각각 철장과 빗줄기의 형상에 빗대어 표현한 이 시에서 우리는 한때 뜨겁게 타올랐던 화자의 경험적 시간을 곱씹어 볼 수 있다. 30cm 자로 빗금을 치면서 과거를 오늘로 끌어와, 온 몸에 흐르는 식은땀과 울음으로 체감하면서 스스로 만든 감옥에서 살아갈 수밖에 없는, 살아남은 자의 슬픔을 보여준다. 빗줄기는 과거의 슬픔을 그대로 몰고 화자의 주변을 배경처럼 두른다. 화자는 스스로 만든 빗줄기에 자신을 가두고 거미줄로 자신의 몸을 감는다. "거미줄이 내 몸인 방"이라는 상징에서 구체적 이미지로 형상화된다.

이 시의 분위기를 주도해 가는 첫 수의 "누군가 날 지켜본다"는 부분은 과거를 현재로 끌고 오는 중요한 기능을 한다. 이 시에서 자의 눈금 너머로 볼 수 있는 글자들은 감옥 속의 죄수들로 인식된다는 점에서 파놉티콘Panopticon을 연상하게 한다. 파놉티콘은 소수의 감시자가 자신의 모습을 볼 수 없게 하면서도 모든 수형자들을 감시할 수 있는 시설이다. 살아남기 위해 누군가가 지켜보는 고통을 견뎌야만 하는 것, 곳곳

에 설치된 CCTV 폐쇄회로처럼 현대인들의 삶은 항상 감시받는 삶인 것이다.

그런데 화자를 고통스럽게 하는 것이 누군가에게 감시받는 것 같은 상황만은 아니다. "고요하고 투명한 방"이라는 공간과 "울다 잠든 간밤"이라는 시간 설정은 "이마에 소름처럼" 돋는 빗소리와의 결합하여 "기침처럼 널 보내"던 그날, 화자의 고통을 재현하기 때문이다. 아침마다 "빠져나간 머리카락"을 쓸어 모으며 "기침처럼" 보냈던 너와의 추억을 한 올 한 올을 곱씹었을 화자는 과거의 고통을 반추한다. "반어법처럼 웃는 밤"엔 오랜 시간의 흐름에도 여전히 살아있는 기억이 몸을 가두지만, "희망이 덧니 같은 것"이며 "시리게 저리는" 아픔이 있다는 것을 인식하는 화자에게 결코 출구는 보이지 않는다. 네가 떠난 '그날', 화자 역시 죽어 버렸다는 진술을 보자. 화자가 과거의 기억 속에 스스로 몸을 가두면서 살아갈 수밖에 없는 현실을, 시인은 "삼십 센티미터 자에 내리는 빗소리"라는 상관물로 구체화한다.

개인의 체험을 이야기하면서도 과도한 감정노출에 휘둘리지 않고, 지울 수 없는 상처의 기억을 구체적 이미지와 비유들로 끌고 가는 점에서 이 시의 매력을 찾을 수 있다. 고요함과 투명성, '밤'과 '거미줄', '빗소리'의 속성은 과거와 현재를 연결하고, 화자의 내면으로 이어가는 구체적 장치로 기능하면서 어두운 주제를 명료하게 떠받친다. 명징한 이미지와 구체적인 감각의 텃밭에 세워지는 서사의 축이 이 시의 완결성을 더한다.

꽃들이 영안실에 부동자세로 서있다

목발에 의지한 덧없고 창백한 도열

언제나 벽을 등진 채 배경이 되고 만다

관계를 맺지 못한 사자(死者)와의 시든 동행

한 번도 저를 위해 피고지지 못했던

목 잘린 꽃들의 장례, 순장(殉葬)은 진행형이다
— 이달균, 「근조화(謹弔花)」(『나래시조』, 2010 봄호) 전문

이 시는 영안실에 부동자세로 서서 언제나 무엇의 배경이 되는 근조화의 속성을 빌려, 한 번도 자신을 위해 피고지지 못했던 삶을 위로한다. 근조화는 망자가 아닌, 산 자의 이력과 인간관계를 상징한다. 또한 근조화는 죽은 자와 아무런 인연도 없이 그들과 동행해야 하는 희생제의적 존재들이다. 시인은 이 근조화를 목발에 의지한, 덧없고 창백한 형상과 "목 잘린 꽃들"로 인식하면서 자기 자신을 위해 피고지지 못했던 근조화의 운명을 환기한다. "목 잘린 꽃들의 장례", '순장(殉葬)'의 현장은 과거에만 존재했던 것이 아니라 현재에도 세계 곳곳에서 공공연하게 자행되고 강요되지 않는가. '순장殉葬'의 현장이 늘 진행형임을 시인은 근조화의 모습 속에서 발견한다.

장례식에서 망자와 관련도 없으면서 그들과 함께 순장되어야 하는 근조화의 운명은 자신의 이름으로 올곧게 살아가지 못하고 늘 누군가의 배경으로 존재해야만 하는 소수자의 모습을 연상케 한다. 거대한 조직체나 권력, 타인을 위해 자신을 희생해야만 했던 우리네 소시민들의 삶이나, 소외된 자들의 희생된 삶을 근조화의 모습에 비유하는 시인의 사유가 단단하다. 시인이 세운 이 단단한 사유는 근조화처럼 배경이 되고, 희생이 된 영혼들을 위로하며 강도 높은 주제의식을 드러내는 의미

로 다가온다. 강렬한 이미지 속에 탄탄한 서사구조를 세우는 그의 활달한 감각이 돋보인다.

3.

중심에서 내몰린 존재에 대한 시인들의 관찰은 오랜 기간 집요하고 은밀하게 이루어진다. 게오르그 루카치의 말처럼, 소외는 물화의 결과로 나타난다. 우리는 가끔 소외를 자신의 고유한 힘으로 인식하면서 오히려 안정감과 행복감을 느끼기도 하지만, 소외 속에서 스스로 파괴당하고 자신의 무기력함과 비인간적 실존을 만나기도 한다. 바람과 어둠이 뒤섞인 사회의 속박 속에서 아무렇게나 내던져진 존재들을 응시하고, 구석으로 내몰린 과정을 파헤치는 일은 결과적으로 우리의 실존 의미를 묻고 또 묻는 반복적 과정이기도 하다.

> 쉬이 가시지 않는 지독한 갈증 같은,
> 손끝에 끝내 남은 그 어떤 한기(寒氣)의 이름—
> 서글픔? 그 싸한 본능이 내 내장에 짜릿하다.
> 우울의 긴 문턱에 더듬이 길게 늘어뜨린 채,
> 더럽고 치열하게 타오르는 철거민 거리.
> 서러움? 비웃음이 인다, 내 장년의 현장으로.
> 그대 비우고 간 잔이 또 한 잔 재촉하는 새벽,
> 환절기, 그 돌이킬 길 없는 미로에 깊이 삼켜진 채,
> 젊은 날? 나의 옥빛 꿈을, 끌고 다니다, 내버린다.
> — 정휘립, 「딱 한 잔 더 − 용산, 그 비열한 거리에서」
> (『시조세계』, 2010 봄호) 전문

벗어나려고 발버둥 칠수록 어두운 기억은 더욱더 발목을 잡는다. 20
09년 1월, 용산참사는 시인에게 "쉬이 가시지 않는 지독한 갈증"이다.
아무리 물을 마셔도 목이 마른 그 기억의 거리를 걸을 때마다 차가운
이름들이 아른거리고, 여전히 손끝을 아프게 자극한다. 용산 재개발지
역 철거민들의 점거 농성 현장이 몇 장의 사진으로 인화되는 순간, 누
군가를 떠나보낸 싸한 슬픔이 내장으로 파고든다. "지독한 갈증 같은"
기억은 "우울의 긴 문턱"을 건너지 못한 채, 시간이 흐른 지금까지도 시
인의 내면을 짜릿하게 울리며, "더럽고 치열하게 타오르는 철거민 거
리"를 재현한다.

비운 잔이 또 한 잔을 재촉하지만, 그 빈 잔을 채워줄 이가 이젠 없다.
계절과 계절이 몸을 섞는 환절기의 통증이 가시지 않는 오늘, 어디에도
출구가 없는 미로에서 여전히 헤어나지 못한 기억이 시인의 마음을 짓
누른다. 아름답게만 생각했던 세상에 대한 환멸은 젊은 날 가졌던 옥빛
꿈을 내버리게 한다. 자본의 열기와 물화된 현실이 낳은 소외된 자들의
고통은 바람에 휩쓸리고, 어둠에 지워지고, 누군가에 의해 밟히는 동안
에도 여전히 불꽃 튀는 기억으로 현재에 관여한다. 언어의 조탁 속에서
도 현실의 고통을 마음으로 읽어내는 감각과 사유가 날카롭다. 시인의
작의는 옥빛 꿈을 버리고, 무기력한 존재의 실존을 확인하는 가운데서
오롯한 정신으로 빛난다. 현실에 대한 당당하고 강렬한 어조와 비유를
통해 비판적 언어감각이 빛나는 이 시에 비해 다음 시는 세상을 은유와
상상력의 힘으로 읽어가는 시인의 전략을 읽을 수 있다.

> 책상과 TV와 칠판과 방과 집
> 모두가 사각형이다 이 거대한 네모의 세계
> 틀 안의 명료한 질서가 우리를 지배한다

읽는 책도 쓰는 종이도 반듯한 네모
벗어나선 단 한 줄의 글도, 시도 쓸 수 없다
바깥의 미끄러지는 행간(行間), 모두 지워야한다

모서리에 부딪혀 늘 상처 덧나는 무릎
내 너를 사랑한 것도 꽃잎 찧는 일일텐데
휘어져 떠나간 자리 암호처럼 깊은 계절

어디서 잃어버렸을까 동그란 얼굴의 기억
좌대에서 벗어난 돌, 여울이라는 슬픈 말……
새벽에 능선의 아스라함, 한참 바라보았다
　　　　－ 이지엽 ,「사각형에 관하여」(『유심』, 2010.1 · 2) 전문

　물화된 현실이 짜 놓은 그물은 견고하다. 그것은 법 또는 질서라는 이름으로 우리를 속박한다. 각이 진 것들에 갇혀 어느새 둥근 것의 존재를 잊어버린 화자, 그는 그것을 잃어버렸다고 말한다. 문명의 혜택은 꽉 맞춘 틀 속에 삶을 가두려 한다. 컴퓨터, TV, 칠판, 방, 집, 책, 종이 등 우리를 지배하는 세계는 네모라는 것에 주목한다. 거대한 네모의 세계는 법과 질서라는 이름으로 삶을 지배한다. 이 세계에 저당 잡힌 언어들은 명료한 질서를 따라야 한다. 그래서 이 네모의 세계를 벗어나면 존재할 수 없다고 인식한다. 자본의 울타리를 벗어나는 것은 영원한 소외이며, 죽음을 의미한다. 사람과 사람 사이에서 부대끼며 사는 일은 모서리에 부딪혀 상처를 내는 일이다. 끌고 갈수록 버거워지는 삶은 돌아오지 않는 누군가를 애타게 기다리는 일처럼 아득하다.

　풀지 못한 암호 같은 길이 길게 펼쳐진 오늘, 시인이 응시하는 이 세상은 환멸로 가득 차 있다. 어디서 잃어 버렸는지, 근원을 알 수 없는 둥근 얼굴의 기억은 좌대에서 벗어난 돌처럼, 여울처럼, 그렇게 거대한

네모의 세계에서 벗어난 것들이다. 사각형의 속성을 빌려 물화된 이 시대의 삶을 비유하는 시의 감각은 일정한 틀에 갇혀 살아가는 우리의 현실을 반성하게 한다. 이러한 반성은 개인적 차원을 떠나 문명화된 현실에 대한 비판적 인식으로 확대된다. 세상이 발전할수록 우리는 스스로 쌓은 담장 안에 갇히게 되는 것임을 이 시는 네모난 세계의 은유를 통해 보여주고 있다. 명료한 선線 안에 스스로를 가두고, 진정한 둥긂의 의미를 잊어버린 채, 짜 맞추듯 각박하게 살아가는 우리의 삶을 각이 진 사각형의 이미지로 끌고 가는 감각적 사유가 인상적이다. 각자가 정한 질서 안에서 옆 사람과 경쟁하고, 이웃을 모른 채 살아가는 현대의 삶은 타인을 소외시키고 결국 자신도 소외되게 하는 오늘의 현실을 돌아보게 한다.

손톱 밑 절은 때가 삼겹살에 얹힌 저녁

팍팍해진 불판에 하루해를 굽다보면

내 작은 그릇 속에도 산노을은 붉었다

혹, 번지는 자본주의 하늘 위에 뜨는 구름

비등점을 낮추려 넘친 잔을 기울일 때

우지끈 마음속으로 작달비가 쏟아진다
— 김동인, 「비수용성」(『시조세계』, 2010 봄호) 전문

이 시는 제목이 시사하는 것처럼 자아와 세계 사이에 서로 받아들여지지 않는 비수용성의 관계를 우회적으로 그리고 있다. 삼겹살을 구워

먹는 저녁을 배경으로 하는 이 시에서 "팍팍해진 불판"과 "자본주의 하늘"은 화자가 속한 현실을 상징한다. "자본주의 하늘"을 "팍팍해진 불판"의 이미지와 연결시키는 대목에서는 화자가 인식하는 현실이 윤활유 하나 없는 거친 언덕이라는 것을 직감하게 된다. "손톱 밑에 절은 때"는 먼지에 그을린 노동의 시간과 거칠게 살아 온 현대인의 일상을 압축하여 보여준다. "팍팍해진 불판"에 대립하는 "내 작은 그릇"은 세상에 비해 작고 여린 존재에 불과한 존재로서의 자아를 표상한다.

팍팍해진 불판에 하루해를 굽듯 일터에서 보낸 한나절의 시간이 검게 타고, 어느새 화자의 마음에도 노을빛이 번진다. 하루가 저물어가는 시간에 마음의 지축을 흔들 듯 쏟아지는 "작달비"는 세상과 섞이지 못하고 소외되어 살아왔던 설움의 흔적, 그리고 상처가 울음으로 번진 마음의 풍경이다. 김동인 시인은 비수용적 특성을 노골적인 어조로 뱉어내지 않고 삼겹살을 굽는 일상적 상황을 시적 공간으로 끌어와 독자들로 하여금 자연스럽게 마주치게 한다. 그러한 공간적 구성과 자신이 체감하는 현실을 우회적으로 그림으로써 현실적인 문제에 보다 가깝게 접근하고자 했다는 점에서 그의 시는 여운을 남긴다. 이들 시는 뒤섞이는 가치 체계의 혼란 속에서 부유하는 현대인의 일상과 정서가 내면에 스며드는 과정을 섬세한 이미지의 병치로 구성하고 있다는 점에서 우리가 몸담고 있는 풍경의 깊이를 가늠하게 한다.

4.

산업자본주의의 영향 아래서 독자의 눈과 귀를 자극하며 코드화 하는 방법은 무엇일까. 문학은 자본으로부터 비교적 자유로웠기 때문에 시대의 진정성을 찾으려는 노력이 어느 장르보다 성했다. 그러나 그중에서도 정형시가 독자와 소통하는 전략은 자본주의 시대 문학의 변화나 문학의 위기, 아우라의 상실과 같은 일종의 담론을 거론하지 않더라도 아주 가까이에서 찾을 수 있다. 그것은 시대적 고민과 열망들을 기록한 언어로 직조하는 가운데, 구체화한 이미지 속에 명징한 서사를 빚어 들어앉히는 것이다. 서정과 서사로 세워진 축대에 섬세한 이미지들을 그려내는 기법을 통해 진정 현대의 '시조時調'라는 이름으로 거듭나야 할 것이다. 그러한 사유의 단단함으로 굴곡진 시간들과 숨 가쁘게 호흡하며 기억을 재현하는 몇몇 작품들에 대한 독서는, 진정 사회와의 소통을 꿈꾸며 결연한 심지들을 밀어 올리는 의미 있는 작업이었다. 몸 속 혈관을 타고 흐르는 현실에 대한 비판과 순수한 열정을 알레고리의 기법으로 표현하고, 이미지의 활용 속에서 구체적이며 활달한 감각으로 서사를 압도하는 지점에 이들 작품의 자존이 빛난다.

정형의 그릇 속에 피어나는, 뜨거운 갈망과 절제의 미학

― 이승은, 『꽃밥』, 고요아침, 2011.

1. 삶에 대한 성찰과 사유의 두께, 『꽃밥』

시조는 현재까지 창작되고 있는 문학 장르 중에서도 가장 오래된 민족 문학 장르이다. 한 시대를 대표하던 신라의 향가나 고려의 속요가 당대를 지나면서 자취를 감춘 데 반해, 시조의 역사는 새로운 형식적 실험과 변형을 꾀하며 오늘날까지도 그 맥을 이어가고 있는, 유일한 장르라는 점에서 의의가 있다. 그러나 시조는 우리 고유의 양식이라는 특수성을 견지하면서도 정형의 형식과 전통을 뛰어넘어야 한다는 딜레마를 안고 끊임없이 갈등을 겪고 있다. 시조가 오래된 양식이며 음풍농월吟風弄月식의 시상을 담는다는 일부의 편견은 시조가 아직 고전의 양식에 갇혀 있으리라는 편협한 시각에서 비롯된 경우가 많다. 오늘의 현대시조는 3장 6구라는 정형의 형식 안에 우리 삶의 안과 밖을 오롯하게 담아내면서 형식과 내용 면의 확장을 시도하고 있는 것이다.

'시조時調'라는 말이 원래 '시절가조時節歌調'라는 말에서 유래되었다는 점을 생각하면, 시조는 오래된 관행을 답습하는, 고루한 장르가 아니라 '지금 여기'의 삶을 진지하게 고민하는 현대적 양식임을 알 수 있다. 현대시조는 사라져가는 토박이말의 복원, 다양한 텍스트의 패러디와 인유, 다양한 소재를 취하는 방식을 통해 새로움을 모색하기도 하고, 언어의 구체성과 고도의 비유와 상징, 풍자와 해학의 방식을 통해 독자와 소통을 구하기도 한다. 즉, 현대시조가 지속적으로 보여준 근대적 변형은, 전통을 계승하면서도 소재의 다변화와 인식의 새로움을 꾀하는 개성적 표현과 형상화 방식에서 찾을 수 있다. 3장 6구라는 정격의 형식 안에서 고도의 압축과 긴장, 절제된 언어 미학을 선보이는 시조 고유의 특징이야말로, 우리시의 뿌리인 것이다.

중국의 한시와 일본의 하이쿠에서 많은 영감을 받아 단 두 행의 「지하철 정거장에서」라는 시를 낳았다는 에즈라 파운드. 그는 단 두 행 안에서 '얼굴들'과 '꽃잎들'의 대립이 빚어내는 대구법을 구사하고, 감정을 절제하면서 고도의 긴장과 압축미를 선보인 바 있다. 이처럼 현대시조 역시 일정한 규칙과 질서 안에서 고도로 압축미를 보이며 말을 최대한 줄이는 데서 시조미학의 의미를 계승한다. 압축 속에 긴장감을 실었던 하이쿠가 일본에 있다면, 우리에겐 맺고 푸는 시가 형식인 시조가 있다.

이승은 시인은 전통과 현대적 변용이라는 딜레마 속에서도 자신의 목소리를 뚜렷하게 지켜온 시인이다. 1979년 KBS 문공부 주최 전국민족시 대회에서 장원을 하며 등단한 시인은 그간 다섯 권의 시집과 한 권의 시선집을 통해 자신만의 고유한 서정적 색채를 선보이며 시세계를 탄탄하게 구축해온 시조시단의 중견이다. 이번 시집 『꽃밥』에는 일상의 소소한 풍경과 자연의 법칙, 순환의 원리 속에서 만난 깨달음과 기쁨, 슬픔, 애환 등의 감정들이 웅숭깊은 사유와 감각으로 인하여 선명하게 빛나는 시편들이 담겨 있다. 이러한 감정의 무의식 속에는 투병 끝에 쓰러져 토막말을 하신 어머니가 누워 있다. 어머니의 끊어지는 기억의 끈을 이어줄 수 있기를 바라는 시인의 간절함이 녹아있는 시편들은 그가 살아온 삶에 대한 성찰이 더해지면서 더 깊은 사유를 읽게 해준다. 우리는 이승은 시인이 다녀간 쓸쓸하고 고단한 자리를 밟아가며, 그녀가 감당해왔을 슬픔과 고단함을 읽는다. 그 속에서 그녀가 발견한 가치 있는 삶의 모습을 짐작하면서 말이다.

2. '목계'의 삶을 지향하며 '검게 자라는 그늘'

어둠이 어둠 밖에 비켜 앉을 때까지

몸의 말만 들어주느라 마음 귀가 멀어졌다

끝내는 말귀를 모르는 몸뚱이에 갇힌다

내 것이 아닌 것도 내 것인 것도 없다

벼슬 더욱 붉어지며 죽지 세워 대질러도

털 하나 까딱 않는다 무심에 든 저 눈빛.

—「목계(木鷄)」 전문

장자莊子의 「달생(達生)」편에 나오는 싸움닭의 고사를 차용하여 깨달음을 주는 시다. 닭싸움 구경을 좋아했던 주周나라 왕 선왕宣王이 '기성자'라는 당대 제일가는 투계 조련사를 찾아가 투계를 만들어 달라고 부탁한 뒤, 10일 단위로 그 닭이 싸울만한지를 묻는다. 그러자 조련사는 자신이 최고라고 생각하는 교만함과, 상대방의 소리와 그림자에 너무 쉽게 반응한다는 것, 상대방을 노려보는 눈초리가 너무 공격적이라는 것을 지적하며 아직 싸우기에 충분하지 않다고 말한다. 조련사는 마지막 경지에 이른 닭을 보여주면서 상대방이 소리를 질러도 아무 반응을 하지 않는다며, 마음의 평정을 찾아 마치 목계木鷄같아 보인다고 하였다. 어느 닭이라도 그 모습만 보고도 도망칠 것이라는 것이다.

이 이야기에서 말하는 최고의 닭은 목계木鷄다. 자신이 최고라는 교만함을 버리고, 남의 소리와 위협에 쉽게 반응하지 않으며, 상대방에 대한 공격적인 눈초리를 버린 닭이다. 마치 나무와 같이 무념무상의 경지에 오른 닭, 목계木鷄를 완전한 평정심을 얻은 인간의 모습에 비유하고 있다. 속이 깊은 사람은 아무리 모진 시련에도 쉽게 흔들리지 않는다. 아무리 힘든 상황에서도 꿋꿋하게 정도正道를 걸어가는 삶이야말로 지혜로운 삶이 아니겠는가. 우리는 타인에게 너무 쉽게 감정을 노출하며 자신의 감정을 알아주길 기대한다. 나무로 만든 닭처럼 완전히 감정을 제어할 줄 아는 삶을 배워야 한다.

"어둠이 어둠 밖"으로 비켜 앉을 때까지 화자는 "몸의 말만 들어주느라 마음 귀가 멀어"진 것을 탓한다. 그리고 "끝내는 말귀를 모르는 몸뚱이에 갇"히고 마는 우리 삶을 지적한다. 마음보다 몸에, 감춰진 실체보다는 드러나는 것에 더 몰두하여 살아가는 우리 삶의 문제를 지적하고 있다. 겉으로 드러나는 감정에만 치우쳐 살아가는 현대인이 무심無心을 배워야 한다는 것을 시인은 이야기한다. 결국 삶은 "내 것이 아닌 것도 내 것인 것도 없"는 것이다. 상대방의 행동에 우리는 얼마나 쉽게 반응하고 있는가. 우리는 "벼슬 더욱 붉어지며 죽지 세워" 상대방이 위협하며 대질러도 "털 하나 까딱 않는" 목계의 정신을 배워야 하는 것이다. 이기고 지는 것에 집착하지 않고 자신을 다스리며 평정심을 갖는 사람이야말로 최고의 강자이다. 자신의 존재감을 몸으로 드러내는 것이 아니라 마음으로 드러내는 것임을 이 시를 통해 몇 번이고 되새겨 보게 되는 것이다.

> 간밤의 기찻길은 초행인데 낯이 익다
> 전생을 다녀온 듯 홍건히 젖은 이마
> 샛길은 어쩐 일인가, 손바닥에 새로 생긴…
>
> 이름 모를 그 정거장 널려있던 어둠들이
> 마침 기다렸다는 듯 울음이 감겨들고
> 볼수록 고요해지는, 너 지나간 길 있다
>
> –「손금」 전문

'손금'의 사전적 의미는 손바닥 살결이 줄무늬를 이룬 금이다. 눈에 잘 띄는 3개의 주름이 비스듬하게 달리고 있는데, 서양의 수상학手相學에서 이 3개의 주름을 생명선, 감정선, 지능선이라고 한다. 이렇게 우리는 이 손바닥에 새겨진 줄무늬들로 전생과 현생, 즉 지금까지 살아온 삶의 자취를 되돌아보며 앞으로 걸어가야 할 행로를 조심스레 짚어보기도 하는 것이다. 이러한 '손금'은 현대시에서 아버지와 어머니의 갈라진 손금, 혹은 자신의 운명이 궤를 같이 한다. 이대흠의 시「손금」에서도 놋그릇 냄새 나는 어머니의 삶이 손금에 고스란히 배어 있는 것으로 묘사되듯이, 우리는 손금에서 상대방의 삶을 읽는다. 손금은 운명처럼 그렇게 선명하게, 혹은 다소 희미하게 그려진 삶의 길이다.

이 시에서의 화자는 데자뷰deja vu와 같은 체험을 표현한다. 처음 가

본 곳인데 전에 와본 적이 있다고 느끼거나 처음 하는 일인데도 예전에 똑같은 일을 했던 것처럼 느끼는 것이다. 자신이 지금 하고 있는 일이나 주변 환경이 마치 이전에 경험한 것만 같은 느낌이 들 때가 있는데 이것을 데자뷰 현상이라고 한다. 그래서 "간밤의 기찻길"은 초행임에도 낯이 익다. 마치 전생을 다녀온 것처럼 그 섬뜩함에 이마가 젖어 있는 것으로 보아, 손바닥에 새로 생긴 샛길은 운명처럼 예정되어 있는 길이다. "이름 모를 그 정거장"에는 어둠들이 널려 있다. 그러나 초행길임에도 낯이 익은 이 길목에 "기다렸다는 듯 울음이 감겨"드는 것이다. 이 역시 오래 전 이미 예정되어 있던 운명이다. 낯선 길은 이미 화자의 손바닥에 새겨져 있던 풍경인 것이다. 낯설고 낯선 풍경들이 만나고 겹쳐지면서 결국 낯익은 풍경이었음을 확인 · 재현시키는 과정이 손금에 새겨져 있다. "볼수록 고요해지는 너"가 지나간 길이었음을 초행길임에도 알 수 있는 것은, 그것이 오래 전에 예정되어 있던 전생이며 운명이기 때문일 것이다.

간밤의 시간을 전생으로, 그리고 운명으로 받아들이는 화자에게 눈앞의 낯선 풍경은 더 이상 낯선 것이 아니다. 이미 오래전부터 현실에 내재해 있던 삶의 모습이 나타난 것일 뿐이다. 손금에 새겨진 이 낯선 풍경은 화자의 '무의식'과 '의식'의 복합적인 재현 방식에 의하여 또 한 번 그 존재감을 얻게 되는 것이다. 삶이란 생사生死가 두 개의 수레바퀴처럼 양 축으로 굴러가면서 인간 조건으로서의 운명에서 크게 벗어날 수 없음을 인식하게 하는 시다. 운명의 구속에 지배당하면서도 끊임없이 이로부터 벗어나려는 몸부림, 그 "울음이 감겨"드는 모습이 바로 인생의 근본원리가 아니겠는가.

너를 꿈꾸느라 하루 종일 허기진 날

그 허기에 널어 말린 햇살이 뻣뻣하다

뻣뻣한 마음에 열린 고드름이 꽂힌다

오랜 몸살 끝에 귓속이 설컹거리고

설컹대는 생각으로 검게 자라는 그늘

그늘진 허공에 들어 나는 네게 꽂힌다
─「압핀」 전문

이 시는 두 수가 대구對句와 반복을 이루며 시적 의미를 심화시키는 방식을 취한다. "꽂힌다"는 서술어가 첫 수와 둘째 수에 공통적으로 반복됨으로써 압핀의 이미지를 강하게 부각시킨다. 상처와 억압, 고통의 이미지를 동반하는 압핀을 시적 소재로 차용하여 시인은 어머니의 삶에서 만나는 고통, 창작의 고통, 외로움과 그리움의 고통을 노래하는 듯하다. 또한 압핀을 "고드름"과 "나"로 비유하는 상상력이 돋보인다. "너를 꿈꾸느라 하루 종일 허기"질 만큼 화자는 '너'를 애타게 기다린다. 허기가 깊기에 허기에 널어 말린 햇살이 뻣뻣해진 것이다. 뻣뻣한 마음에 압핀이 꽂히듯 고드름이 꽂힌다. 화자는 오랜 몸살 끝에 귓속이 설컹거리고, 그 설컹거리는 생각을 먹고 그늘은 자란다. "그늘진 허공에 들어 나는 네게 꽂"히는 것이다. "너를 꿈꾸"는 시간은 결국 "오랜 몸살"을 앓는 시간인 것이다. 결국 첫 수의 '햇살'과 둘째 수의 '그늘'이라는 대조를 통해서 뜨거운 열망과 함께 그늘진 기다림의 시간이 공존하는 사랑의 실체를 그려내고 있는 것이다.

그런데 이런 이미지들의 병치나 대조와 함께 이 시가 매력적인 요인은 앞 구에서 썼던 시어를 뒤 구에서 다시 받아 의미를 심화시키는 반

복과 확산이라는 연쇄법, 점층적인 구성 방식에 있다. "허기진 날" →
"그 허기가", "뻣뻣하다" → "뻣뻣한", "설컹거리고" → "설컹거리는",
"그늘" → "그늘진" 등에서 구체적인 의미의 확장이 일어난다. 「목계
(木鷄)」에서도 "어둠이 어둠 밖에 비켜 앉을 때까지"와 "내 것이 아닌
것도 내 것인 것도 없다"를 통해, "허름한 건물들이 허름한 종점 길목"
에서처럼, 「보광동 종점」에서도 앞의 시구를 뒤에서 다시 받아 의미를
심화·확장시키는 모습을 볼 수 있다. 이러한 대구對句와 반복의 구성
방식은 뚜렷한 이미지 속에서 실존의 의미를 구체적이고 선명한 감각
으로 이끌어내려는 시인의 의도적 전략으로 보인다.

어린 딸을 어르듯이 이쁘게 깎자던 손톱

그것도 볕살 바신 봄 들판 가운데서

몇 해 전 말씀이었나, 잡풀 속에 웃자란 손톱

어쩌다 봄은 가고 다시 총총 왔다 가고

혼자서 정녕 혼자서 그 손톱을 깎고 있네

웃자란 약속으로 뜬 그믐달이 다 지도록

-「그믐달 손톱」 전문

많은 문학작품 속에서 '달'은 신화적 성격을 띠며 인간의 여성성, 혹
은 인간의 생과 사를 은유하는 등 다양한 방식으로 형상화되어 왔다.
이 시에서 시인은 '그믐달'과 '손톱'을 깎는 이미지를 함께 그리면서 저
물어가는 생의 단면을 넌지시 보여주고 있다. 인간의 탄생과 성장, 노
년, 죽음의 과정을 초승달, 보름달, 그믐달로 변이되는 달의 주기, 즉 차

고 기우는 주기의 원형으로 파악한 엘리아데에 의하면, 달은 인간의 삶처럼 비극적인 운명을 지녔다. 왜냐하면 달의 몰락은 인간처럼 죽음으로서 생애를 마감하기 때문이다. 그러나 달의 몰락은 종말로서의 죽음이 아니라 초승달이 암시하듯 재생과 부활로서의 죽음을 경험하게 한다는 점에서 인간의 생명성과 연결되기도 한다.

이 시에서 화자는 "어린 딸을 어르듯이 이쁘게 깎자"며 손톱을 깎아줬던 기억을 떠올린다. 아마도 손톱을 서로 깎아줬던 사람은 화자와 어머니인 듯하다. 어린 시절 자신의 손톱을 깎아주었을 어머니가, 늙어서 병상에 누워 계실 때면 이제는 화자가 어머니의 손톱을 깎아드려야 한다. "잡풀 속에 웃자란 손톱"을 보며 화자는 그때의 기억을 떠올리는 것이다. "어쩌다 봄은 가고 다시 총총 왔다 가고"에서 알 수 있는 것은 세월의 빠른 변화이지만, "어쩌다"라는 부사어가 주는 이미지가 아쉽게 붙잡고만 싶은 세월임을 안타깝게 드러낸다. 화자는 혼자서 손톱을 깎는다. 깎인 손톱에서 그믐달의 모습이 떠오르고, "그믐달이 다 지도록"이라는 말을 통해 그리운 이름을 떠나보낼 준비를 한다. 혼자 먹는 찬밥처럼 혼자 깎는 손톱은 절실한 고독의 행위다. 혼자서 손톱을 깎고 있는 화자의 슬픈 행위는 이러한 점에서 뭉클한 감동이 느껴진다. 시인은 "토막말 겨우 뱉는 병상의 어머니"(「헛손질의 봄」)를 떠올리며 "훔치던 몇 점 눈물이 저 속잎에 번"(「기침」)지는 자리를 자꾸만 매만지고 있는 것이다.

3. '앞섶을 풀며 먼발치에 와있는 봄' 같은 시

"한 짐 풀어 놓은/ 넝마를 헤집으며// 반짝, 골라 닦아보는/ 은박지 몇 마디를// 앞섶에 여미지 못해/ 헤맨 길이 얼마던가"(「시(詩) 앞에서」)에서 알 수 있듯이 이승은 시인의 이번 시집은, 시인으로 살아 온 삶에 대한 시인의 반성과 고백이기도 하다. 헤맨 길이 길었기에 그녀의 슬픔과 고통이 깊었으리라. 오랜 시간 병상에 누워 계신 어머니의 "무릎뼈도 허리뼈도 삭아내려 어긋난 생(生)"(「파밭」)을 자꾸 되새기기도 하고, "짓쳐 어쩌지 못할 장미의 유월 한때"의 순간을 떠올리며 "발목이 다 잠기도록 촛불"을 들고 "버거워 차마 못 받겠"는 장엄하고 뜨거운 촛불 시위의 모습을 「불꽃」을 통해 그리기도 한다. 그런가 하면 "춥고도 배고픈 것들" 앞에도 "슬며시 앞섶을 풀며 먼발치에 와있는 봄(「양떼처럼 눈이」)을 바라볼 줄 아는 시인의 눈빛은 모성적인 사랑이 넘치며 밝고도 투명하다.

고통과 슬픔 속에서 허우적대던 화자는 "가진 것이 외려 많아 납덩이같은 이 몸/ 묵혀둔 재가 있거든 떨고 가라 이른다"(「돌 재떨이」)에서처럼 스스로에게 가혹하고 단호한 결단을 내린다. 그러기에 제 "몸 어딘가 간이역이 들어섰"(「놓친 길」)다고 느끼는 것인지도 모른다. 이렇게 그녀의 시는 진실의 길목에 서있다. 그러나 그녀는 이 진실 앞에서도 결코 방심하지 않는다. "어쩌면 진실이란 날카롭고 가혹한 것"(「종이꽃」)일지도 모르기 때문이다. 이렇듯 이승은의 시는 자신을 둘러싼 풍경 속에서 절망과 고통을 그려내면서도 슬픔 속에서도 언제나 봄이 온다는 인식의 끈을 놓치지 않는다. 어지럽고 고통스럽고 슬픈 세상이 있기에 시인이 존재하게 되는 것임을 스스로 깨달아 가는 과정이 『꽃밥』의 사유 속에 오롯이 담겨 있는 것이다.

저자 이송희 약력

　1976년 광주에서 태어나 2008년 전남대 국문과에서 「서정주 시 텍스트의 인지시학적 연구」로 박사 학위 받았다. 2011년~2012년 <한국문화재단> 박사 후 국내 연수(post doc)과정을 마쳤다. 2003년 <조선일보> 신춘문예 시조 부문에 당선되어 등단했으며, 2010년 <서울문화재단> 문학창작 활성화 지원금을 받았다. 2010년 가람시조문학상 신인상 등을 수상했다.

　주요 논문으로는 「인지시학적 관점에서 바라본 서정주 시의 형상성」, 「최하림 시의 존재인식과 미적 구성」, 「김혜순 시에 나타난 몸의 언어」, 「인지시학적 시각에서 본 기형도 시세계」, 「오세영 시의 인지구성과 존재의식」, 「여성의 언어로 재현된 1980년 '5월 광주'」, 「시조의 현대성에 대한 담론」 등이 있다. 시집으로는 『환절기의 판화』, 『아포리아 숲』, 평론집 『눈물로 읽는 사서함』 등이 있으며, 공저로 『한국문학의 이해』, 『기형도』 등이 있다. 현재, 전남대와 조선대 강의 교수로 있다.

새미비평신서 34

아달린의 방

| 초판 1쇄 인쇄일 | 2013년 01월 21일 |
| 초판 1쇄 발행일 | 2012년 01월 22일 |

지은이	이송희
펴낸이	정진이
출판이사	김성달
편집이사	박지연
책임편집	이원숙
본문편집/디자인	이하나 정유진 이호진 전용완
마케팅	정찬용 권준기
영업관리	한미애 천수정 심소영
인쇄처	월드문화사
펴낸곳	새미

등록일 2005 03 14 제25100-2009-8호
서울시 강동구 성내동 447-11 현영빌딩 2층
Tel 442-4623 Fax 442-4625
www.kookhak.co.kr
kookhak2001@hanmail.net

| ISBN | 978-89-5628-606-8 *03810 |
| 가격 | 21,000원 |